人間出版社
中國作家協會

某某人

哲貴 著

序

施淑
（淡江大學中文系榮譽教授）

讀大陸小說，總是不斷會有毛澤東一九五四年那首與曹操的霸業對話的〈浣溪紗．北戴河〉裡頭的「蕭瑟秋風今又是，換了人間」的歷史滄桑，物換星移的感覺。

從毛澤東寫那首詞時的第一個五年計劃前景下，意氣風發地出現的「紅旗譜」式的新生人物、新生事物，一路讀來，經過天翻地覆的文革後文學，到世紀之交八〇後作家筆下，那與中國崛起，與規劃中的新一輪中國夢有著巨大反差的「小時代」之類的書寫，以及它周邊洶湧的底層的聲音。不斷轉換的人間，越來越讓我招架乏力，無所適從，甚至有文學史的無路可通的沮喪和沉重。

這文學史的無路可通的感覺，有時成了我閱讀的殘酷經驗和收穫。比方不久前來過台灣參加人間出版社座談的石一楓，在他那篇〈世間已無陳金芳〉，看到愛好音樂、「只是想活得有點兒人樣」的小說主角陳金芳，千辛萬苦從社會底層爬出，千方百計打入北京文化社交圈，穿小禮服聽音樂會，看畫展，做藝術品生意，甚至請來國際知名小提琴家到家裡開演奏會。讀著讀著，耳邊就響起T．S．艾略特音調鏗鏘的詩句："In the room the women come and go / Talking of Michelangelo."（客廳裡女士們來回地走／談論著米開朗基羅）。想起一九六〇年代台灣現代主義風潮下，想當然爾地跟著複誦這帶著嘲弄意味的中產階級浮世繪，沒料到半個世紀之後，在據說有八億中產階級人口的中國大地成真，滋味著實不好受。

現在面對哲貴這本名為《某某人》的小說集，讀了裡頭直接了當地以住酒店的人、空心人、責任人、賣酒人、討債人身分出場的小說，直接浮現腦海，直接觸動心底的依舊是艾略特〈空心人〉的精神荒原世界。文學史好像又給了社會主義中國一個惡意的玩笑。不過不同於那些色調浮豔，一看就知道是文化仿冒品的「小時代」情境，哲貴筆下這群生活在溫州經貿區，大都由國營機構或學院教師轉行為小企業主的人物，他們的出入高檔會所、喝洋酒、打高爾夫、講究歐洲品味、妻兒移民海外，或勤勤懇懇地做眼鏡框生意，到大排檔推銷紅酒等等行徑，已經是商品經濟規定和官商利益輸送制約下的日常化、天然化了的生活習性，意識上自然排除陳金芳式的「活得有點兒人樣」的根本欲望，也不會有她不會彈琴卻買了鋼琴的文化苦惱。他們只像艾略特詩中，生命癱瘓的「不是迷失的／狂亂的鬼魂，而只是些／空心人／稻草人」。

作為一個讀者，面對哲貴近乎零度寫作狀態呈現出來的這生產自中國經濟特區邊緣，影影綽綽，意義模糊的可以是任何人也可能查無其人的「某某人」群像，或許只能祈願艾略特〈空心人〉的預言不致成真，只能祈願這換了人間的無路可通的文學世界，在新一輪的中國夢之前，它的結束方式不致於是艾略特鐵口直斷的：「並非一聲巨響，而是一陣嗚咽」。

目錄

住酒店的人

1

朱麥克已經四十一歲了，依然是個很乾淨很有型的人。

一般的男人，三十五歲以後，就開始走下坡路了。主要的表現有四點：一是小肚腩開始凸出來，腰間像套著一個小型游泳圈。二是髮線開始往上走，頭髮逐漸稀疏乾枯。三是臉型腫胖，臉上總是滲著一層油。四是臉上或者手上開始出現黑斑，也有的人是白斑。總之，整個形象開始鬆動，隨時都有垮掉的可能。但是，朱麥克一點也沒有垮掉的跡象，這得歸功於他一個很好的習慣——他每天早上做六十個仰臥起坐，然後慢跑四十分鐘，路程大約是五個公里。這個習慣已經堅持十一年了。所以，朱麥克的小肚腩一點也沒有要隆起來的意思。不過，朱麥克從來不去健身房，這是他的原則，他沒有要把自己練成一個肌肉男的意思，他也不能接受一個肌肉過於發達的男人。肌肉發達當然也是一種美，但那是一種粗壯的美，一種張揚的美。這種美超出朱麥克的欣賞範疇了。朱麥克比較滿意自己目前的狀態，他經常會脱得精光站在鏡子前，側著身打量自己，鏡子裡的身材匀稱，筆直，身上的皮膚白裡透紅，細膩，光滑，紋路清晰。沒有明顯的瑕疵。幾乎是一件完美的藝術品。更重要的是，安靜的皮膚下面，蘊藏著蠢蠢欲動的肌肉，這些肌肉生動活潑，又安分守己。這正是朱麥克想要的。他覺得這種美才是真正的美，因為她是隱藏著的，是內在的。

當然，朱麥克也很注重自己的形象建設。

朱麥克有一頭濃密的頭髮。又黑又粗。從某種意義上來説，這種頭髮是個缺憾，因為這種髮質很難做髮型，打了很厚的摩絲也沒有用，被風一吹，就亂得跟枯草一樣了。唯一的辦法是做離子燙，用強硬的手段把頭髮們固定起來。但是，朱麥克排斥這種做法，他不允許任何化學的東西破壞自己身體的平衡。所以，他請了一個形象設計師，專門給自己設計了一個懷舊的髮型：額前剪出一排整齊的瀏海，兩邊的頭髮剛好把耳朵包住，後腦勺的頭髮剛剛搆到襯衣的衣領。朱麥克對這個髮型相當滿意，他覺得自己尊重了頭髮們的個性，讓它們垂直生長。最主要的是，這個髮型很適合朱麥克，它把朱麥克身上藝術的氣質表現出來了，當然，這種氣質也只是起到一種烘托的作用，他覺得，自己的身上，商人的氣質還是主流，他自認是一個精明的商人，或者説是一個投資人，也可以説是一個技術型的領導。但絕對不會是一個藝術家。然而，恰恰是這點藝術的氣質提升了朱麥克，使他身上有了一種不同於其他商人的品味，使他身上多了一份飄逸和精緻。他有點像生活的藝術家了。

品味和精緻，是大家對朱麥克一致的評價。但是，從內心裡，朱麥克並不認同這兩個詞。他覺得這兩個詞有點做作。如果用朱麥克自己的話來評價，他最想用的兩個字是：適合。他覺得每個人都是不一樣的，身材不同，膚色不同，愛好不同，所處的階層不同，反映出來的氣質當然也不同。那麼，選擇什麼樣的生活方式必然也不同。但是，每一個人肯定有他最適合的生活方式。朱麥克覺得自己只是選擇了最適合自己的生活方式。

就說穿衣服這件事吧！朱麥克最喜歡穿的牌子是CK休閒裝，他穿得最多的是CK休閒裝的西服，CK休閒裝的襯衣，CK休閒裝的皮鞋，包括襪子，也是CK牌子的。其實，這個牌子並不是最好的，價格也不貴，一件襯衣也就一千多，一件內褲三百左右。但是，朱麥克喜歡CK柔軟的質地，他覺得這樣的衣服穿在身上，就跟是身體裡長出來一樣。譬如CK西裝的腰收得特別小，正因為這種小腰，穿在身上，腰圍就有一種暖暖的氣體在流動。還有，他發現CK休閒裝的衣領都比較細小，衣領一小，人就顯修長了。朱麥克的身高是一米七十九，但他穿上這樣的衣服後，覺得自己的身高突然變成一米八十九了。

還譬如車子的事。朱麥克開的是奧迪A6。2·0排量。銀灰色。買來時，總共花了四十來萬。朱麥克完全可以買好一點的車。他的很多朋友和生意夥伴，開的都是奔馳和保時捷，個別囂張的，還花四百萬去訂造了賓利跑車。但是，朱麥克覺得，即使是賓利跑車也沒有他的奧迪A6好。這個好，不在於車高檔不高檔，更不在於價格。朱麥克覺得，還是適合不適合的問題。他為什麼喜歡這個車，因為他覺得這個車適合自己，他很喜歡奧迪A6的外型，修長，流暢。特別是車的四個角，線條柔和，輕輕地彎了下去，處理得十分低調。一點也不張揚。只是安靜地伏在那裡。但是，雖然什麼聲音也沒有，卻是誰也不能輕視她，因為她停在那裡，卻能散發出只有她才有的氣息。好像是含著微笑，靜靜地看著自己的風景。當然，奧迪A6的發動機也很好，內部的設計也很合理、舒適。這也是朱麥克買她的原因之一。他不會單單看中一個外表就把車子開回來的。他不是那樣的人。朱麥克不否認外表的重要，但他同樣重視裡面的質量。他是個商人，該不該做什麼事，應該怎麼做事，心裡有一筆很清楚的帳。

他選擇住在酒店的生活方式也是經過精心計算的。他不會將就自己，也不會讓自己的錢無謂地流失。雖然他並不缺錢。

朱麥克選擇的是信河街的萬豪酒店。三星。在信河街只能算二流。但朱麥克偏偏看中這個酒店。一個原因是，這個酒店不張揚。萬豪酒店是個圓形建築，酒店也只有二十層，看起來，並不是特別扎眼；另一個原因是酒店的內部結構很讓朱麥克喜歡，房間高，有三米五，人在裡面覺得空曠，神清氣爽。而且，房間的隔音效果好，隔壁房間就是電視機爆炸了，這邊也聽不見；還有一個是電梯多，電梯多，分流的人就快，所以，走廊上總是很安靜；再一個原因是萬豪酒店斜對面就是一個大學，朱麥克可以每天去大學的操場跑步。又安靜，又自由；還有一個原因是朱麥克跟萬豪酒店的老闆不認識。信河街很多大酒店的老闆都跟朱麥克有業務上的來往，有的還是合作夥伴。關係相當好。但朱麥克還是毫不猶豫地選擇了萬豪酒店。對於真正生意場上的人來說，完全不認識的人，反而好辦得多，雙方可以坐下來談判，可以自由地討價還價，可以提很多額外的要求，完全不用顧慮面子上的事情。

其實，朱麥克住到萬豪酒店，有必然的成分，也有偶然的成分。必然的成分是，朱麥克喜歡住在酒店裡的這種感覺，他覺得一住進來，自己就跟這家酒店融在一起了，適合了。而且，住在酒店裡，什麼都是清清爽爽的。這很符合朱麥克的性格。偶然的成分是，住進酒店的時候，朱麥克手頭其實有兩套房子，一套是樓房，一套是別墅。他完全可以住到自己的房子裡去安居樂業。但是朱麥克算了一下帳，發現住在自己的房子裡並不合算。

如果讓他住自己的房子，他當然不會住在樓房裡。不客氣地說，朱麥克覺得自己已經不屬於那個環境了。如果自己出現在樓房裡，不是自己出問題，就是樓房會出問題。那麼，住到別墅去怎麼樣呢？朱麥克算了一筆帳，如果算上別墅的市價和裝修的費用，最少也要五百萬。也就是說，這五百萬的資金就被自己困死了。因為，這個時候，朱麥克跟人合夥開了一家投資公司，有一個房地產的項目剛剛談下來，正是需要調集資金的時候。根據朱麥克的估計，如果把這套別墅的錢投到那個房地產項目上，一年時間，拿回來的利潤，至少能夠翻兩番。那麼，如果住在酒店裡呢？朱麥克找酒店的營銷部經理談過，他想住在行政房。所謂的行政房，就是在酒店的十七層到二十層，房間裡有配置電腦。但是，朱麥克看中的，卻是行政房內部的結構，比標準房的空間要大一些，高一些。因為樓層高，也更安靜一些。行政房的價格是六百元一個晚上，但是，朱麥克是簽一年的住宿合同，他可以把價錢壓到兩百元一個晚上，一年下來，也就是七萬三。朱麥克覺得，住酒店這筆帳太合算了。

當然，這只是經濟上的帳。是硬性的。那麼軟性的呢？從朱麥克的內心來說，他也是更喜歡住在酒店裡。只是，他沒有想到，自己一住就住了這麼多年，他有時也想，乾脆自己投資開家酒店吧！那不是更方便嗎？這筆錢也不用給別人賺。這個念頭只是一閃而過，他立即就否定了。那是不一樣的，住在自己的酒店裡，就跟住在自己家差不多了。這跟住在別人的酒店裡怎麼會一樣呢？

2

對於朱麥克來說，生意上的事情都是有規可循的。也就是說，只要把這個規律抓住了，生意也就能做個八九不離十了。當然，規律是活的，是在不斷變化的，只有鼻子特別靈敏的人才能夠走在規律前面，也只有走在規律前面，把握住規律，才能夠把生意做好，才能成為一個出色的商人。在這一點上，朱麥克天賦異秉。

朱麥克做的第一個企業，是家會計師事務所。叫明鏡會計師事務所。在這之前，朱麥克在機關大院裡上班，叫發展和改革委員會，他所在的科室叫綜合科。綜合科是幹什麼的呢？就是管企業的，而且主要是管企業財務方面的。朱麥克大學學的就是會計專業。這方面是他的強項。

上班第三年的時候，朱麥克分到了經濟適用房。因為他的父母都在縣城裡，他在信河街還沒有房子。再過一年，他就出來自己幹了。辦起了明鏡會計師事務所。因為這個時候，朱麥克已經發現生意上的規律了，他發現資本市場已經在信河街風起雲湧起來。

信河街是中國改革開放最早的城市，是小商品最發達的城市，是民營經濟最活躍的城市，以盛產皮鞋聞名於世，同時也生產了無數腰纏萬貫的老闆。但這些老闆的錢都是一雙又一雙的皮鞋賣出來的，都是一家又一家的店鋪開出來的，很多人用了二十年的時間，終於擠身億萬富翁的行列。但是，讓他們沒有想到的是，在資本市場裡，有人只用了短短的兩年，身價就跳到了二十個億。到了這個時刻，信河街的老闆們猛然地醒來了，齊齊發出了「我要上市」的口號。可是，光喊口號是沒有用的，他們什麼也不懂，連「上市」的門怎麼走也不知道，更不知道裡面有幾道坎。這個時候，他們只好來找朱麥克了，因為整個信河街，只有朱麥克最清楚怎麼讓企業「上市」，他不但對程序瞭如指掌，對企業怎麼做帳更是爛熟於胸，因為要申請「上市」的企業，都有一個硬規定，必須上報之前三年的帳，而且，每年的利潤必須在五千萬以上。那麼，這三年的帳怎麼做呢?所有企業裡的會計都束手無策。這個事情，只能來找朱麥克，因為他以前在機關裡就是負責這一塊的，他又是會計專業畢業。這些事情，對於他來說，就是小菜一碟了。

當然了，朱麥克是有備而來的。他膽敢辭掉了工作，開起了會計師事務所，就是知道會有這麼一天的。他的會計師事務所註冊的時候，經營的項目就只有一個：輔助企業上市。朱麥克知道自己會成功的。

是的，在接下來的三年裡，朱麥克一共幫助六家信河街的企業光榮「上市」，讓他們的資產在原來的基礎上翻了兩番。最高的，翻了十倍。都翻進了中國富布斯排行榜了。他幾乎成了信河街所有老闆的財神爺。所有的老闆都想跟他親近，想跟他吃一頓飯，請他打一場高爾夫，哪怕是喝一杯咖啡也行。所以，在這三年裡，朱麥克不但賺了他以前沒有想過的錢，也成了金錢的象徵。所以，他也就有了更多跟其他人接觸與合作的機會。這些機會根本不用他去尋找，就會主動找上門來，他只要做出準確的判斷就行了。他後來選擇加盟了一家投資公司，因為這家公司主要的項目是房地產。這當然又是一個英明的決定。

話說回來，朱麥克當年離開機關，跟一個女人也有一定的關係，她的名字叫佟婭妮。也可以這麼說，朱麥克離開機關是遲早的事，他是有計畫的，但佟婭妮促使他加快了離開的步伐。

朱麥克是參加工作半年後認識佟婭妮的，五四青年節的時候，機關單位組織去下面縣裡的南麂島玩，有一百來號人。佟婭妮是最活躍的一個，總是跑前跑後，拿著一個照相機，什麼都拍。上車或者坐船的時候，都是快開的時候才跳上來。她有一米六十六的身高，這在南方的女孩裡面，算是比較高的了。五月的天氣還是比較涼的，再加上是在海島上。但是，佟婭妮卻穿一件灰色的長裙，腳上沒有穿襪子，直接套了一雙匡威牌的白色運動鞋，她的頭髮是燙過的，有點波浪卷，但她把頭髮紮到後面去了。她的皮膚有點黑，但很光潔，很細膩，看上去很柔和。坐在船上的時候，佟婭妮正好坐在朱麥克身邊，她看了看朱麥克說：

「你是哪個單位的？」

朱麥克心裡晃了一下，說：

「我是發改委的。」

佟婭妮又看了看他，突然笑了一下，說：

「一點也不像。」

從南麂島回來半個月後，有一天，佟婭妮跑到朱麥克的辦公室來。她看見朱麥克後，第一句就說：

「你果然在這裡上班。」

朱麥克笑了笑。

那天，佟婭妮主動請朱麥克出去吃了一頓飯，他們去了江濱路的現代概念餐廳，是信河街最有情調的一個自助餐廳，可以坐在餐廳裡看見外頭滔滔的甌江。佟婭妮對這個餐廳很熟，走過的服務員都會跟她打招呼。她還跑進廚房裡去端了一盤清蒸銀鱈魚出來。佟婭妮說，這個餐廳的女老闆是她的朋友，她經常來這裡，跟這裡所有的員工都熟悉，她每次來，這裡的廚房師傅都會清蒸一份銀鱈魚送給她。佟婭妮還說，自己最理想的生活，就是自己開一家小店，讓這家小店又乾淨又溫馨。每年可以賺一筆小錢，然後，她把小店交給別人打理，自己背著包袱去旅遊。想去哪裡就去哪裡。

吃完飯後，是朱麥克付的帳。佟婭妮也沒有要搶著付的意思。這倒讓朱麥克心裡很自在。他心裡想，如果佟婭妮搶著跟自己付款，那她就只是把自己當一般的朋友看待了，不搶就說明她有別的心思。

佟婭妮是個記者，跑的是文化、旅遊線。所以，她可以到處跑。

從那以後，她每次出去，都會給朱麥克帶點禮物回來。去杭州的時候，就給他帶一把紙扇。去內蒙的時候，就給他帶一雙手套。去雲南的時候，就給他帶回一塊蠟染的布。去西安的時候，就給他帶一套兵馬俑。在信河街的時候，每到週末，她都會拉朱麥克出去玩。有時是去吃農家菜。有時是去漂流。有時去吃海鮮。

朱麥克還參加了一個滑翔俱樂部的活動，做了一次雙人滑翔。他之前沒有接觸過這個活動，一點也不會，緊張得手腳發抖，身上連一點力氣也沒有。但佟婭妮卻是個老手，她教朱麥克怎麼搭傘，怎麼起傘，怎麼助跑，怎麼起飛，怎麼滑翔，怎麼控制操作繩。居然一次就成功了。朱麥克飛起來後，覺得很不可思議，自己怎麼就飛起來了呢？他看看底下的田野和樹木，又看看身邊的佟婭妮，突然對自己的存在懷疑了起來，好像手也不是自己的手了，腳也不是自己的腳了，真正的自己不見了，飄在半空中的只是一個陌生的道具。

還有一次，佟婭妮帶朱麥克去露營。佟婭妮開了一輛北京吉普。他們去的地方叫四海山，是一個海拔一千一百米的森林公園，據說前段時間還發現了金錢豹和熊。從信河街過去，開車要六個鐘頭。車可以直接開到半山腰，那裡有一個湖，還有一個兩個足球場大的草坪。很適合露營的。佟婭妮只帶了一個帳篷，兩個睡袋。因為入夜後，山上的氣溫降得很快，他們很早就躺進帳篷裡了。但是，佟婭妮並沒有用自己的睡袋，她只躺了一會兒，就鑽到朱麥克的睡袋裡來了。並且，很快就發出輕微的呼嚕聲。然而，朱麥克一直沒有睡著。他也沒有睜開眼睛，只是靜靜地躺著，聽見佟婭妮輕微的呼嚕聲，伴著帳篷外野草互相撞碰發出的「唰唰」聲，還有遠處森林裡不知什麼動物，一長一短的鳴叫聲：咕——咕。躺著躺著，朱麥克就恍惚起來，他想不明白，自己怎麼就會躺在這裡呢？這個生活，並不是他想要的生活。這種方式不適合他。但他卻不知不覺地，一次又一次地，被佟婭妮帶進一個又一個新的領域，新鮮，刺激，卻違背了朱麥克的意願。他想，這一次，應該是自己最後一次跟佟婭妮出來了，他有自己的生活方向和規劃，他應該回到自己的軌跡上去。他也不知道什麼時候，不知不覺中就走遠了。

四海山回來之後，有一段比較長的時間，佟婭妮沒有再來找朱麥克。當然，朱麥克也沒有去找她。朱麥克想，本來就不是一條路上的人，還是各自走回各自的位置上比較好。

大概是半年後，在毫無徵兆的情況下，朱麥克得到佟婭妮已經嫁人的消息。那天，朱麥克正在單位裡翻看報紙，突然發現報紙第二版的左下角有一個很大的訃告，是本地一個很大的老闆去世了，去世的老闆有一個兒子，兒子後面的兒媳寫著佟婭妮的名字。朱麥克看見這三個字後，腦子裡突然炸了一下，炸出一團又一團白色的泡沫來。這個老闆，朱麥克是知道的，他是信河街的第一批老闆，是個代表性人物。但是，佟婭妮什麼時候嫁給他的兒子了呢？朱麥克也想過，這個名字或許只是重名，但是，他的直覺告訴他，不會錯，這個人就是自己認識的佟婭妮。只是，朱麥克不想去核實。

那之後，佟婭妮就在朱麥克的生活裡消失了。兩個月後，朱麥克離開了機關，辦了明鏡會計師事務所。

一年之後，朱麥克突然接到一個電話，聲音很遙遠，但他一聽就聽出來了，那是佟婭妮的聲音。佟婭妮說：

「喂，朱麥克，我是佟婭妮。」

「我知道。」朱麥克說。

「我離婚了。」佟婭妮說。

「哦！」朱麥克說。

佟婭妮告訴朱麥克，她現在人在麗江。她已經基本實現自己的人生理想了。離婚後，她分到一大筆財產，毫不猶豫地辭了記者的工作，跑到雲南的麗江來了。她以前來過麗江，一來就再也忘不了這個地方了。她已經在麗江的束河古鎮開了一個叫「四海為家」的旅館。還開了一個叫南麂島的酒吧，就在旅館的隔壁。同時，她還拿出四十萬，在香格里拉一個叫「小甸」的小山村裡辦了一座希望小學，名字就叫「小甸希望小學」。她準備每年騰出兩個月，去給希望小學裡的孩子上課。佟婭妮還告訴朱麥克，他到麗江來玩，可以住在「四海為家」裡，她還可以陪朱麥克在雲南到處走。她現在最富有的就是時間。

掛斷電話後，朱麥克一動不動地坐在辦公室裡，腦子裡什麼也沒有。過了很久，他才慢慢回過神來。他在心裡問自己，你會去麗江找佟婭妮嗎？他心裡馬上就說，不會。

但是，這之後，每隔半年左右，佟婭妮總會給朱麥克打一個電話。每一個電話，朱麥克都接了。每一次，佟婭妮都會叫朱麥克去麗江玩。朱麥克都說，好的好的，有機會一定去。

朱麥克知道，自己說了一句違心的話。

3

這兩年來，住在酒店裡的人越來越多。跟朱麥克有業務來往的就有好幾個，但他們都是住在華僑大酒店、國際大酒店裡。都是很有氣派的酒店。而且，朱麥克知道，他們住在酒店裡的原因也各不相同。有一個長期住在國際大酒店的人，是做外貿的，他雖然是信河街人，但主要業務已經轉移到上海了，一年在信河街的時間只有三分之一左右。所以，他一回來就住在國際大酒店裡。還有一個人，倒是長期住在酒店裡的，但是，那家酒店是他自己開的，而且，他的家人都移民加拿大了。他只能住在自己的酒店裡。

住在酒店裡當然有很多好處。譬如酒店可以提供免費的早餐；譬如會客很方便；譬如來去隨便；譬如可以很意外地碰見一些人。等等。

對於朱麥克來說，一個明顯的好處就是保密。他跟酒店簽過協議，不能把他住的房間告訴任何人。他也從來不帶任何人進自己的房間。實在有要緊的事，他就約人到一樓的咖啡吧談。一樓的意大利現磨咖啡是很地道。咖啡豆和咖啡機都是從意大利帶回來的。因為這個酒店的老闆已經辦了意大利永久居住證，已經是個完全的意大利的生活品味信徒，他雖然絕大部分時間生活在信河街，但所有的生活用品都是從意大利帶回來的，小到牙膏、牙刷，大到酒店的裝修風格，環境布置。朱麥克也跟酒店交代好了，每天房間的打掃時間是上午十點鐘。這個時間，他已經去上班了。但是，只要他一回到房間，酒店就要保證沒有人能夠打攪得到他。如果住在自己的別墅裡，別人就可以在家門口堵了。想逃也逃不掉。

朱麥克這麼做，一個重要的原因是不想掉進企業家所謂的圈子裡。其實，所有的圈子都是一樣的，是圓的，是輪流轉的，只要掉進去了，就身不由己了。他們所有的應酬都要參加。這個應酬包括飯局、牌局、球局、花局。等等。所謂的飯局就是吃飯，牌局就是賭博，球局就是打高爾夫，花局主要是去固定的高檔會所，是企業家自己辦的，一般人進不去，裡面的小姐都是模特兒，一個星期換一批，從上海北京等地空運過來。朱麥克對這些應酬沒有興趣。他只想按照自己的節奏生活，按照自己的方式做生意，不想把自己的生活跟他們纏在一起，如果那樣的話，自己很快就會跟他們一樣的。朱麥克一點也不想成為他們中的一員，他害怕成為他們中的一員，也就是說，從內心裡，朱麥克並不認同他們，一般的人，或許只看到他們光彩的一面，積極的一面，但朱麥克看到太多他們暗淡的一面，頹廢的一面。在朱麥克看來，現在這個社會，因為他們擁有大量的財富，他們有能力做成許多大事，相對來說，他們也可以擁有獨立的人格，用自己的人格力量和經濟力量去影響和改造別人。但是，朱麥克並沒有在他們身上看到這種人格，更沒有看到這種力量。他看到的只是一個新的利益集團而已。

當然，朱麥克也知道，自己的想法有點天真了。不要說別人，就是自己，也做不到。只是明哲保身罷了。還是什麼也沒有做。從這一點說，朱麥克覺得自己是個徹底的悲觀主義者。所以，除了必要的工作交往，朱麥克盡可能地迴避跟他們的接觸。他只想回到酒店的房間，一回到房間，他就覺得身體放鬆了下來，人也快樂起來。他知道，自己似乎越來越依賴酒店了。因為，現在對於他來說，錢已經不是問題了，投資只是一個大的概念了，不在乎買別墅那點錢，他早就可以買一幢最高檔的別墅住進去。但是，他連一點的念頭也沒有動過。

不過，住在酒店裡的朱麥克，終於還是出了一次「意外」。他可以防止酒店外面的人來打攪，如果是酒店裡面的人呢？這點就出乎朱麥克的意料了。

事情是這樣的：前段時間，朱麥克在酒店吃早餐的時候，一個女孩子跑過來，坐在他對面。朱麥克看了看她，她正對著朱麥克笑。說：

「你叫朱麥克。」

「你怎麼知道？」朱麥克說。

「我叫柯巴綠。」她並沒有回答朱麥克的話，自我介紹完後，還是看著朱麥克笑。

「你是酒店裡的員工嗎？」朱麥克看她穿著酒店的制服。但是，按照規定，酒店的員工是不能在餐桌前坐下來的。

「我已經注意你好幾天了。他們說你已經在這家酒店裡住了六年？」柯巴綠還是沒有回答朱麥克的問題。

「是的。六年多了。」朱麥克說。

「你真是一個怪人。」柯巴綠說。

這還是第一次有人當面說自己是個怪人。朱麥克不禁看了看她，對面這個女孩長著一張很乾淨的臉，皮膚很白很細，眉毛，眼睛，鼻子，嘴巴，都是細細的，是一個「嫩筍」，但是，她卻剪著一頭齊耳的短髮，她似乎想用這個髮型使自己變得成熟起來，但朱麥克看得出來，她也就是二十出頭的年齡。一想到這裡，朱麥克忍不住對她微微地笑了一下。

「你笑起來其實是很好看的。」柯巴綠馬上說。

「謝謝。」朱麥克說。

這時，他的早餐已經吃完了，站了起來。柯巴綠也跟著站了起來。朱麥克發現她的個子挺高的，差不多有一米七十。朱麥克往門外走，她也跟著往門外走。朱麥克走進電梯，她也進了電梯。朱麥克出了電梯，她也跟著出了電梯。朱麥克站住了，看著她說：

「你還有事嗎？」

「你不請我到你的房間坐坐嗎？」

「哦！那不行。」

「不坐也行，但你要答應我一件事。」

「什麼事？」

「晚上請我到一樓的酒吧喝酒。」

「我不喝酒的。」朱麥克不想拒絕得太直接。

「那好吧！就算你欠我一次咯！」柯巴綠大概也看出朱麥克的意思來了，她就退回一步說。

是個很聰明的女孩。朱麥克心裡想。

接下來的每一天早餐，朱麥克都會碰到柯巴綠。因為朱麥克的生活都是一步一步來的：早上五點二十分起床，打掃身體二十五分鐘，然後做六十個仰臥起坐。做完之後，喝一大杯水。六點鐘去斜對面的大學操場跑步。七點鐘回到房間，沖澡。七點半到二樓的餐廳吃早餐。八點去單位上班。朱麥克覺得，每天四十分鐘的跑步對他來說很重要，不但鍛煉了身體，更重要的是，還釋放了他身上的荷爾蒙。

朱麥克能夠明顯地感覺到，柯巴綠對自己的好奇。她好幾次對朱麥克說，你什麼時候有空，帶我出去玩吧！或者去你房間也行。有一次，她甚至說，朱麥克，我被你迷住了。還有一次，她很直接地說，朱麥克，我喜歡你。但是，朱麥克很清楚，她也僅僅是「好奇」而已，她這個年齡，正是對「怪人」充滿幻想的年齡。

不過，有一點，朱麥克是覺得安慰的，柯巴綠既然是酒店裡的員工，肯定是知道他住在哪個房間的，她不管嘴裡說得多麼直接，卻從沒有貿然地來過他的房間，只是有一次，大概是夜裡十二點了，有人敲了幾下他的門，還叫了他的名字。朱麥克的習慣是，睡下之後，就把自己的手機關掉，把房間裡的電話線也拔掉。他扒開貓眼朝外看了看，門外一個人也沒有。但他卻聞到了一股酒氣，朱麥克不喝酒，對酒的氣味特別敏感。打開門一看，柯巴綠已經坐在他的門前睡著了。朱麥克叫了幾聲，她沒有醒過來，推了推，也沒有用。他接上電話線，叫總台再開一個房間。

第二天，柯巴綠在餐廳看見朱麥克時，臉紅了。這是朱麥克第一次看見她臉紅。她對朱麥克說：

「我以後再也不會了。」

朱麥克知道她說這話的意思，對她笑了笑。

到了這個時候，柯巴綠才告訴朱麥克，自己是這家酒店老闆的女兒，她從意大利回來，她爸爸讓她接手這個酒店。可是，她對酒店的管理一點信心也沒有，也不知道從哪裡入手。

朱麥克告訴她，這個酒店是很好的。自己在這裡一住六年就是一個證明。而且，管理酒店跟做其他生意一樣，都是有規律可以抓的，生意的規律就是：社會上缺什麼東西，你就要提供什麼東西，酒店也一樣，要摸清社會發展的脈絡，要知道這個時候人們想要的是什麼，你就給他們提供什麼。如果抓不住，就會被社會淘汰，如果抓住了，就能夠把生意做得很好了。

這些話是對柯巴綠說的。同時，朱麥克也是對自己說的。因為這段時間，他正在做一件事：他跟九個信河街的老闆聯合起來，申請成立了一家「小額貸款股份有限公司」。

老實說，朱麥克並不想跟那麼多人合作。他是一個工作至上的人，如果參與了，他就想把事情做到最好，那麼，他就必須跟另外八個人緊密地結合在一起，他就隨時有掉進他們的圈子裡的危險。但是，朱麥克又知道，「小額貸款股份有限公司」就是「社會發展的脈絡」，說白了，「小額貸款股份有限公司」是私營化的銀行。以前，國家不允許私人辦銀行，現在，終於開出了一個小口，那是因為看到社會上有這種需求，公立的股份銀行已經不能滿足社會的需求，所以，「小額貸款股份有限公司」以後肯定有很大的作為。但是，國家又規定，必須要九個人以上合股，才能申報「小額貸款股份有限公司」，所以，朱麥克要想參加到這個項目裡，就必須跟另外八個人合作。

這又有點違背朱麥克的意願了。

4

朱麥克決定去一趟麗江。

他自己也覺得這個決定過於突然。「小額貸款股份有限公司」的事肯定是個很大的原因，因為九個人中，懂專業的，只有朱麥克一個，所以，所有的申請程序，都是朱麥克在跑。這些都沒有問題。問題出在，九個人合在一起後，就變成了一個整體，九個人的家事也好像也變成大家共同的事了。這當然是好事，這才能一條心嘛！但是，如果跟著他們八個人轉，朱麥克的生活軌跡就完全被打亂了。如果不去呢？那別人肯定會覺得他沒有誠心，破壞了生態平衡。朱麥克還是不能習慣這種方式。所以，公司走上軌道後，他就想離開一段時間，讓這個熱度冷卻一下。他出去的這段時間，也是讓其他股東適應的時間，時間一長，他們就習慣了。還有一個原因是柯巴綠，現在不再在朱麥克身上探尋愛情的命題了，她轉了一個巨大的彎，現在叫朱麥克「師傅」，酒店碰到什麼事，都會找朱麥克商量。朱麥克吃早餐的時間，完全被她占領了。有一次，柯巴綠說：

「師傅，你當我們酒店的獨立董事吧！這樣你住在酒店裡就不用付錢了。」

「如果不付錢，我馬上就搬出你們的酒店。」朱麥克說。

不是朱麥克不肯幫柯巴綠，而是，朱麥克知道，幫助只是一時，只能是關鍵的時候指點一二，長久的生意，還是要柯巴綠自己去做，只有這樣，她才能把生意做好。所以，朱麥克也想離開她一段時間。再有一個原因是，佟婭妮又來電話了，她告訴朱麥克，自己剛從香格里拉的「小甸希望小學」回來，她在那裡整整待了兩個月，每個週一到週五給孩子們上課，週六和週日就背起背包，到周邊各處走走，有時就睡在當地山民家裡。有一次，她迷路了，就在野外搭起了帳篷，半夜，來了兩隻狼，很友好地在她的帳篷外蹲了一夜，天快亮了才走。好像是特意過來給她做伴的。她說自己現在每天都開心得要死。最後，佟婭妮說：

「朱麥克，你來玩啊，我不會吃了你的。」

「好的，我這次一定去。」朱麥克突然說。

朱麥克坐的是先到大理的飛機。到了大理後，他原本想在大理待三天，大理有很多地方是很知名的，譬如大理古城。譬如蝴蝶泉。譬如洱海。朱麥克想，如果三天不夠就待四天。四天不夠就待五天。反正他這次出來就是想多待一段時間才回去的，一個月也可以，再多幾天也無所謂。他有的是時間。但是，朱麥克只在大理住了兩個晚上，他只在大理古城裡走了一圈，連蝴蝶泉也沒有去。因為他發現，自己根本就沒有遊玩的心情。而且，他發現，自己的心一直不能夠安定下來，頭有點痛，喘氣吃力。他想，可能是有點高原反應。信河街的海拔約等於零，自己突然跑到高原上來，當然會有點反應。不過，朱麥克知道，高原反應是其次的，因為，他的心安定不下來，是從離開酒店那一刻就開始的。只是，他還不知道，這種急躁的情緒從何而來，又要跑到哪裡去。

第三天一早，朱麥克就坐飛機離開大理了。但他沒有去麗江，而是坐上了去香格里拉的航班。他決定先到「小甸希望小學」去看看。

到了香格里拉縣城建塘鎮，朱麥克先找一家酒店住下來。下午，他去了一趟教育局，從教育局裡查到了「小甸希望小學」的具體地址，她坐落在香格里拉縣的最北端的東旺鄉白玉村，離縣城約兩百公里。如果是高速公路，一個多鐘頭就可以到，但在這裡，可能要開四個鐘頭。教育局的人還拿了一張白紙，在紙上給朱麥克畫了一張去「小甸希望小學」的草圖。

從教育局出來後，朱麥克又去報攤上買了一張香格里拉的地圖，他根據草圖，找出了明天要走的路線。他本想到租賃公司租一輛車自己開的，後來想想，還是從酒店裡直接叫了一輛。

第二天八點半，朱麥克和司機出發。下午十二點半，他終於看到了「小甸希望小學」了，外面有一圈圍牆，中央兩扇鐵門，鐵門的右邊豎掛著一個牌子：小甸希望小學。鐵門進去，有一個大操場，操場的左上方樹著一根旗桿，上面掛著一面國旗。國旗下面，是一排兩層樓，一共有五間。今天是星期日，學校裡一個學生也沒有。但是朱麥克看見裡面有兩個大人在走動，應該是前來支教的老師。香格里拉教育局的人告訴過他，這個希望小學的老師，基本都是外面來支教的。朱麥克不想被他們看見，所以，讓司機把車子停在遠處，他下車後，在學校的圍牆外走了一圈後，就回到車裡去了。

學校方圓幾里並沒有可以住宿的旅館。朱麥克原本有在這裡住一晚的打算，但看了這裡的環境後，決定當天趕回去。所以，算起來，他只在「小甸希望小學」圍牆外待了半個鐘頭，下午一點鐘，他往回走，五點鐘就回到酒店。

過了一夜。朱麥克包了一輛車，去了瀘沽湖。到了瀘沽湖後，他了解到這裡最好的酒店叫

「里格春天賓館」，房間的陽台可以看見瀘沽湖，一個晚上三百元。朱麥克就選了「里格春天賓館」。到了以後一問，才知道這個賓館是一個信河街的人來投資的。老闆早幾天出去旅遊了。朱麥克進了房間後，感覺很不錯，是他出來這幾天裡感覺最好的一個房間，房間裡乾淨明亮是一個原因，最主要的原因還是這裡的房間特別高，一般酒店的房間只有三米高，這裡卻有四米。

朱麥克在瀘沽湖住了三天，他哪裡也沒有去，每天早上五點二十分起床，打掃完身體後，做六十個仰臥起坐，然後，沿著湖岸跑四十分鐘。回來之後，沖個澡，吃了早餐，就坐在房間裡，守著瀘沽湖看。

三天之後，朱麥克去了玉龍雪山。玉龍雪山離麗江已經很近了。但是，玉龍雪山下來後，朱麥克卻去了期納。期納在麗江的南邊，他之前從來沒有聽說過這個地方，是臨時決定去的。在期納住了一夜後，他又繞到麗江的東面，去了一個叫戰河的地方。他又在這個完全陌生的地方住了一夜。

這時，朱麥克再也想不出來自己往哪裡走了，他也不想走了。他在心裡對自己說，是時候了，去麗江，找佟婭妮去。

到麗江的束河古鎮時，天已經暗下來了。佟婭妮告訴過他，她的「四海為家」開在四方街上，只要一到古鎮，一問四方街，沒有人不知道的。朱麥克沒有給佟婭妮打電話，他在四方街口下了車，一路慢慢走了過來。

四方街是一條老街，兩層，沿街布滿旅館和酒吧。叫人眼花繚亂。走了一會兒，他突然發現前面有一個很大的招牌，叫做南鹿島酒吧。朱麥克突然記起來，佟婭妮說過，她的旅館隔壁就是「南鹿島酒吧」。這麼想的時候，朱麥克的身上一熱，心猛烈地跳了起來，抬頭看了看，酒吧的對面剛好有一家叫「鄉愁小棧」的旅館，他想也沒有想，一頭就拱了進去。

朱麥克要了一個臨街的單間。住進去一看，窗外正是對面的「四海為家」和「南鹿島酒吧」。朱麥克去了一趟樓下，問老闆這裡有沒有叫餐服務。老闆說有，給了他一張對折的名片，上面有電話號碼和菜名。朱麥克回到房間，就在這張名片上叫了一份麗江著名的美食——火腿黃豆麵。叫對方送到房間來。

不一會兒，火腿黃豆麵送來了，朱麥克發現自己一點胃口也沒有，付了錢後，又讓送菜的夥計帶回去了。

朱麥克一直坐在窗口望著對面兩個店面，一直到凌晨三點，也沒有看見佟婭妮的蹤影。三點過後，朱麥克也不知道自己是什麼時候睡著了。

第二天早上，朱麥克還是五點二十分就醒了，他只是去上了一趟衛生間，馬上又回來抱著窗口。

上午十點鐘，對面的「四海為家」終於開門了。開門的是一個小夥子。十一點，朱麥克心裡一跳，他看見佟婭妮從裡面走出來了，她懶懶散散的，頭髮有點亂，還拍拍自己的頭，好像對那個小夥子說了句什麼。只轉了一下，佟婭妮又進去了。過了一個半鐘頭後再次在店面口出現，佟婭妮已經煥然一新了，朱麥克又看到以前的那個佟婭妮了，她身裡又充滿了活力，不停地跟經過的人打招呼，好像很多人跟她都很熟，她跟「鄉愁小棧」的老闆也打了一個招呼，打完之後，還對朱麥克住的房間看了一眼，朱麥克身不由己地往後仰了仰，心頭又是一陣亂跳。

下午一點，「南麂島酒吧」也開門了。佟婭妮拿一把靠椅坐在門口，她手裡拿著一個照相機，偶爾舉起來拍幾下。有人走進她的酒吧，佟婭妮就會站起來跟他們打招呼。沒有客人的時候，佟婭妮就很安靜地坐在椅子裡，看著街道，臉上掛著微笑。

朱麥克就這樣看了佟婭妮一個下午。天黑之後，他又看著佟婭妮在酒吧裡走進走出，一直到凌晨三點半，他看見佟婭妮進了「四海為家」，再也沒有出來。

第二天一早。朱麥克就坐上了飛回信河街的飛機了。回到萬豪酒店的時候，剛好在大廳碰到柯巴綠，她對朱麥克笑了笑，說：

「師傅，回來啦！」

朱麥克也對她笑了笑。

進了房間後，朱麥克放下行李，長舒了一口氣。他發現不安的心這時突然安靜了下來。他拉開窗簾，長時間地看著窗外。

責任人

一

從吳節棋的追悼會回來後，黃徒手決定把事情做個了結。

下午的時候，他老婆郭婭尼來過一次。她是送配件過來的。他們現在主要有兩個工廠，一個叫恆明眼鏡廠，另一個叫恆明眼鏡配件廠。他們有明確的分工：眼鏡廠由黃徒手抓；郭婭尼主要負責給黃徒手的眼鏡廠提供配件。當然，她也給其他眼鏡廠發貨。黃徒手的眼鏡廠只是她的一個客戶而已。郭婭尼拉客戶很有一套，一般被她盯上的客戶，想逃掉很難。所以，每年年終盤點，郭婭尼做的營業額和利潤都比黃徒手高。兩個工廠不在同一個地方，郭婭尼一般也很少來黃徒手的眼鏡廠，只是送貨的時候，偶爾過來看一下。這天下午，她把貨送完後，看看時間差不多了，就順便轉到黃徒手的辦公室。黃徒手沒有對她說什麼。

下了班，兩個人一起回家。進了家門後，黃徒手對郭婭尼說：

「我們分開一段時間吧！」

黃徒手所謂的「分開一段時間」，是分居的意思。這個話題，他在三年前就跟郭婭尼提過。這三年來，他幾乎每個星期都跟郭婭尼提起過這個話題，而且，討論過很多細節：分居以後，生意上的事還是維持現在的樣子，只是黃徒手搬到另外一套房子裡住。也就是說，分開的這一段時間裡，他們暫時脱離了夫妻關係，兩個人都恢復了自由，可以想幹什麼就幹什麼，想怎麼幹就怎麼幹。當然，包括可以各自去找情人。不過，每次商量到了最後，都沒有真正執行起來。因為黃徒手總是擔心，只要這一步跨出去，就再也回不來了。而且，他翻來覆去地衡量著郭婭尼的優缺點，發現幾乎找不出她的缺點，如果一定要找的話，那就是郭婭尼跟客戶打電話時的那種語調，讓黃徒手心裡不爽：她的聲音不是直接從口腔裡發出來的，而是先把喉嚨往下壓，把聲音壓細、壓低，然後，讓聲音通過舌頭，升到口腔的上壁，從上壁慢慢地滑下來，再通過舌尖，從嘴的兩角輕輕飄出去。她的語調太溫柔了。黃徒手有時換一個角度想，如果自己是那個客戶，聽了郭婭尼這樣的語調，一定會覺得這個女人在勾引自己，心裡也會一蕩一蕩的。但是，黃徒手知道，郭婭尼這是為了做生意，而且，她這一手很是行之有效，特別是中年之後的男人，很吃她這一套。黃徒手更知道，郭婭尼這麼做不是故意的，她説話就是這個調調。她跟她爸爸説話也是這樣的。更主要的是，黃徒手知道郭婭尼不是那種性格很花的女人，別看她說話的聲音帶著勾，其實，她是把所有的客戶當成親戚看待，沒有一點曖昧的意思。

郭婭尼聽了黃徒手的話，看了他一下，說：

「你真的想好了？」

「我想好了。」黃徒手說。

「只要你想好了，我一定會支持你的。」郭婭尼說。

「謝謝！」黃徒手說。

「不要這麼說，在這件事上，我也有責任。」郭婭尼說。

事情談完之後，他們按照生意場上的規矩，很正式地簽了協議。一式兩份。兩人都在協議上簽了名字。簽完之後，互相看了對方一眼，笑了一下，很有禮貌地握了下手。這個握手有友誼萬歲的意思，也有生意不成情意在的意思。再說了，這還只是一個分居協議，他們協定的分居時間是一年。一年過後，他們又會重新住在一起的。當然，也可能就真的分開了。誰說得清楚呢？

黃徒手知道，和郭婭尼走到這一步，跟已經死了的吳節棋有很大的關係。

說起來，吳節棋應該是黃徒手的福星。

八年前，黃徒手從信河街的電泵廠辭職出來，跟郭婭尼辦起了一家打火機工廠。黃徒手出來單幹的原因有兩個。一是那段時間剛好是個潮流，信河街很多人都從單位裡跑出來，辦起各類工廠：有眼鏡廠，有電機廠，有電器廠，有打火機廠，也有皮鞋廠。這些人很快就表現出不同以往的生活狀態，開始把踏踏車換成了摩托車，有的甚至都開上夏利牌的小轎車。而且，他們的臉色很快就變油和變紅了，小肚子也很有氣勢地頂了出來。黃徒手眼睛紅起來了，躍躍欲試了。另一個原因是黃徒手在電泵廠是個「技術型人才」，他是個出色的鉗工，是個做模具的「老司」，手上功夫很細，用信河街的話說是他的「生活做得好」。黃徒手做出的模具樣子正，型位公差準確，細節處理到位，他做出來的模具，你可以用手去摸一摸，就好像摸在嬰兒的屁股蛋上。黃徒手參加過一個全市的機械模具製作比賽，拿到了第一名。郭婭尼就是那個時候看上黃徒手的，那個時候，她是電泵廠的會計。黃徒手覺得一身武藝，待在電泵廠裡施展不出來。黃徒手想出來做一番事業。這個時候，郭婭尼已經是他的老婆了，他跟郭婭尼一商量，郭婭尼舉雙手雙腳贊成。兩個人雙雙離開了電泵廠。

從電泵廠出來後，黃徒手就辦了打火機配件工廠。他利用自己是鉗工「老司」的優勢，所有打火機的配件都做，像出氣閥、跳板、點火裝置、汽箱、外殼。等等。

這樣做了兩年，生意還可以。

但也就是「可以」而已。因為是一個小工廠，只有十幾個工人，而且，信河街像黃徒手這樣的工廠還有很多，他們像洪水一樣把黃徒手淹沒了。所以，兩年下來，每年年終結帳，也就賺個一萬元左右。這個數目也就是比在電泵廠上班時好一點點，距離黃徒手設定的目標相差甚遠。

到了第三年，黃徒手知道再這樣下去不是辦法，他需要一個突破口，但一時又找不到突破口。也就是在這個時候，吳節棋找到了他。

吳節棋是黃徒手技校的同班同學，畢業後在信河街的航模館工作。在技校的時候，吳節棋就對模具製作有異常的表現，他只要一站在機床前，就完全忘記了外面的世界，他在學校裡騎的踏踏車就是自己做的。他還做了一輛摩托車，這輛摩托後來被學校拿去放在陳列室裡供人參觀。到航模館工作後，吳節棋對發動機發生了興趣。航模館裡所有航模的發動機都是他做的。吳節棋早黃徒手一年離開單位，他也辦了一個打火機廠。相對於黃徒手，吳節棋很是高屋建瓴，一開始就定好了位置，要做中國最好的打火機。那個時候，信河街能夠看到最好的打火機，就是日本的莎樂美牌防風打火機。吳節棋只用了三天時間，就做出跟莎樂美牌一模一樣的防風打火機。不但點火又輕又準，而且，拿手裡又厚實又圓潤，用過的人都說好。但是叫好不叫座，做了三年多，吳節棋反倒欠下了一屁股的債，因為他的打火機價格比日本的莎樂美還貴，莎樂美至少是名牌，吳節棋的打火機連個名字也沒有，別人當然買莎樂美。

吳節棋找到黃徒手的時候，跟他說：

「黃徒手，我發現了一個能賺錢的項目。」

「你發現什麼項目了？」黃徒手說。

「就是生產防風打火機中的限流片。」

吳節棋說的限流片黃徒手知道，其實就是鎳片，信河街的人也叫銀片或者限流片。黃徒手工廠唯一沒有賣的配件就是它。因為限流片中間有一個小孔，這個小孔非常致命：小孔只有六微米大。六微米是個什麼概念呢？一般頭髮絲是七到八微米。也就是說，要在限流片上打一個比頭髮絲還細的孔。這個任務，機器完成不了。信河街現在用的限流片都是從上海進的，是激光的，每片一元。普天下的人都知道，限流片的原材料一公斤只有兩百元，一公斤有二十萬片，攤開來的話，每片的成本只有兩厘。說起來，上海人真是黑啊！兩厘的成本賣到一元錢。但有什麼辦法呢！上海人有技術啊！他們有「激光」，信河街就沒有，這錢就該他們賺。但，吳節棋這麼說的時候，黃徒手已經聽出他的意思了，他好像有辦法了。所以，黃徒手一聽也來勁了，說：

「你研究出來了？」

「我還沒有。」

「哦！」黃徒手提起來的氣一下鬆了下來。

「但也只差一點點了。」

「在哪個環節上卡住了?」

「卡在打孔的那根針上了。」

吳節棋設計了一個電動小沖床，其實，也不完全是沖床，他是把沖床跟縫紉機做了一個結合。並且在新機器裝上了一個小馬達。但是，他做了無數個試驗，有幾次都打出六微米的小孔了，但那根針當場就斷了。如果要讓針不斷掉的話，打出的孔就要超出六微米。吳節棋進行了一年左右的試驗，到了最後，一籌莫展。也就是說，他走進死胡同了。否則的話，像他這麼驕傲的性格，是不會輕易向黃徒手求助的。黃徒手知道，吳節棋在專業上從來沒有佩服過誰。

聽了吳節棋的話後，黃徒手去了一趟吳節棋的工廠，「拜見」了吳節棋的那台傑作，在徵得吳節棋的同意後，把它請回自己的工廠。

其實，沒過多久，黃徒手就把吳節棋碰到的問題解決了。黃徒手用的是很「笨」辦法，他是在吳節棋的基礎上，做了一點「退步」的處理，說起來簡單，就是把那個小馬達拆掉，改成手工操作。黃徒手還是相信自己的手。而且，打孔用的針，也是黃徒手用手工一點一點磨出來的，他用鑷子把兩毫米長的鎳片放在小沖床上，對著針尖固定好，用手一壓，一張限流片就做出來了。針也不會斷。

這個問題解決後，黃徒手的工廠和吳節棋的工廠合併起來了。總共有三十個工人。他們對這三十個工人進行了半天的培訓，就開始生產限流片了。

也就是從這天開始，他們的工廠一下子來了很多人，這些人都是騎著本田王摩托車或者開著夏利牌轎車來的。他們都是做打火機的老司。他們聞風而動。

生意好的原因是，黃徒手的一張限流片只賣五毛。比上海便宜一半。更主要的是，用手工壓出來的限流片比激光打出來的限流片好用。因為激光打出來的小孔是不平整的，小孔的內沿有凹凹凸凸的毛刺，這多少影響了打火機出火的質量，打出來的火花也不好看。手工壓出來的小孔，內沿平整而光滑，打出來火花的形狀像剝了殼的雞蛋。所以，沒有過多久，信河街所有的打火機廠都到黃徒手這裡來進貨了。

那一段時間，從早上八點到晚上十二點，來工廠進貨的人就沒有斷過。工廠的門口總是停滿了摩托車和夏利牌小轎車。

那一段時間，也是黃徒手有生以來賺到最多的錢的一段時間。經過培訓後，一個工人一天可以做一萬張左右的限流片，這等於說，一個工人，一天可以給黃徒手賺五千元，扣除工資和其他成本，最少可以淨賺四千元。那麼，三十個工人，一天就是十二萬元。他跟吳節棋五五分成，每人每天至少可以賺六萬元。

當然，不能叫三十個工人每天從早上八點做到晚上十二點，那樣的話，就是做出來的產品也不合格。但是，現實的問題是，每天下班後，總會有一兩個工廠沒有等到他們要的貨，他們說：

「我們的工廠就等著這批貨開工呢！」

「明天就是我們交貨日期了，如果沒有限流片，我們向客戶交代不了的。」

「請你們無論如何幫我們想想辦法！」

碰到這種情況怎麼辦呢？

這個時候，只有黃徒手和郭婭尼親自出馬了。他們坐在小沖床前，從晚上七點鐘，做到十二點鐘。通常的情況，在這段時間裡，黃徒手可以做六千張限流片，郭婭尼稍微慢一些，也可以做四千張。加起來就是一萬張，一萬張是什麼概念呢？就是五千元的意思。這一個晚上下來，黃徒手和郭婭尼就賺了五千元。他們把貨交給等在那裡的客戶，客戶感激地把一大疊的鈔票遞給他們，拼命說，你們點一點，你們點一點。但是，哪裡還用得著點呢！老遠就聞到那股甜甜滑滑的味道了。那是鈔票特有的味道。

這樣大概做了兩個多月。每天晚上，黃徒手和郭婭尼身上的各個口袋都塞滿了鈔票。每當這時，黃徒手聞著鈔票裡散發出那股甜甜滑滑的味道，他都有一種尿急的感覺。同時，他還聞到了手中鎳片發出了一股刺鼻的酸味。這股酸味直往他的鼻子裡鑽，從鼻子鑽進去，先衝到兩隻眼睛，然後倒流回來，漫向全身，把黃徒手身上的力氣一點一點地化掉，到了最後，黃徒手覺得連手都抬不起來了，連眼皮也抬不起來了。當他最後把所有的限流片交到客戶的手裡，接過客戶遞過來的鈔票，整個人就癱在椅子上了。

因為生意太好，黃徒手想擴大一下規模，再招一些工人，就用不著自己每天加班了。他跟吳節棋商量這個事，吳節棋說，黃徒手，你錯了，你現在看起來有點供不應求，其實，信河街的市場份額也就這麼大了。現在這個狀況剛剛好，沒有讓那些客戶餓著，也沒有讓他們吃得太飽，如果讓他們吃得太飽了，他們的尾巴就翹起來了。

黃徒手知道吳節棋說的也不是完全沒有道理，但他更知道他說這話的另一種意思。說實在的，吳節棋的心思並不在限流片上，他的心思還是打火機上，他的目標沒有變，還是要做中國最好的打火機。研究限流片只是他人生的一段小插曲。所以，對於黃徒手這個工廠，他基本沒有管，也基本不到工廠來。他基本上是一個太上皇。

這個時候，事情卻是朝著另一個方向發展了。

大概是三個月後，黃徒手發現，來他們工廠進貨的客戶突然少了，工廠門口一天也難得看見一輛摩托車和夏利牌轎車了。工廠門口的停車場突然顯得很空很大。黃徒手出去了解了一下，才知道，就在這個月，信河街突然冒出十幾家生產限流片的工廠。他們的價格只有三毛。

黃徒手趕緊把這個情況告訴吳節棋，兩個人商量的結果是，也把價格降到每片三毛。即使是這個價格，利潤還是很高的。

可是，問題是當黃徒手把價格降到每片三毛的時候，其他工廠很快就把價格降到了兩毛。當他們接著把價格降到兩毛時，他們又降到一毛。然後是五分。最後是三分。到了這個時候，黃徒手跟吳節棋商量說：

「再開下去就意義不大了。」

「那就關了。」吳節棋毫不猶豫地說。

「好。」黃徒手說。

第二天，他們就把這個工廠關掉了。

這個工廠頭尾共開了六個月。雖然只是短短的六個月，對於黃徒手而言，這中間發生了很複雜的變化，有些變化他已經感覺到了，譬如，這六個月下來，他和郭婭尼賺到了很多的鈔票，光分到他們名下的，就有七百來萬。人生發生巨大的拐彎了。這個數目是他們以前沒有想過的。他們現在不要說買本田王摩托車了，就是買一架飛機估計都沒有什麼問題。當然，有了這麼大的一筆錢後，黃徒手發現自己的心態也發生了微妙的變化。這種變化他還不能用語言表達出來，只是偶爾會對著空氣發一會兒愣。

但是，總的來說，黃徒手覺得自己算是跨出來了，走的路子是對的。所以，限流片的工廠關閉後，他對信河街的市場做了一番調查，半年之後，他離開了打火機行業，辦了一家眼鏡配件廠，名字叫做恆明眼鏡配件廠，生產的主件有中梁、鏡框、鏡腳；附件有托葉、鉸鏈、腳套。等等。

郭婭尼曾經問過黃徒手，為什麼放棄了已經熟悉的打火機行業，而轉向了他並不熟悉的眼鏡行業。黃徒手的答覆是，不管是打火機的配件，還是眼鏡配件，對於他來說，他始終是個鉗工。

郭婭尼聽了他的回答後，笑了一下，沒有再問下去。但是，黃徒手知道，這個回答並不能讓自己滿意。當然，黃徒手也可以回答說，在信河街，眼鏡行業是個新興的行業，是朝陽，這個行業更有發展的前途。不過，黃徒手知道，這也不是主要的理由。至於為什麼要離開打火機行業，他也說不出來。他只是不想再做打火機了。

跟黃徒手相比，吳節棋顯得「專一」而「深邃」。他完全地沉醉在打火機裡面了。

吳節棋有一個親戚在法國，他通過這個親戚，在法國註冊了一家「公爵打火機公司」。他的打火機搖身一變，成了法國的牌子，這下可以跟日本的「莎樂美」抗衡了。

其實，從內心說，吳節棋很看不起日本的「莎樂美」。吳節棋覺得它沒有什麼技術含量，他對黃徒手說過：

「這樣的打火機怎麼就能夠成為世界名牌呢？」

「『莎樂美』還是不錯的。做工和質量都還不錯。」黃徒手說。

「能跟我做的打火機比嗎？」吳節棋看著黃徒手，挑釁地問。

「我覺得不相上下吧！」黃徒手實事求是地說。

「總有一天，你會看到我做出全世界最好的打火機。」吳節棋瞥了黃徒手一眼，馬上把眼睛伸向遙遠的前方，咬著牙，一字一頓地說。

掛上法國的牌子後，吳節棋的打火機依然賣得不好，因為他把價格又提高了。黃徒手曾經勸過他，把價格稍微調低一點。吳節棋嗤之以鼻。一分錢一分貨嘛！他覺得自己的打火機就是值這個價格，不能自降身價。他不能因為來買打火機的人不多，就向他們低頭。如果要低頭的話，他早就去做一次性打火機了。他覺得做一次性打火機沒有挑戰性，沒有成就感。只有做出讓自己滿意的打火機時，那才是最快樂的事情。

黃徒手知道吳節棋就是這個性格，也就不多說了。再說了，他們合作做限流片後，吳節棋也分到七百萬。他現在並不缺錢。所以，他想搞研究也不是不可以。再說了，這是吳節棋的事，這是他的理想，誰也不好干涉。

不過，話說回來，黃徒手現在就是想干涉也沒有精力，因為他的恆明眼鏡配件廠剛剛起步，工廠裡剛進了機器，什麼油壓機呀！沖床壓力機呀！砂光機呀！這些機器都要黃徒手一台一台地調試，調試好後，所有的配件也都要黃徒手一點一點地做出來。然後，他再手把手地教工人怎麼做。他要讓自己工廠裡的工人，成為有技術含量的工人。工人做好之後，所有的產品，黃徒手還要再看一遍，而且，每一遍，他總是能夠找出一大批質量不過關的產品，很多時候，黃徒手都要自己動手，把這些質量有問題的配件修改過來。所以，黃徒手每天都覺得時間不夠用，工廠裡每天都有很多事情等著他去做。

也就是從這個時候開始，黃徒手把銷售的事情交給郭婭尼去做了。他發現了郭婭尼的巨大優點，郭婭尼不但說話的聲音好聽，做事也很動心思。譬如她碰到一個叫劉可特的客戶。劉可特是信河街眼鏡生意做得最大的一個老司，一年的銷售額有好幾個億。郭婭尼想把產品打進劉可特的工廠。她先通過一個朋友，跟劉可特接上了關係，把配件送過去給他，讓劉可特「試試看」，好就用，不好就不用。配件送過去一個多月了，劉可特一點動靜也沒有，沒有說行，也沒有說不行。郭婭尼讓那個朋友去問，劉可特的回答是還沒有用，因為他有長期合作的客戶，如果試用新的配件，擔心質量不能保證。劉可特這麼說，等於是把路封死了，他只是礙於朋友的面子，說得委婉而已。但是，郭婭尼沒有氣餒，她打聽到，劉可特有看書的嗜好，他的辦公室裡堆滿了書，特別是心理學方面的書。郭婭尼了解到，有關心理學方面的書，奧地利一個叫弗洛伊德的人是最權威的，出版社出過他的文集，是八卷裝的豪華本。郭婭尼請內行人開了單子，去信河街的書店找，她找遍了所有的書店，沒有找到這套書，她後來託人到上海找，終於買回來了，請那個朋友送給劉可特。

「弗洛伊德」送過去一個星期後，劉可特那邊就給郭婭尼回話了，叫她再送一批配件過去試試。

三年之後，黃徒手的恆明眼鏡配件廠成了信河街最大的配件廠，幾乎所有的眼鏡廠都到他這裡來進過貨。也就在這一年，他們又創辦了恆明眼鏡廠。對於眼鏡廠，黃徒手有自己的看法，他跟吳節棋不一樣，不做自己的品牌。他只替別人加工，只賺生產的錢，因為他知道自己只是一個鉗工。他跟吳節棋要的東西不一樣，吳節棋要的是產品的牌子，而他要的是工廠的牌子。吳節棋是理想派，他是現實派。這是方向性的區別。又過了兩年，黃徒手的恆明眼鏡廠已經很有名了，不只是信河街的眼鏡廠來找他做加工，連國外的一些眼鏡公司都找上門來。他的工廠也一再擴大，現在已經有上千個工人，光管理人員就有一百來人。可以這麼說，黃徒手的工廠已經完全走上軌道了，他每天坐在辦公室裡，就能夠感覺錢在「嘩啦啦」地流進來。

也就是在這個時候，黃徒手發現了自己的問題：第一個問題是，他出現了失眠、頭痛、消化不良、情緒低落等等症狀，他去醫院做了檢查，也沒有檢查出什麼毛病，醫師說他可能得了抑鬱症；第二個問題是，他現在基本不進車間了。這不是因為忙。恰恰相反，他現在有的是時間，如果願意，他可以天天焊在車間裡。他原來一進車間手心就會燙起來的，整個身體也會暖起來的，如果讓他天天待在車間裡，就是讓他一天只吃一頓飯也可以。可是，現在只要一靠近車間，就聞到一股酸酸的鎳片的氣味，頭暈，想嘔吐；第三個問題是，他現在不能碰郭婭尼，一碰她的身體，就會聞到一股酸酸的鎳片的氣味。黃徒手不知道這個氣味從哪裡來，他已經很多年沒有再碰鎳片了，問郭婭尼最近有碰鎳片嗎？郭婭尼也說沒碰。這個事情很讓黃徒手和郭婭尼頭痛，因為一聞到鎳片的味道，黃徒手的「性趣」就沒有了，如果不碰郭婭尼的時候，又很想要；第四個問題最要命，他現在每天都覺得很不幸福，生活沒勁，沒意思。他知道，自己肯定出問題了，但又找不出來問題在哪裡。他想改變一下生活，所以，跟郭婭尼商量，兩個人分開一年試試看，能不能找到一種解決的辦法。他剛跟郭婭尼提這個想法的時候，她臉都白了，但她後來也理解了，她對黃徒手說，只要你決定了，我就支持你。可是，每到要決定的時候，黃徒手又猶豫了。

在這個過程中，黃徒手去找過一個叫董小萱的女心理醫師。是郭婭尼介紹的。郭婭尼也是聽一個朋友說起的，就有意要來了董小萱的電話，她叫黃徒手去試試看。黃徒手就給董小萱打了電話，電話裡是個咬字很清楚的年輕聲音，她叫黃徒手明天到她的紫竹林心理會所聊聊。

第二天，黃徒手去了，發現董小萱是個三十出頭的女人，剪著一頭齊肩的短髮，一身休閒打扮，還披著一件暗紅色的披肩，襯出她很白的皮膚。黃徒手把自己的情況跟她一說，她很肯定地說：

「你得的不是抑鬱症。」

「不是？」

「根據我的分析，你得的是應激反應症。」

「什麼是應激反應症？」黃徒手還是第一次聽見這個病。

「這是一個新的心理疾病。是近幾年才發現的。主要的原因是由於事業和工作環境的急速改變，使人的身體和情緒產生了不適應。這種病一般出現在一些事業成功人士身上，特別是一些在經濟上獲得成功的人身上，他們的身體已經隨著環境進行了急速的改變，但精神上的傷疤不能癒合。」

「這個病厲害吧？」她說得很玄，但黃徒手覺得有點道理。

「也不是特別厲害。可以這麼說，幾乎所有人都有這個病，輕重之別而已。」

「我的病算重的吧！」

「是的。」

「那我該怎麼辦呢？可以打針或者吃藥嗎？」

「這個病的特點之一是，打針和吃藥只會加重病情。唯一的辦法就是正面對待，把它打敗。」

「照你這麼說，就是要我跟這個病拼刺刀，不是它死就是我死了！」

「道理上是這樣的，但沒有你說的那麼可怕。」

「你這用的是什麼方法呀！這麼奇怪？」

「我還沒有用方法呢！我只是在告訴你一個常識，如果有人打了你一個耳光，你覺得痛，而且很生氣，這是正常的；如果你沒有覺得痛，也不生氣，那就不正常了。你現在就是被一個人重重地打了一個耳光，你當然覺得痛了，覺得不舒服了。」

「你的意思是說，接下來，我要把『這個人』打敗，否則的話，它會一直打我的耳光，一直把我打死為止？」

「差不多是這個意思。」

「那我用什麼辦法才能打敗它呢？」

「你只有靠自己的力量才能夠打敗它。」

「怎麼打？對象在哪裡？」

「對象就是你自己，就在你的心裡，你不是總能聞到一股酸酸的鎳片氣味嗎？你接下來就是要把這股酸酸的鎳片氣味打敗，你要讓自己一想到這股氣味就是香噴噴的，而不是酸溜溜的。

最少，你也要讓它變成沒有味道的，不能對你的生活造成傷害。」

「沒有其他辦法了嗎？」

「其他所有的辦法只是輔助，你自己的力量才最重要。」

但是，董小萱也告訴黃徒手，對於「應激反應症」，目前還沒有一套行之有效的治療手段，因為，這是患者精神領域的問題，這種病只能依靠患者的意志力去面對，醫師能夠提供的只是外在的幫助。幫助患者找到病源，通過精神的安慰，做一些疏導工作，再就是做做催眠，放鬆一下患者的神經。

不知是什麼原因，黃徒手發現，坐在董小萱的會所裡，跟她說了這麼多話後，他的情緒居然平靜了下來，身上輕鬆了許多，頭痛的感覺也不明顯了，好像一直籠罩在身體外面的一團黑霧突然散開了，更主要的是，經董小萱這麼一說，他有點豁然開朗了，似乎一把就抓住自己問題的癥結了。

但是，回到工廠後，黃徒手發現，那團黑霧又出現了，慢慢地濃起來，慢慢地重起來，讓他喘氣不暢。他的情緒又跌了下來。

這樣的情況，反反覆覆地出現。黃徒手去董小萱那裡做一趟催眠，就會好過一些，一回到工廠和家裡，又回到了原來的樣子。這樣的結果是，過幾天，黃徒手就要去一趟董小萱的工作室，不去的話，會更加難受。

黃徒手知道這樣下去不是辦法，只能使問題越來越大。他也想拼刺刀。但是，他總是想，明天吧！明天一定行動。他覺得有很多個明天。是吳節棋的死驚醒了他，吳節棋是腦溢血死的，他死的時候，就坐在工作台前，手裡還拿著打火機。黃徒手這才驚覺，留給自己的時間不多了，如果再拖下去，自己可能很快就會趕著去跟吳節棋做伴了。

所以，這一次，他下了決心。想給自己一個機會，也給郭婭尼一個機會。

二

董小萱原來是個小學語文老師。這不是她喜歡的一個職業。但那個時候，她還不明確自己要的是什麼。因為她的普通話說得好，後來通過考試，進了信河街電台。主持的欄目叫甌江夜話，是個直播節目，主要解答一些青年男女的敏感話題，譬如思念啊！失戀啊！友情啊！性生活啊！等等。因為要回答的問題，大多屬於心理學範疇，她正兒八經地去學了心理學，考了國家二級心理諮詢師的資格證，後來又到催眠師協會考了催眠師。

隨著學習的深入，董小萱越來越喜歡心理學這門學問，同時，她也逐漸喜歡上了心理諮詢師這個職業，她很喜歡這種溝通方式。當然，做電台主持時也是在跟不同的人做溝通，但那種溝通是通過電波傳送，是沒有溫度和表情的。心理諮詢師就不一樣了，既可以跟人進行面對面的溝通，了解對方細微的情緒波動，跟對方做溫暖的朋友，又保持著一份神祕感，在任何情況下都能夠保持一份理性和尊嚴。

這時，董小萱知道自己要的是什麼東西了。

黃徒手找董小萱諮詢的時候，董小萱在信河街落戶兩年多了。她的紫竹林心理會所已經小有名氣。

跟郭婭尼簽了分居的合同後，黃徒手首先把這個消息告訴了董小萱。他對董小萱說：

「我現在要拼刺刀了。」

在這之前，黃徒手曾經把這個想法跟董小萱說過。董小萱聽了之後，問他說：

「你還愛你的老婆嗎？」

「我也不知道。」黃徒手這麼說，他是真的不知道還愛不愛郭婭尼。如果說不愛的話，為什麼每一次想跟她分居的時候，總是顯得很猶豫呢？但是，如果說還愛她的話，為什麼每次碰到她的身體，總會聞到一股酸酸的氣味呢？

董小萱告訴黃徒手，能不能治好這個病，跟要不要和郭婭尼分居沒有必然的關係，因為黃徒手要克服的是自己的心理問題。不過，如果黃徒手覺得一定要跟郭婭尼分開一段時間，也不是不可以。

董小萱這麼說有另一層意思，她是告訴黃徒手，如果黃徒手還愛著郭婭尼的話，他跟郭婭尼的分居，就變成了躲避。這樣，他的分居就變得毫無意義了。

黃徒手知道，跟郭婭尼的分居，更多的是一種藉口。從另一個角度來說，他只是想借這一年的時間，檢驗一下，自己到底是不是還愛著郭婭尼。這一點，他沒有告訴董小萱。更沒有告訴郭婭尼。

這個時候，黃徒手突然明白了一件事，那就是做完限流片之後，為什麼會轉頭去做眼鏡了。那是因為，從那個時候開始，自己就開始躲避了。他當時還不知道到底在躲避什麼，只覺得生活發生了巨大的變化，在短短的半年裡，賺了一輩子都沒有想過的錢。那一段時間，他的生活裡除了錢之外，就剩下一片荒蕪了。當時，黃徒手也發覺自己的心態發生了某些變化，具體發生了哪些變化，他不清楚。現在清楚了，原來心停在那個地方了，生活變化得太快，他的心沒有跟上來。也就是說，自己做了一件不負責任的事，身體跟著環境坐著火箭跑了，把心丟在原地了。所以，現在他要做的事情，就是把丟失的心找回來，做一個負責任的人。他覺得，只有把心找回來了，接下來的生活才有幸福的可能。

黃徒手把分居的消息告訴董小萱後，又去了一趟她的心理會所。要求董小萱再給他做一次催眠。黃徒手發現自己有點迷戀上她的催眠術了。董小萱給他做的催眠術叫「天龍八步」，董小萱說：

「好的，你來吧！」

黃徒手到了董小萱的會所後，跟她打了一個招呼。董小萱對他笑了笑。黃徒手每一次來董小萱這裡，她都會對他抿著嘴，笑一下，這讓黃徒手覺得很溫暖。董小萱對他說：

「來了！」

「是的。」

「你躺在催眠床上吧！」

「好的。」

黃徒手輕輕躺在催眠床上，看見董小萱慢慢地走到了他的身邊，能夠聞到她身上有一股淡淡的香氣，他不知道這是什麼香氣，因為以前從沒有聞過。但他覺得很舒服，很喜歡這種氣味。

「好了，現在請你閉上雙眼，全身放鬆。跟著我，呼氣——吸氣——呼氣——吸氣。好了，現在慢慢想像，你以前做限流片工廠的場面。你現在能看見具體的場面嗎？」董小萱說。

「能。」

「有氣味嗎？」

「有。」

「是什麼氣味？」

「酸酸的。」

「你在這個場面中嗎？」

「是的。」

「你現在有什麼感覺嗎？」

「很難受。想吐。」

「這種難受的感覺在哪裡？」

「在腦子裡，在嘴巴裡，在胸口。」

「有顏色嗎？」

「有。」

「是什麼顏色。」

「黑色。」

「有形狀嗎？」

「有，一團一團，像霧一樣。」

「好的，現在請你深呼吸，想像隨著你深長的呼吸，那一團一團的黑霧正從你腦子的末端逐漸變淡，越來越淡，你每呼出一口氣，黑霧就變小變淡，酸味也在慢慢變淡……你現在還能感覺到它的存在嗎？」

「還有一點感覺。」

「好的，你現在接著做深長的呼吸，把最後就那點黑霧和酸味，一點一點地呼出你的身體外。」

「好的。」

「現在還有嗎？」

「現在沒有了。」

「好的，現在請你放鬆，你用鼻子聞一聞，你的四周有一股淡淡的香味，香味裡還有絲絲的甜味。你聞到了嗎？」

「我還沒有聞到。」

「沒有關係，香味就在你的四周，你伸長鼻子，再聞聞。」

「是的，我現在聞到了。」

「好的，現在請你放鬆，並且，在你認為可以的時候，緩慢地睜開雙眼。」

過了一會兒，黃徒手慢慢地把眼睛睜開。

「你現在再回憶一下剛才那個場面，看看還難受不難受？」董小萱說。

「現在好多了。」黃徒手看著董小萱，搖了搖頭說。黃徒手很享受做完催眠後的這種感覺，雖然做催眠的過程中，有幾次覺得氣喘不過來，好像要憋死過去，但催眠過之後，他覺得整個人輕了一倍，有種要飛起來的感覺。黃徒手還有一個發現，那就是，在催眠時，董小萱後來引導他聞到了一種香味，其實就是董小萱身上特有的香味。

整個情緒穩定之後，董小萱問黃徒手，接下來有什麼打算。黃徒手說準備從哪裡跌倒就從哪裡爬起來，最早的問題就出在那個限流片上，現在就從那個限流片做起，他在信河街還有一套房子，準備把那套房子改裝成臨時住處和工作室，把工作室裝扮成原來工廠的模樣，擺上原來的小沖床，繼續生產限流片，他會讓自己習慣那樣的環境，習慣鎳片的酸味。不迴避任何事情，一件一件地把問題解決掉，直到重新找回自己的生活。

董小萱聽了黃徒手的話後，把眼睛瞪得跟燈籠一樣。她的眼睛有點近視。這點黃徒手第一次看見她時就發現了，董小萱當時很驚奇，說，你是怎麼知道的？黃徒手說，我在這方面有特異功能！其實，黃徒手是從她的眼神看出來的，做眼鏡生意的人都知道，有近視的人，看人的時候，眼睛會先瞇一下，然後突然瞪得特別大，這個大是假大，眼睛裡一片空洞。黃徒手問她為什麼不配副眼鏡？董小萱說試過，她的臉型有點大，有點圓，戴起來不好看。她也試過戴隱形眼鏡，可是，她過敏，只戴了一天，兩個眼睛就都腫了起來，紅彤彤的，又澀又痛。再說了，度數也不高，平時不戴也沒有什麼關係，就是晚上看電視有點模糊。黃徒手問她是多少度。董小萱說好像不到兩百度吧！她去驗過光的，醫師說她兩隻眼睛的近視度不一樣。黃徒手問她驗光單還在不在，讓他看一看。董小萱說在的，她一直保存著。說著，她轉身從抽屜裡把驗光單拿出來，遞給黃徒手。黃徒手只掃了一眼，就明白了，董小萱的左眼近視一百五十度，右眼是一百七十五度。沒有散光。瞳距是七十毫米。看完之後，黃徒手把驗光單還給她，說，度數是不高。可以不戴眼鏡的。

董小萱告訴黃徒手，其實他沒有必要這麼做，這麼做太狠了點，有點過頭了，有點鑽牛角尖了。董小萱的意思是，他現在已經明白問題在哪裡了，這個病就已經好了一大半。接下來，只要每天在腦子裡想一想限流片的事，把鎳片的酸味想成香味。時間一長，那股酸味就會慢慢消失掉的，黃徒手的生活就會被香味包圍，生活就會無限地美好起來。

黃徒手知道董小萱說的有道理。但他不想這麼做。這一套方法，董小萱一開始就跟他說過。他也相信，如果按照她說的去做，也可能會把自己心理上的病治好。可是，他發現了一個大問題，如果這麼做，結果還是一種躲避的方式，是用一種假象掩蓋另一種假象。既然已經跨出了這一步，跟老婆都分居了，還用得著再遮遮掩掩嗎？

不過，黃徒手還是很感激董小萱，是董小萱幫助他找到了問題所在，讓他才有從痛苦深淵裡爬上來的可能。最主要的是，董小萱給了他一種親近感，一見面，就覺得兩個人很早以前就熟了，可以跟朋友一樣地自然交流。而且，黃徒手很信賴她，把什麼話都跟她說。還有，董小萱給別人做心理治療，一個鐘頭收費八百元，黃徒手一般要做兩個鐘頭，做完之後，他都給她一千六百元。但是，每一次，董小萱只收一千元。黃徒手說，這怎麼行？董小萱把一千元收好，把另外六百輕輕地推給黃徒手說，已經夠了，很夠了。老實說，黃徒手不在乎這點錢，就是更多的錢他也不在乎。但是，董小萱每次這麼做，他心裡就像被溫水泡過一樣。黃徒手曾經想過請她吃一次飯，表示感謝。董小萱笑著說，這有什麼好感謝的！黃徒手覺得，這個人情是一定要還的，既然她不出來吃飯，就用別的方式好了。只是他還沒有想出來用什麼方式好。

黃徒手告訴董小萱，接下來的一段時間，他不會來心理會所了，因為搬進工作室後，他就回到了過去，過去是沒有心理會所的，他也不想再借助董小萱的力量來解決內心的問題。董小萱眼睛看著催眠床，過了一會兒，說，好的，這個問題，最終還是要靠你自己去面對的，有事情我們再聯繫。

這次見面的第二天，黃徒手就著手裝修工作室了。其實也不用怎麼裝修，因為原來的工廠是很簡陋的，就是一個房子的殼。黃徒手這套房子在信河街一個叫美好花園的小區裡，買來好幾年了，因為沒有派上用處，一直沒有裝修，連水泥地都是坑坑窪窪的，有兩扇窗戶的玻璃不知什麼時候破了，雨水從那兩處灌進來，滲得牆壁和水泥地上出現了大片的霉跡。一副破敗的景象。黃徒手覺得這樣最好，更接近以前那個工廠的風貌。他要做的只是重新買兩塊玻璃裝上。

小沖床是從吳節棋的工廠裡搬過來的。

當年關閉限流片工廠的時候，黃徒手關得很徹底。當年的廠房是租來的，還給房東就完了。三十個工人，每人補貼了一千元，各自另謀生路去了。剩下的只是三十台小沖床，吳節棋問他怎麼辦？他想也沒有想就說，我什麼也不要，全部送給你。吳節棋要算一筆錢給他，他也沒有要。吳節棋就把這批機器運回工廠，堆在倉庫裡。吳節棋「腦溢血」後，黃徒手幫他的家屬處理遺產。吳節棋沒有結過婚，他的家屬就是他的爸媽，兩個老人都上了年紀，不可能把吳節棋的工廠接過去辦，最終是黃徒手買下了他的工廠。黃徒手也是在無意中，發現倉庫裡那三十台小沖床的，他當時呆呆地站了好久。更讓他沒有想到的是，事隔八年之後，這些小沖床又派上了用場。

經過八年的閒置，三十台小沖床都出現了不同程度的破損，檯面和支架都生鏽了，滑輪也轉不動了。但這些是難不住黃徒手的，他用砂紙重新把檯面和支架打磨一遍，給每一台小沖床換上新的滑輪，上了潤滑油，三十台機器很快就「當恰當恰」地唱起歌來了。

黃徒手重新磨了很多六微米粗的針，他花了十萬元，買了一千斤的鎳片。現在買鎳片已經不用去上海了，信河街的五金市場裡就有。黃徒手知道未必用得了一千斤的鎳片，他買這麼多鎳片，就是要創造這麼一個氛圍，讓整個工作室都是鎳片，到處都是酸酸的氣味。讓這個氣味把自己包圍住，把自己吞了。

當然，黃徒手也不是整天待在工作室裡。他把生活分成了兩半，一半在恆明眼鏡廠裡，他早上去眼鏡廠裡上半天的班，吃了中飯，就回到工作室裡，一直待到第二天早上。

這樣過了一個月。

郭婭尼是個重合同守信用的人。他們在協議裡說好，除了正常的生意上來往，沒有特殊情況，不再碰面。如果確實有事，就通過手機短信的方式溝通。這一個月來，郭婭尼來過很幾次恆明眼鏡廠，但她一次也沒有來見黃徒手，只是託工人給黃徒手送了兩包東西：一包是西洋參，已經切成一小片一小片的。在家裡時，郭婭尼每晚會泡一杯給他喝，她說西洋參最補身體了；另一包是襪子，足足一百雙。黃徒手的腳後跟像狗嘴巴一樣突出，再好的襪子，給他穿五天就破了一個洞。以前，郭婭尼每個月都會給他買一打的襪子。黃徒手穿襪子也有講究，他只穿信河街襪子廠生產的大腳丫牌襪子，穿在腳上輕鬆，價錢也公道，一打才二十元。郭婭尼把兩個包交給工人時，也沒有交代什麼話。對於分居的事，她也從來沒有對外界提起，她還是每天對工人笑嘻嘻的，說話的聲音還是從兩個嘴角輕輕飄出來。

這一個月裡，郭婭尼一共給黃徒手發過三次短信：一次是她問黃徒手，在沒在房子裡開伙，如果有開伙，她買一套廚房用具過去。黃徒手叫她不用來，自己沒有開伙；一次是說工廠裡的事，因為業務越來越多，她想擴大一下工廠的規模，問黃徒手行不行。黃徒手回短信說，當然行；還有一次，郭婭尼來短信說，她報了EMBA班，這個班是在信河街開的，信河街很多企業的頭頭都報了名。黃徒手說好。郭婭尼一直對這個世界充滿好奇心，她還在信河街電泵廠上班時，每晚都要到電大上課，學的是跟她專業沒什麼關係的工商管理，她先是讀了專科。接著讀了本科，本科的專業就跑得更遠了，是法律。郭婭尼接手恆明眼鏡配件廠後，就沒有整塊時間去讀書了。但她很關注各類講座的信息，這些講座大多是由圖書館、科技館、新華書店、報社、文化公司這些單位組織的，邀請一些熱門的名人來開講座。是要收費的。郭婭尼覺得講座這兩個字不準確，她每一次都說自己去聽報告。郭婭尼幾乎是每個報告必到，而且，都是提前到，最後一個離開。她的理論是：生意遲一點做是可以商量的，做報告的老師可沒得商量，兩個鐘頭一過，「撲」一聲就飛走了，再想聽也沒機會了。在各類報告中，郭婭尼最喜歡聽的是關於人生哲學的報告，她聽一次，就覺得人生開闊一些。她有好幾次跟黃徒手說，如果有可能的話，她想去大學讀一讀哲學。

那個EMBA班開學後，郭婭尼又給黃徒手發來一個短信，她驚喜地告訴黃徒手，有一半的課程是哲學。她還告訴黃徒手，她讀的EMBA班在信河街的黨校裡，一個星期去兩個晚上，有時星期六和星期日也要去。她說自己很喜歡讀EMBA班，每上一節課，都有新的收穫，能夠讓她滿足好幾天。

黃徒手沒有回這個短信。收到這個短信時，是在晚上，他正在工作室裡，用頭去撞牆壁。

雖然做好了最壞的打算，黃徒手還是沒有想到，真正面對這三十台小沖床和一千斤的鎳片時，自己的反應會這麼激烈，它們發出來的酸味會讓自己這麼難受。這些酸味像無數隻螞蟻一樣，占領了整個工作室，只要黃徒手一走進來，身上每一寸皮膚就爬滿了這種螞蟻，牠們一貼到身上後，張口就咬，撕開皮膚，鑽進他的身體，在裡面橫衝直撞。黃徒手覺得全身的毛孔猛地豎了起來，每一根毛孔都像杜鵑花一樣張開了嘴巴。最主要的是，他覺得自己的頭無限地脹大了起來，裡面所有的血管都變粗變長，每大一點，就發出「噹噹」的斷裂聲。整個人都要燒起來一樣。

黃徒手知道這只是自己的感受，他也知道，這種感受是假的。但他就是沒有辦法克服這種假想在心裡頭蔓延。那怎麼辦呢？最直接的辦法是轉身離開。只要離開這個工作室，鎳片的酸味就會減輕一些，那些螞蟻就會慢慢爬出他的體內。不過，黃徒手是不會離開的。在明天上班之前，他沒有打算走出這個房子。他一進來，馬上就換上工作服，他的工作服也是特意買的，特點是前後左右都是口袋，一共有十二個，每個口袋裝滿了鎳片，只要穿上工作服，就跟鎳片連成一體了。換好工作服後，黃徒手一屁股坐在小沖床前。

剛開始的一段時間，黃徒手都在做限流片。他的手抖個不停，鑷子夾不住鎳片，就是夾住了，放到沖床上，也對不準定位板。黃徒手不管，他偏要這麼幹。他屏住氣，整個身體的重量都壓在沖床上了，連眉毛都碰到那根針了，對準之後，用力壓下了沖床。他終於把限流片做出來了，這時才發現，連工作服都濕了。所有的鎳片都貼到身上去了。

大概有兩個月，黃徒手幾乎沒有怎麼睡覺。躺在眠床上，他的眼睛瞪得老大。所以，他乾脆坐在小沖床前做限流片，一坐就到天亮。當然，這中間，偶爾也會坐在小沖床前瞇一下。但黃徒手不知道，「瞇一下」的時間是多長。

後來，黃徒手也摸索出一套辦法。他發現，只要在做限流片的時候想著董小萱，似乎就能聞到一股淡淡的香味，就是在做催眠時聞到的那股氣味。也就是董小萱身上的氣味。這時，工作室裡的酸味就會變淡，身體裡的「螞蟻」也會安靜一點。不過，這也有一個問題，那就是要求黃徒手要一心兩用，在做限流片的同時，還要想著董小萱。不過，黃徒手不允許自己沒有邊際地去想董小萱，他只是在頭痛得要裂開來了，再也沒有辦法工作的時候，才急匆匆地想一下董小萱。情況稍有好轉，立即把董小萱趕出腦子。

他還是覺得這件事要靠行動去面對，不能借董小萱來麻痺自己。是自己欠下的債，還是要自己去還。而且，他發現這種做法也收到了一定的效果。他就讓酸味不斷地加重，讓頭不斷地痛，一直痛到真要裂開了。他想這樣也好，就裂開一次試試看。這麼想後，他驚奇地發現，頭痛突然輕了下來，至少沒有要裂開的感覺了。同時，身體裡的酸味也像煙霧一樣被吹散。過了一會兒，竟然聞到一股淡淡的香味。

這讓他很是欣慰，他知道這條路子走對了。最主要的是，他覺得依靠自己的行動和力量，也可以打敗滋生在心裡的病魔。

也就是在這段時間，黃徒手決定為董小萱做一件事，他要還她一個人情。那天，他坐在小沖床前，看著手裡的鎳片，腦子裡突然閃了一下，他決定用鎳片給董小萱做一副眼鏡。那肯定是一副獨一無二的眼鏡。他為這個想法激動起來。

對於一般的工人來說，要用只有兩毫米厚的鎳片做成一副眼鏡，那是完全不可能的事。但是，對於黃徒手來說，沒有什麼是不可能的。

不過，用鎳片做一副眼鏡，對黃徒手來說也還是第一次。並且，在技術上的要求也要複雜一些。可是，這些是難不住黃徒手的，只要坐在沖床前，黃徒手就覺得沒有什麼事能夠難住自己。

根據董小萱的臉型，黃徒手做了一副眼鏡架。董小萱說過，她的臉盤過大，無論什麼眼鏡，都是一種負擔。黃徒手現在想到了一種辦法，他可以做出一種近似無框的眼鏡讓董小萱戴。董小萱戴上這副眼鏡後，她的近視得到了矯正，對於她的外貌幾乎沒有產生影響，因為幾乎看不出來她戴著眼鏡。只是這一套眼鏡架要經過精心設計，黃徒手把眼鏡架上的零件減到最少——只用了三個零件。左右兩個鏡踏算兩個；另一個是中梁和托架，中梁和托架是連在一起的，所以只能算一個。

黃徒手用的原材料是鎳和鈦。因為鎳鈦合金的柔韌性最好。行話裡，鎳鈦合金也叫記憶金屬，所有金屬裡面，鎳鈦合金的恢復能力是最強的，就是彎個一百八十度都沒有問題，就是把它壓得膏都要流出來了，只要一鬆手，它馬上就恢復成原來的模樣。一副打不死的樣子。市場上有現成的鎳鈦合金板材，質量也很好，黃徒手原本可以買來用。但是，黃徒手不想用市場上賣的鎳鈦合金板材，他要自己配製。他也知道，配製起來的鎳鈦合金，從性能上來說，不一定就比市場上買來的好多少，而且，還有很多問題要解決。不過，在這個問題上，黃徒手一點也沒有妥協，他一定要親手配製。為了先把鎳片和鈦片融化掉，要讓它們先變成液體，黃徒手還特意去買了一台高頻熔煉機，因為鎳的熔點是一千四百五十三度，一般的熔爐根本拿它沒辦法，高頻機可以加熱到三千度，對付鎳片和鈦片這樣的金屬綽綽有餘。把鎳片和鈦片熔化後，倒進做好的模具裡，冷卻後，取出來，就是眼鏡的配件了。

這當然還不夠。因為這還只是配件的胚。黃徒手又對這三個配件進行打磨。打磨到最後，三個配件變得像三根銀白的頭髮絲。黃徒手再在外面套上米色的塑膠。因為黃徒手看過董小萱的驗光單，記得她左眼近視是一百五十度，右眼是一百七十五度，瞳距是七十毫米，所以，他就去鏡片廠取來了兩張鏡片裝上去，這兩張鏡片的出廠價是五十，如果放在眼鏡店裡賣，最少賣兩千元。

做好之後，黃徒手又放了兩個星期。這兩個星期裡，他每天都會拿起那副眼鏡看一看，摸一摸，直到確信再也找不出毛病了，才在一個上午，送到董小萱的心理會所去。

董小萱看見黃徒手時，愣了一下，她說：

「你已經有四個月沒有來我這裡了。」

「差一點吧！」

「現在怎麼樣呢？」

「已經好很多了。但還是會聞到酸味，還是會頭痛。」

「需要一個過程的。」

「是的，我會努力的。」

說完之後，黃徒手把那副眼鏡遞給她說：

「是我做的，一點心意。」

董小萱接過眼鏡，看看眼鏡，又看看黃徒手，說：

「你做的？送給我的？」

「是的，你戴起來試試看。」黃徒手說。

董小萱把眼鏡戴起來。黃徒手覺得她的眼睛亮了一下。接著，他見董小萱從抽屜裡取出一面鏡子，一手扶著眼鏡踏，一手舉著鏡子，放在眼前看看，又伸遠一點看看。黃徒手問她說：

「還可以嗎？」

「太好了，眼鏡戴在臉上，輕到沒有感覺。你是怎麼做出來的？」董小萱放下鏡子，看著黃徒手說。

「你別忘了，我可是個做眼鏡的老司啊！」黃徒手說。

「肯定費了不少工夫吧？」董小萱還是看著黃徒手說。

「其實，給你做眼鏡的過程，也是給自己治病的過程。給你做眼鏡的時候，我聞不到那股酸酸的氣味了，我的頭也不痛了。」黃徒手說。

黃徒手說的是實話。他從給董小萱做模具開始就發現，自己的心突然就靜下來了，那股酸酸的氣味消失了，頭也不痛了，他又回到八年前跟吳節棋一起辦工廠的心態了，覺得人生又有目標了，有盼頭了，心裡很充實。連在融化鎳片的時候，都沒有聞到它的酸味，甚至在打磨鏡踏時，把粉末吸進鼻子裡，也沒有聞到酸味。

開始的時候，黃徒手不知道這是什麼原因。他又不想去問董小萱，就去書店裡買了十幾本跟心理學有關的書，有《夢的解析》、《現代心理學史》、《催眠治療的原則》、《生命之泉》、《心理醫生》、《心理學與生活》，等等。看了這些書後，他才知道，自己這種現象，在心理學上叫「情欲轉移」。也就是說，在不知不覺中，依賴上了董小萱。董小萱變成了他心裡的一劑良藥，無論碰到什麼問題，第一時間想到她，把她拿來當藥吃。黃徒手發現這個問題後，第一個反應就是把手上的活停下來。不能給董小萱做眼鏡了。因為，借助外力來減輕痛苦，等於是在逃避問題。黃徒手不想半途而廢。他覺得有能力通過努力，治好心理的疾病。不過，黃徒手也不想讓給董小萱做眼鏡的事情半途而廢，這是他的一個心願。董小萱幫過他的忙，幫助他認清了病源，指點了治療的方向。他去了那麼多醫院，看過那麼多醫師，他們都沒有找出問題所在。因為董小萱，他的生活才有了希望。他應該記住她的情。給她做一副眼鏡也是應該的。所以，黃徒手還是拿出全身的本事，也傾注了自己的感情，就像當年設計限流片的小沖床一樣，一點一點地把這個眼鏡做出來了。雖然他知道不能做，但還是很快樂地做了。

不過，有一點是可以肯定的。董小萱戴上眼鏡後，黃徒手知道，自己差不多做出這輩子最完美的一副眼鏡了。董小萱一戴上它後，它馬上就跟她的臉融為一體，輕易一看，根本不會發現董小萱戴著眼鏡，仔細觀察後，卻又發現，董小萱戴上這副眼鏡後，平添了幾分韻味——她的臉型因為大，顯得有點扁，特別是側面看的時候，缺少一種含苞欲放的姿態。但是，戴上這副眼鏡之後，整個臉部立即飽滿起來了，立體起來了，無論從哪個角度看，都叫人挑不出毛病來。還有一點，董小萱的皮膚本來就白，她戴上這副若有若無的眼鏡後，襯托出她的皮膚更白了。白之中隱隱約約還透出一絲悶悶的紅，叫人很想咬上一口。黃徒手更吃驚的是她眼睛的變化，她的眼睛突然深邃了起來，變成了一個巨大的洞，好像要把他的身體和靈魂都吸進去。他以前也看過董小萱的眼睛，從來沒有被吸進去過，怎麼她戴上眼鏡後，突然就產生了這麼大的魔力？

三

郭婭尼在EMBA班讀得不亦樂乎。被同學選為生活委員。

在一般人的眼裡，生活委員的地位不是很高。就是搞搞後勤嘛！沒有什麼技術含量的。但是，對於像ＥＭＢＡ班這樣的學習組織來說，生活委員的作用卻是最大的。其中一個最突出的事情是，ＥＭＢＡ班的老師都是全國各地請來的，要麼是名師，要麼是名人，要麼是名企業家，這些人事情多，行蹤不定，所以，原來預定好的課程經常要變動。就是說，原來排好的課突然就不上了，那怎麼辦呢？只好每個同學都通知一遍。誰來通知呢？生活委員——郭婭尼。

郭婭尼也很樂意做這些事情，她先給每一個同學發短信，再給他們一一打電話，告訴他們，上課的時間改了，改在什麼時間。

做這些事情的時候，一般是在晚上下班以後，郭婭尼在辦公室裡，照著通訊錄，一個一個發通知。有個別同學脾氣還不好，接到郭婭尼的電話後，聲音很粗地說，知道啦知道啦。郭婭尼的聲音還是從兩個嘴角飄出去，不好意思地說，那打攪你了。好像她做錯了什麼事。

他們班每個月都有一個主題活動，其實，就是把課堂上學的，拿來實踐一下。有時是開辯論會，有時是到企業裡做調查，有時做心理實驗，有時做體能訓練。有一次是把一班人拉到野外，不讓帶任何通訊工具，扔在一個跟外界完全隔絕的大山裡，讓他們獨立想辦法度過兩天兩夜。這些活動的組織者也都是郭婭尼。每一個活動都有很多煩瑣的細節，譬如確定時間，聯繫場所，布置會場，現場主持。等等。除了不停地打電話外，郭婭尼還要開著她那輛迷你寶馬車到處跑。另外，她還交代恆明眼鏡配件廠的會計，叫她注意收集報紙上的信息，有報告會的信息一定要及時告訴她，她會排出時間去聽的。

這些活動耗費了郭婭尼大量的時間和精力，看上去好像有點不務正業了。但是，郭婭尼並沒有影響工廠的工作，她出去上課之前，會把工廠裡的事情安排妥當，如果出去半天，她會把這半天裡要做的事情交代好；如果出去一天，她就會安排一天的工作。好像這些事早就在她的腦子裡了，她只管一項一項說出來，一點順序都不會亂。工廠裡的人，只要按照她說的去做就可以了。

工廠裡的人都很佩服郭婭尼。她不但業務做得好，也沒有架子，不像有的老闆娘，都是用牙齒說話的。郭婭尼不是這樣的，她跟工人說話都是用商量的口氣，用眼睛柔柔地看著對方，講話時，用的都是「我們我們」，讓人覺得，這個工廠不是郭婭尼的，而是「我們」的，大家不是在打工，而是在為自己做事。大家都喜歡她。

在EMBA班裡也是一樣，班級裡的同學都喜歡郭婭尼，喜歡她做事認真，喜歡她說話的聲調，特別是男同學，很快就跟郭婭尼成了朋友，有事沒事就給她打電話，郭婭尼一聽電話就先笑起來，柔柔地說：

「是你啊！有什麼事嗎？」

「沒有啊，就想聽聽你的聲音！」

郭婭尼班裡好幾個同學都是開眼鏡廠的，有兩個生意做得特別大，都上了富豪榜，他們原來也在她的工廠裡進過貨，都是臨時突擊一下，因為郭婭尼好說話，雖然平時不是在她這裡做生意，缺貨時找她，她還是會幫忙的。但現在的情況不一樣了，現在是同學了，是朋友了，是很親近的人了，所以，他們就把主要業務轉到郭婭尼這裡來了。他們對原來的客戶的解釋也很理直氣壯：

「我們是同學呢！」

這些事情，都是郭婭尼通過短信告訴黃徒手的。郭婭尼的短信是陸陸續續地發，時間也沒有固定，有時是晚上，有時是上班時間，有時是大清早。黃徒手發現，郭婭尼發的基本上是好消息。

對於郭婭尼的這種性格，黃徒手當然早就熟悉。算起來，兩個人結婚也有十年多了，郭婭尼從來沒有在他面前訴過苦，包括他們在做限流片的時候，每天晚上加班到十二點，黃徒手有時候會發牢騷：

「這樣累死累活幹什麼呢？」

「我的手和脖子快斷了！」

「算了算了，就做這麼多了。」

「這事到這裡為止，明天絕對不加班了。」

可是，從頭到尾，郭婭尼一句怨言也沒有，無論黃徒手怎麼抱怨，她還是微笑著。其實，黃徒手知道她也累壞了，因為她只要後背黏到眠床板，一直到天亮都不會再動一下。

老實說，黃徒手也是很佩服郭婭尼的。好像無論什麼事情到了她那裡，她都能夠用微笑去化解。譬如自己現在得的心理疾病，郭婭尼同樣也做限流片，她的經歷也一樣，為什麼她就一點事也沒有呢？讓黃徒手佩服的還有一點，郭婭尼臉上總是掛著笑容，看人的時候，總是笑咪咪的，好像什麼主見也沒有，其實，她做所有的事都是有條不紊的，這些事早就在她腦子裡了，只不過，她不說出來而已。當然，她對別人不說，無論什麼事都會跟黃徒手說的。黃徒手知道她是個很有分寸的人。

這一次也一樣，郭婭尼也把劉可特的事跟他說了，就是那個在信河街眼鏡生意做得最大的老司。他也成了郭婭尼的同學。

劉可特在信河街是很出名的。這有兩個原因：一個是因為他生意做得大，另一個是因為他的私生活。準確地說，就是他在男女的事情上面不是很檢點。

劉可特原來是個大學老師，辭了公職後，去外地一個專做眼鏡出口生意的大公司當副總經理，主要負責銷售這一條線。做了幾年後，他就跑回信河街，辦起了眼鏡廠，並且，把原來的客戶都拉了過來。所以，他的起點很高，一下子就把信河街其他眼鏡廠比下去了。只用了三年時間，他就成了信河街眼鏡行業坐頭一把交椅的人物了。也就是從這個時候開始，他的生活作風就出問題了。不過，他好像沒有跟原來的老婆離婚，他的老婆也不管他的事。

對於劉可特在外頭找女人的事，大家都還寬容他。因為很多男人生意做成功後，一腳就把原來的老婆踢了。相對於那些男人，劉可特的思想境界要高一些。但是，接下來，劉可特做的事情就讓人不能接受了，他在辦公室後面又裝了一個房間，裝上眠床，每天晚上，叫一個工廠的女工到他的房間去。

沒有人知道劉可特為什麼會有這麼怪異的行為。對於這種事，外人也不好開口問，他們自己不說，誰也沒有辦法。可是，因為這個原因，劉可特在信河街的形象打了很大的折扣。男人有點不屑他，怎麼能夠把黑手伸到自己工廠的女工那裡呢？先不說品味，連品格都沒有了。女人更是跟他躲得遠遠的，擔心一跟他走得近了，有些話就說不清楚了。

所以，在EMBA班裡，雖然劉可特的生意做得最成功，但他卻是最孤獨的一個人。他總是一個人來上課，上完課，一個人默默離開。

整個班級裡，只有郭婭尼主動跟劉可特說話。沒有人願意坐在劉可特身邊，郭婭尼會坐在他身邊，對他笑，用兩個嘴角的聲音跟他說話。

郭婭尼這麼做，一個原因是當年她剛起步做配件的時候，劉可特幫過她的忙。那個時候，已經有傳言劉可特亂搞了，但還沒有現在這麼厲害。不過，郭婭尼覺得這些都是傳言，從她跟劉可特打交道的經歷來看，就沒有傳說中那麼可怕，他應該是有機會接近她的，但都沒有特殊的表現。後來，他們成了同學後，出去做了一次野外生存訓練，沒有人願意跟劉可特搭對，郭婭尼主動提出來跟他搭對，兩個人在野外生存了兩天兩夜，劉可特也沒有動過她一個手指頭；另外一個原因，這就是郭婭尼做事的方式，她對同學用什麼聲音說話，對工廠裡的工人也是用什麼聲音說話。對劉可特也一樣。

這些事，都是郭婭尼告訴黃徒手的。他聽了之後，有三個感覺：一個感覺是劉可特病得不輕。當然不是什麼身體的毛病，而是跟自己差不多的心理疾病。他一定有難言的苦衷。他相信劉可特也了解毛病出在哪裡，否則的話，他看那麼多心理學的書幹什麼呢？但是，他既然已經知道問題出在哪裡了，為什麼不去面對呢？這點黃徒手想不清楚；還有一個感覺是，郭婭尼做得對。他這麼想，並不是要把郭婭尼拱手送給劉可特的意思。他是欣賞郭婭尼的做法。她能夠用不偏不倚的眼光看待人，能夠用正常的眼光看劉可特，這比什麼都難。將心比心，黃徒手現在也是病人，他也很想外人用正常的眼光來看他，如果大家看著他都不正常，那他的病肯定好不了；另一個感覺是他相信郭婭尼，她跟劉可特交往，會有分寸的。劉可特可能有病，他可能會做出一些出格的事來，但郭婭尼不會，她雖然說話的聲音叫人心頭蕩漾，不過，她有辦法讓對方只在心頭「蕩一蕩」，讓對方覺得溫暖，也可能有點曖昧，但她有辦法把這種曖昧保持在友情和親情之間。她就是有這種本事。

對於郭婭尼，黃徒手是放心的。再說，他現在跟郭婭尼也不存在放心不放心的問題，他們簽了一年的分居協議，這一年裡，她有全部的自由。不過，他知道，郭婭尼不是那種隨便的女人。

而對於黃徒手來說，他現在還沒有時間考慮自己跟郭婭尼的問題。他在工作室裡已經半年多了，這半年多裡，他覺得問題得到一定程度的解決。特別是給董小萱做完眼鏡後，他身體輕了很多，那股酸酸的氣味變淡了，腦袋還有點痛，但只是隔一段時間痛一次。而且，黃徒手發現，腦袋痛的間隔越來越長。剛開始是隔兩個鐘頭痛一次。後來是隔六個鐘頭痛。再後來是十二個鐘頭。再再後來是一天一夜痛一次。現在是兩天才痛一次。痛的程度也不同，原來腦袋痛起來時，好像有一把錐子鑽進去，很強烈，要粉碎地炸開的那種。後來像針扎一樣，溫和了一些，但痛起來更驚心，讓人全身一震，滾出一身冷汗。現在就很輕微了，痛起來的時候，好像腦子裡有一條筋抽了一下，又抽一下。黃徒手很有信心，只要再給他兩三個月時間，就可以把這個工作室拆了。他又可以回到正常的生活中去了，跟郭婭尼過上正常的生活。

也就是在這時，黃徒手碰到了一個意外的問題。

那天，董小萱來了一趟他的工作室。

這段時間，董小萱找了他好幾次，也沒有什麼事，就是在電話裡問問他，最近怎麼樣？黃徒手都說挺好的。有一次，她說著說著，這樣說了一句：

「我想到你的工作室看看。」

「不行。」黃徒手想也沒想就說。這是他一開始就定好的規矩，這一年裡，他不會讓任何人跨進工作室。包括郭婭尼。

電話那頭的董小萱停了很久，然後說：

「那你來我的會所一趟吧！」

這一次，黃徒手聽出來，董小萱的口氣有點怪，她說話的聲音都帶著哭腔。又過了一會，他見電話裡的董小萱沒有動靜，就問她說：

「怎麼了？」

「我想見你！」這麼說完後，董小萱突然哭出聲來了。哭了幾聲，她又開口說：「這幾天我一閉上眼睛就看見你，連夢裡都是你。」

「好的，你不要多想了，我馬上去你那裡。」黃徒手說。

掛了電話後，黃徒手想了想，突然想起他從心理學的書籍上看到的一段話，大概的意思是：心理醫師似乎能夠洞穿一切，唯獨看不穿自己，或者說不願意看穿自己。所以，心理醫師的心理其實是很脆弱的，在給病人治療的過程中，如果時間長了，在不知不覺中，心理醫師就會依賴上自己的病人。黃徒手想，董小萱會不會也得了這種依賴症？

不過，當黃徒手趕到董小萱的心理會所時，她已經平靜下來了。這時，董小萱反而很不好意思起來，她對黃徒手說：

「我剛才在電話裡失態了！你不要笑話。」

「不會的。」黃徒手說。

「我現在沒事了。」董小萱說。

「那我回去了。」黃徒手說。

「好的。」董小萱說。

黃徒手剛走出兩步，董小萱又把他叫住了，問他說：「你老婆最近還好嗎？」

「挺好的！」黃徒手覺得她這個問候問得沒頭沒腦。

「挺好就好。」董小萱說。

黃徒手覺得董小萱似乎還有話要說，但她最終沒有說出來。

過後的一段時間裡，董小萱沒有再給黃徒手打電話。黃徒手覺得董小萱沒有問題，她是個心理醫師，即使偶爾出點小問題，也能夠很快調整過來的。

不過，反過來想，黃徒手卻又有了一種深深的失落。有點惆悵。

讓黃徒手感到安慰的是，他對現在的狀態很滿意。現在就是把他關在工作室一天一夜不出去，也基本聞不到那股酸味了，頭也不痛了。如果出了工作室，就完全把那股酸味忘記了，更沒有擔心會頭痛。如果一定要說有問題的話，那就是還是能夠覺察出工作室與外界的區別，他在工作室裡還是有負擔的，還是有壓力的。他現在要做的事情就是把這個坎填平，讓自己待在工作室跟待在外面一樣輕鬆。然而，現在他遇到了另一個問題，他近來連著做了好幾個夢，都夢到和董小萱上了床。他很想能夠夢到郭婭尼，郭婭尼卻一次也沒有出現過。那叫黃徒手怎麼辦呢？他只能安慰說，沒有關係的，那只是夢，在現實裡，自己還是愛著郭婭尼的，不會做出對不起她的事情的，也不應該做出對不起她的事。在這一點上，黃徒手覺得對郭婭尼有愧疚，他從來沒有把內心的想法跟郭婭尼說過，而郭婭尼卻不同，她把什麼事都跟他說了。

郭婭尼在短信裡跟黃徒手說，從野外生存回來後，她就接到了劉可特的電話。他只是「喂」了一聲，然後就是半天沒有聲音。但郭婭尼已經聽出他的聲音來了，她對電話裡說：

「你好，是劉可特嗎？是你嗎？」

過了很久以後，劉可特才說：

「是的。」

說完之後，他又停了停，小心地說：

「不會打攪你吧？」

「不會的。」

「我就是想聽聽你的聲音。」

這是劉可特第一次給郭婭尼打電話，他的聲音怯怯的，像個中學生。通完電話後，就在快要掛電話時，劉可特突然對郭婭尼說了兩個字：謝謝。

接下來的那次上課時，劉可特進了教室後，極快地看了郭婭尼一看，發現郭婭尼也正看著他，他的頭低了下去。

過了幾天，一個夜裡，劉可特又給郭婭尼打了電話，他是問郭婭尼上課的問題，因為一個老師臨時來不了，把上課時間換了。其實，白天的時候，郭婭尼已經把這個消息告訴所有同學了。但郭婭尼知道，他是故意打這個電話的，他就是想跟她聊一聊。所以，郭婭尼告訴他說：

「你以後想找人聊天的話，只管打電話來就是了。」

「真的可以嗎？」他馬上問。

「真的。」郭婭尼說。

「不會給你的生活造成麻煩嗎？」

「不會的。」

「你也不介意社會上的閒話嗎？」他猶豫了一下，還是問了出來。

「不會的。」

「好的。」

郭婭尼可以感覺出來，他說出最後這句話時，是微笑著的。

從那以後，劉可特幾乎每天晚上都給郭婭尼打電話。剛開始時，他都是聽郭婭尼在說，慢慢地，他的話也多起來。有幾次，郭婭尼都把話題引到他生活作風的事上面去了，但他很快就跳到了另外一個話題。郭婭尼覺得他是有意在迴避這個話題，所以，她就再沒有提起這個話題。

這樣大概有一個多月，有一天，劉可特約郭婭尼出去吃飯。他問郭婭尼敢不敢？郭婭尼說吃飯有什麼不敢的。

他們去了信河街最高檔的唐人街大酒店，在大廳找了一個位置。是劉可特點的菜，四個冷菜，五個熱菜。四個冷菜是：花蛤、江蟹生、盤菜生、櫻桃。五個熱菜分別是：清蒸鮸魚、生醉海參、鵝肝、海中寶、西蘭花。都是信河街人常吃的菜。郭婭尼不喝酒，劉可特也不喝酒。

他們要了一扎鮮榨蘋果汁。

就是在這次吃飯的時候，劉可特把自己的情況說給郭婭尼聽了。他說自己每天叫一個女工到辦公室的事是真的。但是，他從來沒有動過女工一根手指頭，這一點，可以找他工廠裡的任何一個工人調查。他把女工叫進辦公室，就讓她們坐在他的對面，讓她們說自己的故事，聽她們說出來打工的各種經歷。說完之後，他就很客氣送她們出去。當然，他叫女工也不是白叫的，每叫一個女工，出門的時候，都會給她們五十元。所以，無論他叫到哪個女工，她們都會很高興，因為她們坐在他辦公室裡，動動嘴巴，也就兩個鐘頭的時間，賺的錢比一天的工資還要多。這樣的事情輪都輪不到呢！她們天天盼著劉可特去叫呢！

劉可特對郭婭尼說，其實大家可以想想看，我工廠裡很多工人都是夫妻，如果我對那些女工做出了不應該做的事，她們的男人會饒了我嗎？到現在為止，還沒有人動過我一個指頭。郭婭尼覺得他說的很有道理，但是，她不明白的是，既然是這樣，他為什麼不站出來把事情說明呢？為什麼要背上一個不明不白的罪名呢？劉可特看了他一眼，嘆了口氣，搖了搖頭對郭婭尼說，這事怎麼說呢？因為毛病首先出在他身上，他為什麼要聽那麼多女工說話呢？而且還把她們叫到辦公室裡去？這不是變態行為嗎？是的，劉可特也覺得這種行為不正常。他開始也不知道這是什麼毛病，他也去很多醫院檢查，找了很多醫師，也沒有查出一個眉目來。

他本來就有看書的習慣。後來看各種心理學的書籍，才大致了解了自己的問題，原來自己心裡有一個巨大的結，那就是當年他離開那家眼鏡公司後，把對方的大客戶都拉了過來，讓那個公司的生意一下跌到了低谷，三年後就被另外的企業收購了。可是，隨著他的生意越做越好，他腦子裡總是浮現出原來那個眼鏡公司的模樣，公司裡每個人的臉都會從他的腦子裡跳出來。他這個時候才發現，是自己害了那個公司，自己對不起那個公司裡的所有人。這種內疚的心理一直困擾著他，讓他吃不好，更是睡不好，只要一閉上眼睛就做噩夢，夢見原來公司裡的那些人，一個接一個地從公司的頂樓跳下來。他雖然知道這只是幻覺，卻還是嚇得哇哇大哭。

剛開始的時候，他並沒有想找工廠裡的女工。有一次，他陪一個客人去KTV唱歌，每人叫了一個姑娘。那個姑娘給他講了自己的故事，她的故事就是不停地在各個KTV裡跳來跳去。他聽了之後，身體突然放鬆了下來，那晚回去後，居然睡了一個安穩覺。所以，從那以後的一段時間裡，他每天晚上都往KTV裡跑，讓裡面的姑娘給他講故事。他知道，那些姑娘經常在各個場所跑來跑去，她們的故事肯定很多。但是，劉可特去了一段時間後就發現，她們的故事都差不多。都是懷著夢想來信河街，在各個娛樂場所轉來轉去，希望賺一大筆錢後，回老家開一家店。很快，她們的故事就不起作用了。

後來，劉可特又想到了另一個地方——婚姻介紹所。他通過婚姻介紹所找了一個又一個女人，聽女人給他講各自的故事。但這終究不是長久之計，他畢竟是有頭臉的人，一次兩次可以，時間一長，他的事就傳開了，正經人家的姑娘不會跟他見面了。

最後，他才想到在工廠裡找女工。

說到最後，劉可特的眼淚就流出來了。他說自己一點也不快樂，可又不知道怎麼去尋找快樂。他試過很多種方法，包括這次去讀ＥＭＢＡ，他並不是真想學到什麼知識，也沒有想把眼鏡生意做得更好。這些對他來說，已經不是最重要的了，現在最重要的是尋找另一種生活方式。能夠像平常的人一樣生活。

其實，郭婭尼說到一半的時候，黃徒手就明白了，劉可特得的也是「應激反應症」。他想劉可特應該也知道這個病的治療方法，因為他看了很多心理學方面的書籍了嘛！他只是不願意直接面對這個問題罷了。這麼想後，黃徒手有點自得，在這個方面，他表現出超乎一般人的意志，敢於直面自己。

這時，黃徒手在工作室裡待了快十一個月了，他認為病被徹底治好了。工作室裡現在到處堆滿了鎳片，整個房子裡充滿鎳片的粉末和氣味。但是，他回到工作室時，一點也聞不到酸味，就是故意去想，也想不起原來那股酸味是什麼味道。頭痛的毛病當然早就好了，他現在每天晚上九點睡下，第二天凌晨四點多就起來，天剛有點濛濛亮，就出去跑步。跑一個鐘頭，大概跑了六個公里，出一身大汗，天也亮開了。回工作室沖一個涼水澡，換上衣服，出去吃早點——他有很長一段時間沒有吃早點了——在生病之前，他都是在一個叫長人魚丸的店裡吃的，長人魚丸是信河街的老店，魚丸是用新鮮的鮸魚肉做的，又香又有嚼頭。黃徒手吃完一大碗後，連後腦勺都吃出汗來，抹了抹嘴後，精神抖擻地去上班。他現在不坐在辦公室裡了，一到工廠後，就鑽進車間裡，親自坐在工作檯前。

那一天，黃徒手在工廠的車間裡碰見郭婭尼，她說送配件過來。黃徒手覺得她是有意的，送配件用不著她來送，再說，每天要送幾十趟的配件，她怎麼送得過來呢？但來也就來了，而且是在車間裡碰見的，跟協議書上也並沒有衝突，黃徒手乾脆請她到辦公室坐坐。

在辦公室裡，黃徒手問起了劉可特的事。郭婭尼說：

「有一件事我沒有跟你商量就做了。」

「什麼事？」

「我拜劉可特做義兄了。」

「什麼？」黃徒手一時沒有聽明白。

「我是說，我跟劉可特結拜兄妹了。他大我五歲，是我的義兄，我是他的義妹。你不會介意吧？」

黃徒手突然咧嘴笑了一下。他知道，這個點子肯定是郭婭尼提出來的。這就是郭婭尼。她做任何事情都有獨特的路數，無論多麼為難的事情，好像已經無路可走了，但是，只要她出面，好像也沒有做什麼事，只是微笑著，說一句話，或者做了一個動作，事情突然就豁然開朗了。就拿她跟劉可特這件事情來說，其實是很難辦的：第一，輿論對她很不利，她跟劉可特這樣的人混在一起，身上是洗不乾淨的。就是撇開男女的事情不說，劉可特是信河街眼鏡行業的老大，郭婭尼又是做眼鏡配件的，總有巴結他的嫌疑；第二，劉可特現在天天給她打電話，跟她說話，還請她吃飯。兩人都有家室，又都是有頭有臉的人，怎麼不會讓人非議呢？可是，郭婭尼拜劉可特為義兄了，按照信河街的風俗，拜了義兄，以後就跟親兄妹一樣，兄妹之間打打電話吃吃飯有什麼問題嗎？一點問題也沒有。再說了，郭婭尼這麼做還有一個好處，即使劉可特有什麼非分的想法，結拜之後，也就只能把非分的想法打消了。也就是說，郭婭尼這麼做，對外，她獲得了社會的認可，她把一件本來很私密很曖昧的事情，變成了溫暖人心的親情事件；對內，她給自己做了一個保護圈，劉可特無論如何也不可能傷害她了。所以，笑過之後，黃徒手說：

「這是好事，我怎麼會介意呢！」

「我也知道你一定會同意的。」郭婭尼也笑了笑。

郭婭尼離開辦公室後，黃徒手並沒有馬上去車間，也沒有回工作室，他在辦公室裡坐了很久。心裡一陣針扎一樣地痛。他這次不是為自己痛，而是為郭婭尼痛。因為，他突然發現，郭婭尼原來也是一個病人。而且，在所有的人裡面，郭婭尼可能是病得最深的人。只是她表現出另外一種形態罷了。他現在想起來了，那一次，董小萱把他叫過去，臨走前，夏天打雷一樣地問了一句「你老婆最近還好嗎」。她可能早就看出郭婭尼的問題了。或者，郭婭尼去找過她。只是，他當時沒有引起注意罷了。他從來就沒有想過郭婭尼會有什麼問題。

他的痛還有另一件事。就在十天前的上午，董小萱給他打電話，叫他抽空去一趟心理會所。黃徒手問她有什麼事嗎？董小萱沒有說什麼事，只叫他去一趟。黃徒手沒有放在心上，下班後，他拐到心理會所。到了之後，他抬頭看了看，以為走錯了，又看了看周圍，沒有錯，這個地方他來過幾百次了，肯定是這裡，但是，他現在看見董小萱的紫竹林心理會所已經關門了，連門外的招牌也拆掉了，會所裡面一片漆黑。門口貼著一張打印的紅紙，上面寫著：店面出租。下面還有一個電話。

黃徒手趕緊掏出手機打給董小萱。過了好一會兒，他聽到了董小萱「喂」地一聲，她的聲音輕飄飄的，好像是從很遠的地方傳過來。黃徒手問董小萱在哪裡？董小萱問他在哪裡？黃徒手說就在會所外面。董小萱說她在會所裡面。

過了一下，會所的門開了一條縫。黃徒手一進去就問董小萱說：

「到底發生什麼事了？你怎麼把會所關了？」

「我要離開信河街了。」停了一會兒，董小萱輕輕地說。

「為什麼呢？」

董小萱沒有接他的話，她轉身從一個抽屜裡拿出了黃徒手送給她的那副眼鏡，遞給黃徒手說：

「這副眼鏡還是還給你吧！」

黃徒手拿著眼鏡，腦子有點亂，他問董小萱說：

「你這是什麼意思？」

董小萱看了他一眼，突然用手捂著嘴巴，把臉扭到身後去。不過，她很快就用手擦了擦眼睛，轉過頭來，把身體坐正了，看著黃徒手說：

「我只要一戴上你這副眼鏡，就會想起你，就會聞到你的體溫，心裡就安靜不下來，就會亂想。但是，我也知道，你是不可能會愛我的，你對我的好，只是對我的一種依賴，就像病人對醫師的依賴一樣。所以，想來想去，我決定還是離開信河街。」

黃徒手看著董小萱，不知怎麼說才好。董小萱這時對他笑了一下，說：

「我是心理醫師，專門給人看病的，沒有想到，最後把自己看成了病人，你不會笑話我吧？」

「不會的。」黃徒手搖了搖頭說。

兩個人停了一下，還是董小萱先開口說：

「我一直以為自己跟別人不一樣，現在看來，還是一點區別也沒有。出了問題後，首先想到的就是逃避。在這點上，我真是很佩服你，在這個大家向錢跑、也一直向前跑的時代，已經很少有人有你這樣的勇氣，停下腳步，願意付出代價，去審視自己了。」

第二天，董小萱就走了。她說她不會再跟黃徒手聯繫了。

這幾天來，黃徒手一直在想著董小萱，她會去哪裡呢？還是開心理會所嗎？他有時也會看看自己做的那副眼鏡，上面似乎還有董小萱的體溫和淡淡的香味。他有點不捨。但是，他覺得自己做得很對。照道理說，自己接下來有很多選擇，一年滿後，和郭婭尼都可以有新的選擇。可是，黃徒手想過這個問題，如果自己選擇了董小萱，就是選擇了逃避，對於郭婭尼來說，他就是個不負責任的人。他不過是繞了一個圈，又回到了問題的原點。他不想成為那樣的人。

黃徒手突然又發現了一個新問題，那就是自己根本不想重新跟郭婭尼住在一起了。這個念頭嚇了黃徒手一跳，身體彷彿也被凍住了。他是應該重新跟郭婭尼住在一起的。因為只有重新住在一起後，這一年的付出才有意義，接下來的生活才有陽光。他覺得自己已經是這樣的一個人了。再說了，自己有什麼理由不跟郭婭尼住在一起呢？郭婭尼幾乎是個完美的人，她能化解一切矛盾，沒有她解決不了的問題。而且，她人又漂亮，溫柔，體貼，能幹，這樣的老婆去哪裡找呢？其實，黃徒手也是知道郭婭尼的好，他只是沒有想到，腦子裡會突然跳出這樣的怪念頭。這太出其不意了。黃徒手覺得自己像鼻涕一樣塌了下去。黃徒手卻又有一種別樣的心情，他並沒有後悔這一年的付出。他也知道，一年過後，自己肯定會跟郭婭尼住在一起的。不會離開郭婭尼的。現在已經知道郭婭尼的毛病了，就更有責任幫她一起把這個毛病治好。只是，剛才那個念頭完全出乎了他的意料，讓他一時有點茫然。

空心人

第一章

1

山上的杜鵑花剛剛開放，一叢叢，一蓬蓬，把遠山染紅。到了近前，花瓣已收了露水，在陽光下，可以看見一層薄薄的粉。

巴特爾開著七座奔馳商務車。旁邊坐著湯伯光，劉丙奇和老婆希娜坐在第二排，南雨坐後座。幾個人裡，湯伯光的年齡最大，今年五十。他們今天是去給湯伯光的老婆下葬。湯伯光看著窗外，說：「今年的杜鵑花開得真豔啊！」

「操！晃得我眼睛都花了。」開車的巴特爾說。

「時間真快，一眨眼，又一年了。」湯伯光說。

「老湯，你怎麼沒叫兒子回來？」希娜把身子前傾，用手拉住副駕駛室座椅的靠背。

「老湯的兒子是在美國吧？」劉丙奇跟著問。

「是的，大學三年級了。」湯伯光把頭轉過來，看了他們一下，「去年他媽媽過世時已經回來，這次就算了。」

巴特爾笑了一下，說：「我覺得老湯越老越迷信，去年一次性葬了就完了，選什麼日子，非得寄一年，這不是葬兩次嗎？」

「這個你不懂。選日子是很要緊的。這是一門學問……」湯伯光說。

「咦，老湯，今天怎麼沒叫上你的女神魯若娃。」巴特爾故意把話岔開，他知道湯伯光一說起風水就停不下嘴。

巴特爾把頭朝後轉一下，看了眼希娜，魯若娃和她是好朋友。湯伯光趕緊說：「你注意開車。」

巴特爾把頭轉回去，哈哈一笑，說：「老湯是拆遷辦主任，一個電話，魯若娃的婚姻就解體了。他哪裡還敢給魯若娃打電話。」

「這話從哪裡說起？」湯伯光說。

「這事不能完全怪罪老湯。魯若娃跟她未婚夫的關係本來就很脆弱，雙方早有散夥的意思，只能說老湯那個電話打得很是時候。是個導火線。」希娜說。

「我成導火線了？」湯伯光一臉委屈。

「你晚上十一點後給魯若娃打過電話嗎？」希娜問。

「只有一次。」湯伯光想了一下，「在魯若娃的意大利酒吧裡，沒看見她，就打電話問她在哪裡。我記得那晚下暴雨。」

「對，就是那天晚上。魯若娃已經上床了，突然接到老湯的電話。未婚夫問她是誰打來的，魯若娃不說。未婚夫一定要她說。她就說是一個男人。未婚夫問她跟那個男人是什麼關係，魯若娃說沒什麼關係。未婚夫說沒什麼關係這麼晚了還給你打電話，魯若娃聽他這種口氣，生氣了，就說，打電話怎麼了，他還叫我出去呢！」

湯伯光插話說：「我可沒叫她出來，只是問她在不在酒吧。」

「沒錯。」希娜對他擺了擺手，「老湯你聽我把話說完。魯若娃這麼說當然是故意氣她未婚夫。故意放一個炸彈。她未婚夫果然就炸了。他對魯若娃說，你今天晚上如果出去，我們的關係就完了。魯若娃看了他一眼，從床裡彈起來說，今天晚上我還真就要出去呢！」

「可她那晚真的沒來酒吧呀！」湯伯光又叫冤了。

「哈哈，老湯緊張了。」巴特爾跺了一下腳。

希娜看了巴特爾一眼，又看了湯伯光一眼，說：「魯若娃出來後，開車到香格里拉大酒店，開了一個房間，手機一關，蒙頭睡了一個晚上。」

「然後呢？」湯伯光問。

「第二天就退婚了呀！」希娜說。

「老湯你是罪人吶！」巴特爾也說。

「南雨，你給評評理，我怎麼稀裡糊塗成罪人了？」湯伯光轉頭求助。

南雨避開湯伯光的眼光，笑了笑，沒有回話。

「這樣吧，老湯，晚上請我們去魯若娃的意大利酒吧喝一頓，開一瓶路易十三，這樣罪會輕一些。」劉丙奇說。

「這樣太便宜老湯了，最少再請我們打一場高爾夫。」巴特爾高聲說。

湯伯光用眼睛看看他，又看看希娜。希娜也看了湯伯光一會兒，說：「老湯，你今天對著大家說一句實話，心裡是不是喜歡魯若娃。」

「真是罪過。」湯伯光看了希娜一眼，「今天這樣的日子，你不應該問這樣的問題。」

「你就這點不好，總是躲躲閃閃。」希娜說。

湯伯光摸了摸下巴，笑了笑。

「晚上路易十三啊！」劉丙奇說。

「下午高爾夫啊！」巴特爾說。

「請客當然可以，但你們不能胡亂定罪。」湯伯光笑著說。

車子已經到半山腰的桃源陵園。巴特爾泊好車，大家依次下車。湯伯光到後備箱拿出一個大運動包。先到陵園管理處，報了自己的名字，說一個星期前預約的。繳了費用後，跟著一個泥水匠，一夥人來到墓前。這是個雙人墓，上面刻著湯伯光和他老婆的名字。他老婆有照片。

湯伯光先從運動包裡拿出香和蠟燭點上，又拿出三個果盤擺好，盛上水果和糖果，再拿出冥幣燒在一個鐵桶裡，然後拜了三拜。

到達陵園的時間是十點，湯伯光選定給老婆下葬的時辰是午時，還有一個鐘頭。大家本想再開湯伯光的玩笑，可他這時很肅穆。

希娜去摘杜鵑花，劉丙奇要陪她去，她不讓他陪，偏偏叫上南雨。南雨知道她還在生劉丙奇的氣。昨天晚上，他們在魯若娃的意大利酒吧給她做生日，大家輪流用威士忌敬她，劉丙奇要替她喝，她不讓。很快就醉了，頻繁地上洗手間，進去馬上就出來，來回走了五趟，終於歪在沙發裡睡著了。大概過了一刻鐘，嗷的一聲就吐了。劉丙奇見她這個樣子，拉著臉，皺著眉頭，冷冷地說，你看你看。希娜努力睜開眼睛，瞥了他一下，又吐。吐完後，大家要扶她回去，她根本站不住，南雨看看劉丙奇，劉丙奇一臉嫌棄的表情，他就把希娜背起來，巴特爾和湯伯光在兩邊扶著，還沒出包廂，希娜又是噭的一聲，剛好吐在南雨肩上。劉丙奇沒好氣地說，你能不能忍著點，吐了南雨一身。南雨笑著說，沒事的，沒事的。

去摘杜鵑花的路上，希娜對南雨說，昨晚不好意思了，真是對不起。南雨說，怎麼這樣說呢！希娜嘆了一口氣，過了一會兒說，劉丙奇要是有一半你的好就好了。南雨知道她指的是什麼，笑了笑說，老劉臉冷心熱，對你是真的好。

「我終於知道朋友們為什麼都喜歡你，喜歡跟你在一起了。」希娜轉頭看了他一眼，繼續說，「所有朋友裡，你最善良，最會替別人著想。」

「我沒你說的那麼好。」南雨笑笑。

「以後你也不要太委屈自己了。該拒絕的時候就拒絕。」希娜說。

「我知道。」

一個鐘頭後，希娜捧著一大束火紅的杜鵑花回來。下葬的程序才正式開始。

其實很簡單。那個泥水匠把墓穴的大理石撬開（去年有意少用水泥），把骨灰盒放進去，重新用水泥封上。前後只用了三分鐘。封好後，湯伯光拿出一個紅包遞給泥水匠，泥水匠接了紅包，嘴裡唸著「恭喜發財」，下山去了。

湯伯光從運動包裡拿出三串鞭炮分給巴特爾、劉丙奇和南雨。放鞭炮時，他又在那裡雙手合十，嘴裡念念有詞。

他們都見過湯伯光的老婆，她動手術時，大家去醫院探望。據說是乳腺癌。湯伯光與人不同的是，老婆得乳腺癌，他卻很平靜。他經常說的一句話是：壞事的背後就是好事。這是他的思維方式，也是他的人生態度。他的經歷也驗證了他的思維。就拿去年發生的事情來說，先是老婆去世，下半年，他公司的一個樓盤大賣，半年之間價格翻了一番。沒過多久，他的腿卻摔斷了。腿摔斷後，他錯失了市中心一個地塊的競標機會，從現在的情況看來，這又是一件好事，因為從年底開始，由美國次貸危機引起的全球經濟危機，已經影響到信河街，一個明顯的特徵是，這年農曆年底，房價比上半年下降了三分之一，房子賣不動，很多已經開工的樓盤提前放假。經濟危機反而給湯伯光提供了新的機會，他牽頭籌備了一家小額貸款公司，春節以前上報到信河街金融辦，信河街金融辦上報到省裡，春節剛過，省裡就批了。萬事俱備，只等開業。湯伯光並不急著開業，而是把開業日期選在老婆下葬後的第三天。

離開時，希娜把杜鵑花擺放在湯伯光老婆的墓碑前，拜了三拜。

2

從陵園直接開車到牛欄山高爾夫球場。球場有一個小會所，湯伯光預訂了包廂。湯伯光是牛欄山高爾夫球場終身會員，球場老闆是他房開公司的股東，因為這層關係，他花四十萬辦了會員卡。巴特爾、劉丙奇和南雨都不是會員。是不是會員，待遇不一樣，他們打一場球，要花一千元，湯伯光只要三百。

湯伯光點了五個人的套餐，開了一瓶XO。希娜沒喝酒，她喝鮮榨的蘋果汁。XO是湯伯光寄存在這裡的，湯伯光喜歡喝洋酒。

本來說好喝完一瓶就收手，下午還要打球。湯伯光不盡興，又開了一瓶。巴特爾問他：「你這麼興奮，是不是現在可以放手去追求魯若娃了？」

「魯若娃不會喜歡我的。」湯伯光說。

「老湯，年齡不是問題，這點自信你應該有。」巴特爾笑著說，「我們要永不妥協，永不言敗，直到攻克所有堡壘。」

「老湯你應該向老巴學習，老婆跟他鬧了五年離婚，每年上一次法庭，人家老巴就是咬牙不離，這叫咬定青山不放鬆的奮鬥精神。」劉丙奇說。

「老巴那叫什麼精神呀！無非是怕老婆分了他鋼琴公司的財產罷了。」湯伯光笑了笑，看著巴特爾，「要是我，早就簽字了，人家心都不在這裡了，要錢就給嘛！」

「我贊同。在這一點上，老巴應該向老湯學習。」希娜對湯伯光豎了下大拇指。

「要學習也要向我們的富二代學習，向老湯學習什麼呀？」巴特爾看了南雨一眼，笑著說。

「南雨當然最瀟灑了，開的是瑪莎拉蒂，換女朋友跟換衣服一樣。」湯伯光說。

「我跟你們無冤無仇，把我扯進去幹什麼？」被叫成「富二代」的南雨笑著說。

「我最羨慕南雨了，女朋友常換常新，不像我，在一棵樹上吊死。」

「你找死啊！」

劉丙奇剛說完，希娜一拳捶在他手臂上。劉丙奇順勢握住希娜的手，希娜掙扎了一下，劉丙奇沒有鬆手的意思，她也就妥協了。

兩瓶酒下去，每個人都有幾分醉意。

「還是別下場了吧！」劉丙奇說這話時，大家已在更衣室。

「下場，一定要下場。」湯伯光第一個把球衣換好。

希娜一個人去練習場。

他們到第一洞藍T發球台上，開始拋球配對，南雨和巴特爾一對，湯伯光和劉丙奇一對。

劉丙奇先開球，最後是湯伯光。湯伯光很興奮，第一杆開了二百七十碼，南雨是二百六十五碼，劉丙奇二百六十碼，巴特爾只開了二百四十五碼。四個人裡，巴特爾球技最好，他今天的開球有失水準。

巴特爾一開始就不在狀態，一開球就OB了。

「有心事？」南雨問。

「還不是經濟危機鬧的。」

「經濟危機關你鋼琴什麼事？」

「經濟不景氣，原本準備買鋼琴的人也不買了。」

湯伯光像打了雞血，在第三洞，抓了一隻小鳥，在十一洞，長推二十五碼的距離，收獲了一隻老鷹。半場過後，湯伯光好運氣用光，劣勢凸現，走路一拐一拐，每揮一杆，都要喘幾口氣。

劉丙奇打得不緊不慢，基本保持原有水平。畢竟喝了酒，後半程揮杆也顯得吃力。

一場下來，南雨和巴特爾總杆合計輸了兩杆。

「怎麼可能輸了呢？」巴特爾說。

「我一眼就看出你今天有心事，怎麼可能不輸？」湯伯光說。

「再來一場？」巴特爾像公雞一樣看著湯伯光。

「下山吧，希娜已經從練習場回來，天快黑了。」湯伯光說。

車開回市區，已經是七點半了。一車人殺到朝庭會所吃晚餐。朝庭會所設在鬧市區，是一座老式的三層別墅，一層有一個花園，四周用五米高的圍牆圍起來，自成天地，鬧中取靜。被人承包後，做成高端會所，以粵菜為主，清蒸野生黃魚做得尤為出色。黃魚都是當天從南海空運過來。在信河街也只有這個地方能吃到正宗的野生黃魚。

剛坐下來，湯伯光看了看希娜。

巴特爾噶噶噶笑起來：「老湯想讓你打電話叫魯若娃來一起吃飯呢？」

「魯若娃人見人愛嘛！」希娜說，「可我還是要提醒老湯，你既然喜歡她，就要積極去追，魯若娃可是搶手貨。」

湯伯光笑了笑。低頭去點菜。

希娜給魯若娃打了電話，魯若娃說早上跟朋友去了杭州，明天晚上才能回來。希娜故意大聲說：「老湯隆重邀請你吃酒呢！要不要跟老湯說兩句？」

「不用了不用了。」湯伯光趕緊說。

「老湯說他不想跟你說。」希娜笑著說。

晚餐開了三支小拉斐紅酒。吃完後，大家去魯若娃的意大利酒吧，又喝了一瓶XO。到了晚上十點半，希娜和劉丙奇先走。希娜是信河街人民醫院的婦產科醫生，明天早上有好幾個手術。他們走後，剩下的人又開了一瓶XO。喝到十一點，湯伯光也走了。南雨和巴特爾離開酒吧已是次日凌晨。

3

三天後，大家去參加湯伯光小額貸款公司的開業儀式。

別人的開業時間都是定在上午九點五十八分，湯伯光卻選擇在下午五點五十八分。南雨和巴特爾五點半到他的公司。巴特爾雙手作揖，對湯伯光說：「恭喜恭喜，老湯你選擇了一個夕陽西下的時辰。」

「你只看到事物的一面，現在確實是夕陽西下。」湯伯光拍了拍巴特爾的肩膀，「可是，你沒看到的是，現在正是漲潮的時辰。」

南雨是和巴特爾一起來的。湯伯光看看南雨，笑了一下，問：「你真的沒興趣參一股？」

「這錢還是讓你賺好了。」去年申報公司前，湯伯光就問南雨要不要參一股，一股兩百萬，湯伯光一個人占了四十股。南雨知道，湯伯光主要是讓他去問父親。他回家提也沒提。

「你再考慮考慮，明年可能會擴股，到時你也可以加進來。」湯伯光說，「有錢大家一起賺嘛。」

南雨笑了笑。

「老湯你偏心，為什麼好事只想著老南，卻對我封閉？」巴特爾說。

「怎麼會呢！怎麼會呢！只要你不嫌棄，明年擴股時，我一定邀請你參加。」

「說得好聽，你心裡就是看不起我，覺得我鋼琴公司賺不了錢。你是狗眼看人低。」巴特爾剛剛開始只是開玩笑，說著說著就認真起來。

劉丙奇走過來，他穿著西裝，右胸前別著一朵紅花，紅花下面又別著一條紅布，上面寫著貴賓兩個字。巴特爾指著他胸前，對湯伯光說：「你說你是不是勢利眼，現在用得著劉丙奇，就讓他戴紅花，我和南雨為什麼沒有？」

「你這見人就咬的瘋狗，怎麼連我也咬？」劉丙奇笑著說，「你以為我想戴呀！你要戴的話，我摘下來給你戴好了。」說著，他伸手去摘胸前的紅花。

「開個玩笑嘛！」湯伯光馬上伸手制止劉丙奇。

巴特爾一動不動，看著湯伯光和劉丙奇怎麼把戲演下去。

「老巴你還不知道我是什麼樣的人嗎？」湯伯光問道，「給劉丙奇戴紅花情況特殊，他今天不是作為朋友來捧場的，而是作為信河街銀行的副行長來剪綵。我的小額貸款公司掛在他們銀行下面，他是我的領導。」

「我說的沒錯，你的眼裡只有兩類人，要麼是有錢人，要麼是領導。勢利。」

巴特爾就是這個性格，湯伯光拿他一點沒辦法。

五點五十八分，儀式準時開始。上台剪綵的人一共九個。湯伯光還請了分管經濟的副市長，還邀請省金融辦副主任。等等等等。劉丙奇排在末尾。

儀式結束後，大家去信河街香格里拉大酒店的甌江廳參加慶祝酒會。湯伯光擺了十五桌。桌上放著法國奧利維爾葡萄酒。他把希娜和魯若娃也邀請來了。

她們是一起來的。

希娜和魯若娃年紀相仿，都是三十出頭。希娜身高一米六十七，瘦，白。五官長得開，嘴大，眼睛又圓又黑。剪一頭短髮，很精幹的感覺。魯若娃矮一些，一張乾淨的瓜子臉，眉毛、眼睛、鼻子、嘴巴、下巴都是細細的。雖然魯若娃的個頭比希娜矮，但兩個人站在一起，魯若娃的光彩卻完全蓋過希娜，魯若娃也不用開口說話，身上自有一種讓人想親近的風流。

這天晚上，希娜穿一身紫色套裙，一件裸色披肩，腳穿黑色高跟鞋。參加這樣的酒會，希娜的穿戴是得體的。魯若娃今晚的穿戴顯得過於隨便，她腳穿一雙黑白相間的三葉草運動鞋，藍色直筒寬鬆牛仔褲，上身是一件T恤外套一件米黃色夾克。只有南雨知道魯若娃為什麼會這樣隨意的打扮。

湯伯光看見魯若娃，趕緊迎上去，本想伸手去握，突然又把手縮回去，嘴裡說著歡迎歡迎，把她們領到南雨這一桌來。劉丙奇坐在領導桌，看見希娜後，過來打了一個招呼，看了看魯若娃說：「咦，聽說魯老師去杭州發財了？」

「跟幾個朋友去看一個樓盤。」魯若娃說。

「有發財的機會不要忘了我啊！」

「好啊，你如果一起買，貸款就不用愁了。」

隔壁桌有人叫他，劉丙奇就過去了。

酒會馬上開始。湯伯光要去陪領導，戀戀不捨地離開這一桌。酒會開始後，希娜坐在南雨左手，魯若娃坐在右手，再過去是巴特爾。希娜湊近南雨耳邊說：「老湯看來是真的喜歡魯若娃，你看他坐在那邊吃酒，眼睛一直往魯若娃身上看。」

南雨轉頭看去，剛好和湯伯光的眼光相遇，湯伯光笑了一下，舉了舉手中的酒杯。南雨也舉了舉手中的酒杯。放下酒杯後，南雨看了看身邊的魯若娃，說：「老湯一直在看你呢！」

「眼睛是他的，他要看誰我怎麼管得住啊！」魯若娃微笑地看著他說。

南雨聞到一股夜來香的味道，涼涼的，迅速鑽進鼻腔，先往腦門衝，然後瀰漫全身。他心裡顫抖一下。那是從魯若娃身上散發出來的味道。南雨很想仔細地看看魯若娃，可他卻把酒杯端起來，對巴特爾說：「老巴我們喝一杯。」

最忙的還是湯伯光，每桌都要敬酒。他顯得異常興奮，喝酒特別爽快，每敬一桌都是一滿杯葡萄酒。

酒會進行到一半時，領導退場，客人也陸續離場。劉丙奇回到這一桌，坐在希娜身邊。湯伯光來敬了一杯酒，又被另一桌的人叫走。他看了魯若娃一眼，魯若娃故意不看他，他只好拿著酒杯去另外一桌。

等他再回來，醉態已現，走路歪歪斜斜，說話大舌頭。他端著一杯酒，把劉丙奇面前的杯子也倒滿，說：「老劉，夠兄弟，我敬你一杯。」

「我們晚上已經喝好幾杯了。」劉丙奇的樣子已不想喝，但湯伯光沒看出來。

「不行，今天一定要喝，一定要喝醉。」

「你已經醉了。」劉丙奇冷冷地說。

「我沒醉。不信我把這杯酒喝了給你看。」說著，他一仰脖子，杯子就空了。他身體晃了晃，拿起酒瓶，給自己的杯子倒酒。

劉丙奇沒有說話，也沒制止他。

「不能少，一點也不能少。」湯伯光把酒倒得溢出來為止，倒完後，他端起酒杯對劉丙奇說，「來，為兄弟乾杯。」

劉丙奇坐著沒動。倒是希娜站起來，說：「老湯你坐下來，慢點喝。」

「不行，這杯酒一定要喝。你看我一點沒醉，最少還可以喝兩瓶。」說著，他的身體往後一晃，杯裡有一半的酒灑在他胸前的西裝上，裡面的白襯衫變成了紅襯衫。希娜趕緊拿餐布去擦。

這時，魯若娃站了起來。

「魯若娃，你去哪裡？」湯伯光看著她，大著舌頭問。

「洗手。」魯若娃微笑著說。

「回來我敬你酒啊！」湯伯光看著她說。

「好的。」

過了一會兒，南雨的手機響了，一看，是魯若娃打來的。他站起來，走到甌江廳的門口。

「南雨，你出來。」魯若娃說。

「你在哪裡？」

「我在門口車裡。」

南雨走到酒店門口，魯若娃的路虎越野車已經發動起來，他坐進副駕駛座，剛關上車門，車子就竄出去了。

4

香格里拉大酒店的右邊就是信河街的母親河——甌江，蜿蜒八百里，從信河街淌過，匯入東海。江邊修了一條大道，名叫甌江大道。

剛開始，兩個人都沒說話。魯若娃只顧開車，南雨也不想開口。

魯若娃沿著甌江大道往西開，開到一個突出的觀景台，把車停住，車窗打開，熄了火。兩個人坐在車裡，面對一片江水。

岸的對面有一排若隱若現的燈光。這使夜裡的甌江看起來更遼闊。這裡是江海交匯處，水流渾濁。夜色掩蓋了水的顏色。風吹進車裡，濕濕涼涼的，有輕微的腥味。

坐了一會兒，魯若娃轉頭看著南雨，說：「你為什麼總是躲著我？」

「我沒有刻意躲避你。」南雨說。

「我說的是你的心。我能感覺到，總是不能接近你的內心。」

「我也不知道自己的內心是什麼樣的。」

「你的內心就像個刺猬。一遇到問題，馬上就縮回去，把自己保護起來。」

見魯若娃這麼說，南雨笑了笑，沒有辯解。他真的是不願意跟別人交流，遇到什麼事，就把手機和電話關掉，把自己關在家裡，躲起來幾天不出門。魯若娃還說他從來不敢跟她四目相對，是不是有自閉症的傾向。魯若娃是信河街社交名媛，身邊總是圍繞著一批信河街的富豪和權貴，湯伯光就是其中一個。她身邊圍繞眾多成功男人，只要她開口，甚至不用開口，那些人就會把她想要的送到她面前。南雨從沒把自己跟魯若娃聯繫在一起的想法，所以，魯若娃的主動讓他驚訝。更讓南雨感到驚訝的是，接觸了魯若娃後，發現她也有很單純的一面，她從來沒向南雨要求什麼，而是儘量遷就南雨，只要參加南雨出席的聚會，她都是一身休閒裝打扮，不化妝，人也變得孩子氣。

魯若娃見他沒說話，也停住了。一片水浪拍岸的斷裂聲。她突然笑了一下，眼睛看著他說：「不說這些了，說點別的吧！」

南雨趕緊把眼睛移到江面上。

「你放心，也不用躲避。我們是朋友嘛！」她說，「我只想對你好一點。我比你大一歲，喜歡照顧你的感覺。」

南雨點了點頭。

「把手伸過來。」她說。

南雨把手伸過去，魯若娃接住他的手。

南雨的手機響起來。是巴特爾打來的，他說：「你去哪裡了？」

「老湯怎麼樣了？」南雨擔心老湯。

「老湯晚上很興奮，一定要跟劉丙奇喝，劉丙奇偏偏不跟他喝。他轉頭找我，要跟我連喝三杯，只喝了兩杯，就掛了。」

南雨聽出來，巴特爾也喝高了。

他們四個人裡，酒量最好的是劉丙奇，但他一般不喝，他要跳起來，誰也不是對手。最差的是巴特爾，他喝酒聲勢浩大，第一個站起來打「通關」肯定是他，他也就是「三板斧」的量。湯伯光的酒量比巴特爾好一些，他喜歡喝慢酒，如果跟著他的節奏走，兩個巴特爾也不是對手。南雨的酒量跟湯伯光差不多，但每次都喝得比他少，對於喝酒，南雨在生理和心理上都有一個上限，這個上限時高時低，他把握的尺度以想嘔吐為準，只要有這個感覺，馬上「剎車」，除非自己想買醉，誰勸也沒用。

「喂喂，你在聽嗎？」巴特爾在手機裡問。

「我在聽。」南雨說。

「再過來喝酒嘛！」

他看了看魯若娃。她搖了搖頭。南雨對他說：「不去了。」

「我還沒喝夠呢！怎麼辦？」

「你到魯若娃的意大利酒吧再喝嘛！」

「我們在意大利酒吧等你，一定要來！」他說。

魯若娃突然放開他的手，把車子發動起來，說：「我帶你去一個地方！」

「什麼地方？」

「到了你就知道。」

魯若娃把車子轉了個頭，由甌江路往東開，經過香格里拉大酒店，再朝南開，進入會展路，會展路開到頭，就是機場大道。她由機場大道朝西開，開過新城大道，進入錦繡路，開到白鷺洲公園。過了白鷺洲公園，又朝南拐入飛霞南路。四周的燈光突然暗下來，過往的車輛也少了。大概又開了五百米，她把車子朝右一拐，停在一座小橋上，她熄了火，打開車門，南雨跟著走下去。

南雨看了看四周，黑糊糊的。朝天上看看，天空也是黑糊糊的，很厚，很低。站了一下，眼睛開始適應周邊環境，才辨認出來所在的位置。朝南看去，前面應該是牛山，南雨小時候爬過。但現在前面一片漆黑，什麼也看不清楚。西北方向的天空有東西不時閃爍一下，沒有聲音，不知道是不是閃電。但南雨已看出來，這是一個工地，橋的右邊有一條機耕路，前方有房子。

魯若娃領他走進機耕路，說：「這裡叫白鷺別墅，去年上半年開發的，是信河街以後最高檔的住宅區。」

南雨知道開發白鷺別墅的老闆，也是魯若娃的一個追隨者，聽說他每開發一個新樓盤，都會留一套給魯若娃。有的房子魯若娃過好長一段時間才去辦手續，有的轉手就賣了，能賺一大筆錢。南雨不知道魯若娃是用什麼方式買下白鷺別墅的，他沒問。

大概走了五分鐘，魯若娃說：「到了。」

南雨看見一幢聯體別墅，房子已結頂，其他還荒著。魯若娃帶他往裡面走，一邊解說，這裡以後是圍牆，這裡是大門，這裡是花壇，這裡是游泳池，這裡有兩棵大榕樹，這裡是車庫……。

剛走到魯若娃未來的車庫，頭頂上突然一個炸雷，魯若娃驚叫了一聲，伸手抓住南雨。接著，又是一聲巨響，比剛才更響更近，頭頂上似乎有東西裂開，雨已砸到他們頭上，南雨拉著魯若娃的手跑進房子。外面的雨聲響成一片。

魯若娃牽著南雨的手，借著閃電的光，從一樓走到三樓。在三樓的樓梯上坐下來。剛開始，隨著一聲雷響，就聽見一陣密集而響亮的雨聲。他們坐下不久，雷聲稀疏了，雨聲輕了許多，閃電也少了，天空倒是明朗起來，房子外的景物比原來清晰一些，可以看見雨水一條一條掛下來。魯若娃靠在南雨身邊，熟悉的夜來香味道鑽進南雨的鼻子，瀰漫全身。

南雨的手機聲響了起來，是巴特爾打來的：「我們都到意大利酒吧了，快來。」

魯若娃站起來，看了看他說：「走吧！」

他們走到一樓。雨還在下。魯若娃抱著南雨的腰，南雨脫下開襟針織衫，披在兩個人頭上，朝魯若娃的車子跑去。

第二章

1

那晚淋雨的後果相當嚴重，第二天醒來，南雨先是左邊的鼻孔塞住，後是右邊的鼻孔塞住，再後來兩個鼻孔都不通。躺在床上，像垂死的魚張著嘴巴。他把家裡的電話線拔掉，手機調成震動。

到了中午，頭開始疼，額頭很重，閉上眼睛，房子旋轉起來。蓋上被子太熱，不蓋又太冷。下午，巴特爾打了三個電話，他沒接。

覺得餓，卻沒胃口。用紫菜、榨菜和蝦皮做了一碗酸辣湯，喝下後，迷迷糊糊睡過去，又迷迷糊糊醒過來。

第二天上午十點，接到姐姐南風的電話，她說：「兩天沒來公司，你去哪裡了？」

「我在家裡。」

「怎麼了？」她停了一下。

「可能是感冒了。」

「去看醫生了嗎？」

「沒事，躺一下就好了。」

「你要作賤自己，誰也沒辦法。」她說完就把電話掛了。

大約過了四十五分鐘，南風按響了他家的門鈴。

南風比他大四歲，七年前結婚，姐夫也是做企業的，但她一直在幫父親。除了進貨這一塊業務，公司大大小小的事情都是她在處理，父親出差，公司的事就由她做主。這是父親的決定。父親當著他們的面說，在我眼裡，你們都是一樣的，誰有能力，以後就讓誰接班。從目前的情況看，南風比他有能力。她會把父親交代的每一件事落實好，讓父親滿意。而他從來不會聽從父親的安排，兩天不去公司是常事。南風總是私下勸他，讓他多花心思在公司裡，不要動不動就不來上班。他嘴裡答應，依然三天兩頭不去公司。

南風給他量了體溫，三十九度五。她看著他說：「你怎麼這麼不珍惜自己的身體？」

「燒死了倒好，你成了公司名正言順的接班人。」他故意笑著說。

「你起來吧！我送你去醫院。」她的眼眶紅起來。

「我不去。」南雨懂事以後，就拒絕去醫院看醫生。

「我總覺得你在跟什麼人對抗。」

「沒有。如果有的話，也只是在跟自己對抗。」

「為什麼要跟自己對抗呢？」

「也不是對抗。我只是想選擇自己的生活方式。」南雨想了想說。

「你想要什麼樣的生活方式呢？」

「我也不知道。」

「真不懂你腦子裡想些什麼，你為什麼不能聽我一句，振作起來，好好找一個女孩子結婚，好好在公司裡做事呢？」

南雨把眼睛閉上。不說話了。

南風出去了一趟。過了半個鐘頭，帶回一袋蘋果和梨，還有一袋感冒藥。南風知道她這個弟弟吃蘋果從來不削皮，就把蘋果洗乾淨，又削了一個梨，切成一塊塊，擺在小盤子裡，盤子裡放一把小叉子。她把盤子放在床頭櫃，又去燒了一壺開水，倒一杯放在床頭櫃，把感冒藥也放好，坐在床邊。停了一會，她說：「如果你還認我這個姐姐，我就多說幾句話行不行？」

「行啊！」

「你知道，父親嘴上不說，心裡對你最在意。他這麼辛苦把企業做成行業老大，最後為了誰呢？還不是你。你應該理解他，幫助他。」她說。

「我現在不想聽這樣的話。」

「我平時沒機會跟你說這樣的話，你從來不給我說話的機會，一說你就跑得不見蹤影。」說到這裡，南風得意地笑了一下，「只有這次，你病躺在床上，想跑也跑不掉，我說什麼你都得聽。」

說完，南風用小叉子叉了一塊梨遞給他。他沒接。南風繼續說：「你不知道你的行為給父親造成多大的壓力。你想想，在父親的企業裡，連你都不幫助他還有誰幫助他呢？你是他的親兒子啊！你想公司裡的員工會怎麼想？他們會真心幫父親嗎？」

「我不是在做採購嗎？」

「你做採購是對的。」南風輕聲地肯定他，「但是，你為什麼不結婚呢？」

「這跟幫不幫有什麼關係呢？」

「當然有關係了，父親想你早點結婚，想讓你早點安定下來，早一點有後代可以延續我們的企業。可是，大家都說你不結婚是故意做給父親看的。」

見她這麼說，南雨就不說話了。

「我的弟弟長大了。」南風搖了搖頭，喃喃地說，「我這個做姐姐的完全猜不透你腦子裡在想什麼。」

南風走後，他又躺了兩個鐘頭。起床後，把她買來的藥扔進垃圾桶。不要說感冒，就是牙痛他也不吃藥。

傍晚，巴特爾又給他打了三個電話，他沒接。巴特爾發來短信，問他「還活著嗎」。過了半個鐘頭，他回了兩個字「沒死」。巴特爾馬上又打電話，他還是沒接，巴特爾又發來短信「下週去千島湖打球」。他回了一個字「好」。

晚上，南風打來電話，問他藥吃了嗎？他說吃了。問他退燒了嗎？他說退了。南風說她再過來一趟，他叫她別來，自己馬上要出門了。

他沒出門。一直在家裡待了五天。第四天，魯若娃打來一個電話，在感冒期間，他最想見的人就是魯若娃，但沒接。

2

去千島湖是參加奔馳邀請賽。一共十支隊，每隊四人。巴特爾、劉丙奇、南雨及一個牛欄山高爾夫球場的球友。巴特爾開著他的奔馳商務車。自任隊長。

原本叫了湯伯光。湯伯光說他的小額貸款公司要開董事會，走不開。這只是一個原因。更重要的原因是，他請風水先生看過皇曆，說他最近不宜出門，會有血光之災，如果不出門，將會人財兩得。湯伯光當然不出門。巴特爾罵他「老封建」，他笑笑。

他們提前兩天到達千島湖球場。巴特爾聯繫了以前在千島湖打球認識的朋友，預訂了球場練球。

每一個高爾夫球場都不一樣。首先是難度係數不一樣，牛欄山高爾夫球場的難度係數小些，千島湖球場的難度係數大，特別是果嶺速度快；第二，球場的長度也不一樣，牛欄山高爾夫球場長度是六千米，千島湖球場長度是七千米；第三，球道的設計也不一樣，包括白磚和紅磚的設置，全世界沒有一個高爾夫球場是一模一樣的。熟悉場地是一門必修功課。

巴特爾的朋友是千島湖球場的股東，以前是游泳運動員，拿過全國城市運動會銅牌，他還投資開辦了一家千島湖潛水俱樂部。千島湖是人工湖，公元一九五九年為了建新安江水電站，攔壩蓄水，水底淹了兩座古城，一座是始建於公元二〇八年的淳安古城（古稱賀城），另一座是始建於公元六二一年的遂安古城（古稱獅城），水底據說有明清時期的城隍廟、古塔、牌坊、書院等古建築。

他們中午到達千島湖，住進組委會安排的酒店。在酒店裡吃了簡單的午餐，下午去球場練習。下午是南雨和劉丙奇一組，巴特爾和另外那個球友一組。大家狀態都很好，特別是巴特爾，抓到三隻小鳥，一隻老鷹。劉丙奇抓到兩隻小鳥。南雨抓到一隻。跟巴特爾一組的球友也抓到兩隻小鳥。巴特爾說，保持這樣的狀態，如果後天打出一杆進洞，可以把這輛奔馳轎車開回去。

晚上吃的是千島湖裡剛剛捕上來的包頭魚，重三十斤，做法是一魚五吃——魚頭剁椒和濃湯各一份，還有魚肉紅燒、魚骨油炸、魚漂勾湯。

席間，南雨很少開口，酒也喝得少。

喝完酒後，步行回酒店。路邊兩排廣玉蘭，有二層樓高。走在樹下，如浸泡在一汪異香裡，一股股香味鑽進鼻孔，先往頭頂衝，接著便化開來，感覺身上每一個毛孔都張開來。那股香味極像夜來香。

回到酒店，南雨沖完澡，躺在床上，回味剛才的香味，很快就睡著了。

第二天天微亮就起來，到球場吃完早餐，馬上下場。今天是巴特爾和劉丙奇一組，南雨和那個球友一組。四個鐘頭下來。巴特爾的狀態依然很好，他是七十一杆，劉丙奇是七十五杆。南雨他們這組是一百五十一杆。然後練習了一段時間開球。接近中午，來了很多練球的球隊，都是來參加明天的比賽。下午的球肯定是練不成了。

在球場裡吃了自助餐後，巴特爾決定帶大家去潛水。先開車到湖邊，再坐油輪出去，到了下水地點，每人配一位潛水教練。

南雨穿上潛水衣，穿上腳蹼，背上氧氣瓶，戴上潛水手套，最後戴上面罩和呼吸器，走到甲板邊沿，看著碧綠的湖水，心臟突然激烈地跳動起來，生出一陣恐慌。特別是當雙腳離開甲板，身體墜入水面的那一瞬間，如被一隻張開大嘴的巨獸一口吞沒，有一種窒息的感覺。手腳不由自主地擺動，想往上掙扎。

南雨很快安定下來。隨著身體不斷下潛，最初的驚慌已消失，呼吸也已順暢，能清楚地聽見自己呼吸聲。最主要的是，眼睛適應了水下世界。他放緩了下降的速度，動作儘量放慢放輕，注意觀察周圍的環境。

湖水清澈，一眼看去，幾乎透明。好幾條千島湖的包頭魚就在前頭，他的到來大概驚動了牠們，牠們緊急甩動尾巴，朝前方游去，他能夠清晰地看見牠們身上的鱗片，牠們的身體一擺動，鱗片便發出一道道亮光。

再往下潛，似乎進入一個虛無的世界，放眼望去，一片空空蕩蕩。南雨看看周圍，其他人不知到哪裡去了，心頭掠過一絲驚恐，四周太過空曠，反而擔心自己處在一個孤立的明處，暗處有一個不知名的怪獸正在打探，伺機襲擊。

隨著身體不斷下沉，環境也越來越暗。南雨聽見呼吸聲越來越沉重，就在耳邊。身體感受到來自無形的壓力，全身發緊，不敢隨便調整呼吸，擔心一不留神，壓力就會把身體壓扁。兩個太陽穴發出「嘭嘭」的聲音，額頭越來越重。

不知下潛到多少米，身體越來越冰，漸漸有了麻木的感覺，這種麻木是個漸進的過程，先從身體的皮膚開始，接著是肌肉，再是骨頭。這時，前方出現了一座古塔，他游去，來到塔底，整個人輕輕地趴在塔座上。聽見腦子裡噗地響了一聲，同時，身體裡似有一盞燈被關上，也就在這一刻，整個世界安靜了下來，安靜得忘記了自己的存在，卻又覺得身體輕如青煙，隨風散去。世界上的一切都消失了。包括他自己。

他趴在塔座上，一動不動，他想他願意一直這麼趴下去，讓身體融化在湖底。南雨一直缺少安全感，一個人在家裡，總是擔心敲門聲突然響起。他不願意跟人對視，目的不在拒絕別人，而是擔心一旦跟人對視，就會被對方感染，進入對方的世界，最後不知不覺被對方傷害。剛才趴在塔座的一剎那，他突然產生了一種從未有過的安全感，覺得這裡才是他的家，在這裡，再也不會有人來打攪，更不會受到傷害。他慢慢地閉上了眼睛。

教練不知什麼時候來到南雨身邊，一把抓起他的身體。他不想動，但在水裡，根本不是對手，被教練用手托著，極快地浮出水面。

上來之後，南雨看著湖面發呆。

晚上，巴特爾的朋友在千島湖國際公館請酒。喝了十瓶馬爹利。

回到酒店已是淩晨一點，南雨倒頭就睡。天不亮起來，趕到球場，其他參賽的球隊都到齊了。巴特爾在比賽的過程中，吐了三口黃水。這樣的狀態，怎麼可能打出好成績？

下午成績出來，排第六名。

巴特爾他們當天就回信河街。南雨多待了三天，每天去潛水。

3

天氣正在慢慢轉熱，每年這個季節，南雨都有一種毀滅感，每一天都覺得是最後一天。唯一做的事就是跟巴特爾他們喝酒，睡到第二天下午才起來，晚上接著喝。這段時間裡，沒見到魯若娃。南雨覺得沒見到挺好，見到又怎麼樣呢？魯若娃也沒再打電話。南雨跟巴特爾他們去過兩次意大利酒吧，也沒見到她。

那個週末是陰天，他們幾人相約打了一場球。晚上，在朝庭會所喝酒。四個人喝完兩瓶XO時，巴特爾說起一個事，他的一個朋友是車行老闆，為了辦汽車展，從上海請來三個車模，每人出場費一萬元。昨天晚上，車行老闆叫巴特爾去香格里拉大酒店的總統套房喝酒，三個車模也在，酒到一半，車行老闆拿出三隻麻雀，放飛在房間裡，讓三個車模脫了衣服去抓麻雀，抓到一隻獎三萬元。巴特爾說完後，大家都沒吭聲。過了一會兒，劉丙奇的手機響了，是希娜打來的，劉丙奇二話沒說，回去了。

劉丙奇剛剛出門，湯伯光接了一個電話後，也要走。巴特爾正在興頭上，要他說出那朋友是誰，湯伯光故意笑著不說。

「你不講是吧？我可以猜出來的。」巴特爾說，「是你心目中的女神——魯若娃，我沒猜錯吧？」

「沒錯。」湯伯光笑了起來，「魯若娃說找我有點事。我向你們請個假行不行？」

說完後，湯伯光看著他們。

「老湯你去吧！」南雨說。

湯伯光走後，巴特爾問南雨：「我真搞不懂，你跟魯若娃到底是什麼關係？」

「沒什麼關係啊！」南雨攤了攤手。

「你騙誰？連老湯都看出來了，他偷偷問我，你跟魯若娃到底是什麼關係。」巴特爾喝了一口水，接著說，「可是，我搞不明白的是，你們兩個要麼好好地在一起，要麼就別不明不白纏著，再怎麼說大家都還是朋友嘛！」

「你說我跟魯若娃是什麼關係？」南雨笑起來。

「具體我也說不出來，反正你們關係複雜。」

「我覺得是你想複雜了。」

「關我什麼事？想得複雜的是老湯，他一直喜歡魯若娃。」巴特爾看了南雨一下，認真地說，「我怎麼覺得最複雜的是你呢？」

「我怎麼複雜了？」

「好，既然你說不複雜，那我們馬上去意大利酒吧。」巴特爾看著他，挑釁地說，「你敢不敢？」

「我有什麼不敢的？」

結了帳後，他們去了意大利酒吧。一進門，巴特爾就問魯若娃在不在，服務員說她晚上沒來。南雨看著巴特爾，笑了一下，說：「現在知道誰複雜了吧？」

「操！」巴特爾說。

他們找了一個小包廂，又開了一瓶XO。巴特爾很快就把話題轉到他最近正在籌辦的五百架鋼琴大聯奏上。

「五百架鋼琴吶！老南！什麼叫五百架，那場面得有多壯觀啊！」他張開雙臂說，「世界上還從來沒人做過這樣的事，我巴特爾就要把它做成了！老南，你一定要來啊！」

「我去又不能幫上什麼忙。」

「怎麼能這樣說呢？你來就是對我最大的幫忙。」巴特爾聲音大起來，「現在經濟不景氣，連累了鋼琴銷售，我要把人氣打起來。你如果不來，別人也不來，還有什麼人氣呢？」

「單憑人氣有什麼用呢？最後還不是要看鋼琴銷售量。」

「這點還用你說。」巴特爾得意地笑起來，「我選拔的五百個參加聯奏的學生中，都是家裡還沒購買鋼琴的，通過這次聯奏的演出，他們肯定會到我公司購買鋼琴，我的鋼琴銷售量不就上去了嗎？」

巴特爾表面粗枝大葉，說話也是天上地下，但他做生意從不吃虧。他是信河街最早開鋼琴公司的人。他從賣文具起步，後來走私鋼琴，從海上偷運回信河街。有次遇到颱風，連人帶鋼琴翻進海裡，他在海裡漂了六個鐘頭，才爬上陸地，差點死了。他老婆要離婚，他寧願每年跟她打一場官司，每次都笑著對法官說，法官大人，我們的感情好著呢！不離。

南雨從沒問過鋼琴公司的事，但巴特爾這次五百架鋼琴大聯奏的活動，他覺得應該去。湯伯光小額貸款公司的開業典禮都去了，巴特爾的活動當然要去。

這天晚上巴特爾又喝高了，是南雨送他回家。

活動是在一週後的星期日下午三點，地點在松台廣場。那天太陽很大，還好有風。南雨特意提早半個鐘頭到。去的路上，看見市區主幹道上插滿五百架鋼琴大聯奏的彩旗，幾個大的LED上也在播放這次活動的宣傳片。到了廣場一看，好傢伙，廣場堆滿了人，四周站著維持秩序的警察。

南雨拿著巴特爾給的邀請函，從貴賓通道進入。

廣場中央圍出一塊空地，五百架鋼琴按照橫二十豎二十五的陣形排開，像一個大大的圍棋棋盤。參加聯奏的五百個演員中，基本是小學生和中學生，他們已進場，每個人胸前別著一個編號，正由他們父母領著，尋找鋼琴上對應的編號。廣場裡有引導員，父母們似乎更相信自己的能力。廣場上起碼來了二十撥電視台的記者，有電視吉尼斯，有中央台，有省台，也有市台，邊上停了一排直播車。所有的記者都在尋找最佳的採訪對象和拍攝角度，他們跑得比那些父母更盲目。場面混亂。廣場西邊搭了一個兩米高的指揮台，巴特爾和兩個穿著電視吉尼斯馬甲的人正在台上，巴特爾手裡拿著擴音器，他的嗓子有點沙啞。南雨遠遠跟他打了一個招呼，他的眼睛朝這邊看了看，不知道有沒有看見。

南雨看見了魯若娃。

「我帶學生來參加大聯奏呢！」她指了指身後一隊學生。

哦！南雨差點忘記魯若娃是信河街藝校的鋼琴老師，她教出的學生很多考上中央音樂學院和上海音樂學院。她比那些父母灑脫一些，把學生交給引導員，告訴他們，不要緊張，等一會聽指揮的號令就行，跟早兩天的彩排一樣。她看著學生一個個進場，坐在相應的鋼琴前。她見所有學生都找到了座位，轉頭問南雨：「你一個人來？」

「是的，我聽不懂鋼琴，過來湊個熱鬧。」

「你可從來不是一個湊熱鬧的人。」她笑了笑說。

南雨也笑了笑。

廣場裡又響起來巴特爾的聲音，他的聲音通過擴音器，顯得更加沙啞，他讓各個部門就位，做聯奏前的檢查工作。十分鐘後大聯奏正式舉行。

湯伯光和劉丙奇同時出現。湯伯光看見魯若娃，眼睛閃亮起來。魯若娃看見她學校的一個同事，跟湯伯光和劉丙奇打了一個招呼，就走了過去。湯伯光的眼睛一直跟著她。

指揮台上換成另一個人，他宣布大聯奏三分鐘後開始，各部門進入臨戰準備。

巴特爾走來，朝他們做了一揖，興奮地說：「晚上在華僑飯店甌江廳喝慶功酒！」

他們用力地點了點頭。

很快，指揮台上的人宣布大聯奏進入一分鐘倒計時。廣場上靜了下來。舉眼望去，五百架黑色的鋼琴前，坐著五百個穿著黑色西服的琴童，在他們的最前頭，站著一個指揮，是個禿頂老頭，也是一身黑色西服，腳穿黑色皮鞋。

接著聽見一聲令下，只見那禿頂指揮右手的指揮棒一揮，五百架鋼琴同時轟的一聲，讓人腦子一震。

4

真正的鋼琴大聯奏只有三個節目，第一個是〈黃河〉的一個樂章，第二個是〈茉莉花〉，第三個是信河街民歌〈叮叮噹〉。中間穿插了舞蹈和獨奏。活動結束後，湯伯光說：「時間還早，叫上魯若娃，我們找個地方坐一坐。」

「我單位還有點事，要回去處理一下。」劉丙奇說。

「老南你呢？不會也要回公司處理事情吧？」湯伯光看著他說。

「我不回公司，可我已經跟別人約好，現在要趕去見面。」南雨笑著說。

南雨看了看廣場，巴特爾正忙著指揮工作人員搬運鋼琴，沒有看到魯若娃。他對湯伯光和劉丙奇揮揮手，說：「我先走了，晚上見。」

離開廣場，南雨回一趟家。剛才身上出了汗，需要沖個澡，換一件短袖襯衣。五點半，南風打電話來，問他在哪裡。他說在家裡。她說約好對方了，七點正，在學院路的BOBO咖啡館見面，她預訂了二樓一個貴賓包廂，讓他務必在七點以前到達。

南雨七點五分到達，南風已經在那裡了。南風對他的遲到相當不滿，板著臉說：「說好七點以前到，為什麼又遲到了？」

「對方不是還沒到嘛！」南雨看了看包廂說。

「這不是對方到沒到的問題。」南風臉色一點沒緩和下來，看著南雨的眼睛，「你的問題就是對什麼事都不上心，都無所謂。你什麼時候能改改這個脾氣？」

「你們就當沒我這個人就是了，我做什麼就當沒看見，說什麼就當沒聽見。」南雨在南風身邊坐下來。

「這怎麼可能？誰叫你生在我們這樣的家庭？誰叫你是父親的兒子？是我的弟弟？」

「生在哪裡由不得我啊！」

「過什麼樣的生活也由不得你。該是你做的事情，你就要負擔起來。」南風的眼神柔和下來，看著南雨，「你不能總在躲避。你可以躲一次兩次，甚至躲五年十年，但不能躲一輩子。」

「所以，你們總想挽救我，不斷給我介紹相親對象。」

「今天晚上這個跟以前絕對不同，是我一個同學的妹妹，叫吳一帆，是從英國留學回來的。」南風的臉色在咖啡館燈光的蕩漾下，塗上了橘黃色的光，「父親已見過她，非常滿意，吳一帆不僅長得漂亮，脾氣又好，在英國學的專業是家政禮儀，非常懂禮貌，又懂得體貼人。」

南雨對他們這種做法已習慣，只是笑笑。

七點十分，吳一帆來了。她進門的第一句話就說：「對不起，我來晚了，路上塞車，到了這裡又找不到停車位。」

「沒關係，我們也是剛到。」南風站起來，請她入座，然後，指了指他，介紹說，「這位就是我的弟弟南雨。」

「你好！」吳一帆看了南雨一眼，對他點點頭，嘴角微微一抿，「你們姐弟的名字起得真好，風調雨順。」

她剪一頭短髮，很乾淨的打扮，沒戴首飾，穿一件綠色的短袖連衣裙，皮膚白而細膩。坐下來後，南雨發現，她臉上也乾淨，看不出明顯的化妝，眼睛不大，含著笑意看人，嘴角俏皮地翹起。

南風按鈴叫來服務員，讓她點吃的。她讓南風點。南風問她喝什麼？她說要一杯開水就行。南風讓南雨點，他剛想開口，手機叫起來，是巴特爾打來的：「你怎麼還不來？」「我馬上就來。」他匆匆掛了電話。轉頭對吳一帆和南風說，「不好意思，朋友家裡起火，我馬上要趕過去。」

南風看出他的小把戲，氣得臉色都青了，又不好開口。吳一帆笑著說：「救火要緊，你快去吧！」

南雨說了聲謝謝，站起來正要走，吳一帆把他叫住：「南雨，你把手機給我一下。」

他不知她要幹什麼，只好把手機遞過去。她用南雨的手機打她的手機，存了號碼，把手機還給他說：「路上小心。」

南雨點了點頭，眼睛不再看南風，大步離開BOBO咖啡館。

路上一直接到巴特爾和劉丙奇的電話，讓他快點趕去。他到達華僑飯店四樓毆江廳時，已是晚上八點。

在門外，聽見巴特爾沙啞的聲音，他的聲音很高，大著舌頭，正在罵湯伯光呢！說他是個虛偽的老封建。

南雨進門，看見魯若娃和希娜也在。

魯若娃身邊有個空位置，南雨坐下後，看見巴特爾的眼睛都紅了，巴特爾說：「兄弟，你終於來了，你來作證，我是不是喝醉了？」

「你怎麼可能喝醉呢？你是巴特爾啊！千杯不醉。」

「還是兄弟你了解我啊！」巴特爾伸出手來，在桌子中央握著他的手，然後，指著湯伯光說，「可這個老封建卻說我喝醉了。他這是嫉妒我。」

「我沒嫉妒你，我嫉妒你幹什麼呢？」湯伯光也喝得不少，舌頭大了，一邊說一邊拿眼睛瞄魯若娃。

「你就是嫉妒了，你嫉妒我把活動辦得這麼大，做出這麼大的影響。你就做不出來。」巴特爾不依不饒地說。

「你做出這麼大的影響又能怎麼樣呢？」湯伯光又看了魯若娃一眼。

「喏，老狐狸的尾巴終於露出來了吧！」

「我如果是老狐狸，你就是小狐狸，你就是小心眼，一點點事都懷恨在心。」湯伯光晚上的情緒比平時激動，換了一個人似的。

「你說清楚，我怎麼小心眼了？」

「你覺得我開小額貸款公司沒讓你參股，覺得我看不起你。」

「操！我要你看得起？你以為你是誰啊？我才沒有把你那破公司放在眼裡呢！你也不看看你那一臉的蠢相。」

「還不知誰一臉蠢相呢？」湯伯光突然站了起來。

「就是你。」巴特爾也站了起來。

魯若娃把頭轉過來看著南雨，朝他這邊靠了靠，小聲說：「我們走吧！」

「我剛來呢！再坐一下，好不好？」

「今天你倒要給我說說清楚，我怎麼一臉蠢相了。」湯伯光高聲說。南雨注意到，他剛才跟魯若娃耳語時，湯伯光的眼睛一直關注這邊。

「說你蠢相已經給面子了，我還想揍你呢！」巴特爾聲音也高起來。

「你揍揍看。」湯伯光梗著脖子說。

「老子就揍你。」巴特爾一拳朝湯伯光臉上揍去。

湯伯光也不甘示弱，舉起拳頭朝巴特爾臉上砸。

劉丙奇拉住巴特爾，希娜拉住湯伯光。劉丙奇說：「晚上到此為止，我們都撤吧！」

「就這樣散了？」巴特爾的酒突然又醒了。

「你這段時間太累了，早點回家休息吧！」劉丙奇說。

「老南，你也走？」巴特爾想挽留他。

「我還有事。」南雨有點不忍，可魯若娃碰了碰他的手臂，「你也累了，我們明天再喝吧！」

跟魯若娃坐上出租車後，南雨以為是去意大利酒吧，沒想到她讓司機開到幸福花園。南雨知道她在幸福花園有一套房子，主要是教鋼琴用的。

魯若娃一路上都沒說話，進了門，她開了燈和中央空調。南雨看見一個大廳，有兩排鋼琴，邊上還有幾個小間，裡面也有鋼琴。他還沒有反應過來，魯若娃已轉身摟住他的脖子，把嘴唇伸上來。

「你晚上去哪裡？」她問。

「我去相親了。」

「怪不得我心裡一跳一跳的。」魯若娃讓他的手捂著她的胸口，「對方怎麼樣？」

「還行。」

「你準備跟她交往？」

「你說我會跟她交往嗎？」南雨笑了笑，捧起她的臉。

「你這個人說不清楚的。」

魯若娃把他帶進臥室，夜來香的味道從南雨心裡溢出來。躺在床上，南雨聽見她手機的鈴聲，說：「你的電話。」

「別管它。」

她抱著他的腦袋，看著他。

「我們不能做這種事的，我覺得不能。」南雨看著她說。

「我喜歡抱著你的感覺。」

「你覺得這樣行嗎？」

「很好。」

第三章

1

經濟危機還是影響到父親的鞋材公司。他把南雨和南風叫到辦公室，說明目前碰到的情況，主要是兩個問題：一個是客戶流失；另一個是貨款回籠難。

這原本跟南雨沒關係，他只負責原材料採購。可父親聽說同行的老總都親自出馬拜訪客戶，希望留住客戶，同時加緊貨款回籠。他也把客戶分成三組，最重要的一組他「御駕親征」，第二組讓南風去，南雨帶著銷售部經理跑第三組。

分到南雨名下的客戶雖然無關大局，卻小而多。他們把時間排得滿滿的。

拜訪客戶的第三天晚上，南風打電話給南雨：「這兩天有聯繫吳一帆嗎？她對你的印象挺好。」

「你怎麼知道她對我印象挺好？」

「錯過這次機會，再也找不到像吳一帆這麼理想的人了。」南風鄭重地說，「馬上給她打電話，抽空約出來坐一坐。」

接完電話，南雨就把這事忘了。過了兩天，南風又給他打電話：「你給吳一帆打電話了沒？」

「你看我每天忙著拜訪客戶，回來倒頭就睡，哪裡還有心思去約會？」

「你這是找藉口。」停了一下，南風又說，「要不要我找父親說一下，專門讓你休息一天去跟吳一帆約會？」

「那倒不用。」

過了三天，南風又打電話，他乾脆不接。

兩個星期後的一天晚上，南雨從台州拜訪客戶回來，坐了一天的車，中午還被拉去喝酒，人很疲憊。沖完澡後，依然精神不振。心裡正在猶豫，是出去好呢，還在待在家裡好？巴特爾打了好幾個電話，找他喝酒，他一次也沒去，應該給他回一個電話，可是，擔心喝酒後明天沒精神。正在這時，接到吳一帆的電話。南雨有點意外，更讓他意外的是，接通電話後，她第一句話就是：「南雨，我在你家樓下，你下來。」

「什麼事？能在電話裡聊嗎？」

「不能。」她很乾脆地說。

見她這麼說，南雨不好再拒絕。走到樓下，見吳一帆開著一輛最新款的奧迪跑車，車身黑白相間，很耀眼。她看見南雨，從車窗裡伸出手，揮了揮：「上車。」

上車後，南雨問她去哪裡。她說你跟我走就是了。到了一看，原來是香格里拉大酒店一樓的酒吧，有一支英國樂隊在表演，南雨搞不清楚這個英國回來的人，覺得她在設圈套。

「你想喝什麼酒？」她問。

南雨瞥了她眼。

「你別這樣看我。」

她按鈴，讓服務員拿一支小拉斐，再拿一個冰桶，把開了的紅酒放在冰桶裡冰鎮，又點了一份海鮮套餐。

「你在英國都喝這種紅酒？」南雨問。

「在英國喝苦啤酒更有範。」吳一帆笑著說。

「我先敬你一杯。」她把酒杯舉起來，跟南雨的酒杯碰一下，一仰脖子，杯子就空了。

她連敬三杯。

南雨一直在想吳一帆約他出來的目的。看她的架勢，絕對不像正經談戀愛。哪有第一次約會就主動提出喝酒的？這倒讓他寬心不少。他也不打算開口問，是她主動約的嘛！有什麼目的，她自然會說出來。

海鮮套餐端上來後，有北極冰蝦和生蠔，都是南雨喜歡的美食。吳一帆每吃一口海鮮，會輕輕喝一小口紅酒。見南雨小心的樣子，笑著舉起杯子說：「你也喝啊！」

吳一帆自稱酒量挺好，看來沒有誇張。很快，一支紅酒就喝光了。她眼睛閃閃發亮。她讓服務員又拿了一支小拉斐。

這一支下去後，她開始有感覺了。眼睛越發地亮，臉頰緋紅，說話的舌頭也大了。

開第三支小拉斐時，她的狀態完全放開了。剛開始只是一小杯，現在是一大杯。改口叫南雨「兄弟」，看他的眼神也變得更大膽和直接。但南雨感覺出來，她的意識還是很清楚，說明她是真有酒量的人。

「兄弟，你覺得我怎麼樣？」她右手支在桌上，把腦袋支在手上。

「覺得你跟別的女人有點不同。」

「怎麼不同？是不是你喜歡的類型？」

「談不上喜歡或者不喜歡，覺得蠻特別的。」南雨不知道她這麼問的意思，但還是把真實的感受表達出來。

「有沒有一點點喜歡？」

「沒有。」

她臉上略微有點失望。沉默了一下，馬上又笑起來，說：「那我就放心了，這就是我晚上約你出來的目的。」吳一帆把身體坐正，看著他說。

南雨坐著沒動。

「我已經有朋友了，是個女的。」吳一帆說。

南雨愣了一下。但很快就釋然。也明白吳一帆晚上約他的理由，更明白她晚上的表現。南雨突然又懷疑起來，吳一帆沒必要告訴他這個事。他們只是相過一次親，吳一帆只需跟家裡人說對他沒感覺就行。正這麼想時，吳一帆又開口了：「你為什麼一直不找女朋友？」

「我不是在找嗎？跟你相親難道不算？」

「當然不算，我一眼就看出來你沒誠心，還編出一個救火的理由跑掉。」她抿嘴笑起來。

「我沒認真思考過理由。」南雨想了想，接著說，「可能跟我的家庭有一點關係，他們把什麼事都安排好了，我什麼也不用想，什麼事也不用做，一切按照設定的程序來就行。既然這樣，有我沒我有什麼差別？我做不做有什麼差別？」

「既然這樣，你當我的假男朋友，我當你的假女朋友，怎麼樣？我們就可以把家裡人應付過去。」

「好啊！」南雨覺得這是一個好辦法，也猛地明白過來，這可能才是吳一帆晚上約他出來的真正目的。

「就這麼說定了，對家裡就說我們在交往。」

南雨看了看時間，已是夜裡十二點，明天還要去拜訪客戶。他要買單，吳一帆揮揮手說：「這次我來。」

出門時候，吳一帆像兄弟一樣摟著他的肩。

南雨叫了代駕，先把她送回去，吳一帆一直說自己沒問題，南雨也知道她沒問題，但還是先送她回家，再打車回家。

2

拜訪完所有企業，前後花了一個半月。這段時間裡，南雨幾乎沒有碰到巴特爾、湯伯光和劉丙奇。

南雨跟巴特爾通話多一些，知道他的鋼琴大聯奏活動做得很成功，一個多月裡，賣出三百多台鋼琴。他便在暑假推出鋼琴培訓班，來報名的學生很多，要通過考試才能錄取。巴特爾乘勢而上，準備在新城區開一家分公司。

劉丙奇的銀行出了一點事，因為經濟危機，國家提高了準備金率，各家銀行收緊了放貸口子，一些企業的投資短期收不回來，還不了貸，只好宣告破產。有的乾脆捲走資金，躲到國外去。更有絕望的人，直接跳了樓。

受影響最大的是湯伯光，他受到雙重打擊：一是房地產價格下降了三分之一，房地產市場的規律是買漲不買跌，價格降下來後，反而沒人來買房；二是他的小額貸款公司出現壞帳，有兩家做眼鏡生意的企業宣告破產，進入法律程序，他們從湯伯光這裡貸去的錢，基本上全軍覆沒。南雨給湯伯光打過電話，從電話裡聽出來，湯伯光心態挺好，他說，「老南啊，禍福兩隔壁，只要堅持走下去，肯定又有一片新天地。」

這段時間，南雨給魯若娃打過三個電話。第一個電話是那晚過後的第三天，也就是他開始拜訪客戶的第二天，到了夜裡，他突然想給魯若娃打一個電話，沒別的意思，只是覺得應該給她打一個電話，問她在做什麼事，聽聽她的聲音。可她沒接。他沒放在心上。第二個電話是一個星期後，她還是沒接，次日也沒回。這種情況以前沒出現過，她有時沒接，會很快撥回來，這次的反常行為，讓他心裡微微不安，她是不是遇到什麼事了？南雨知道她投資了好多處房產，是不是受到影響？第三個電話是又一個星期後，南雨想再試一次，她還是沒接，也沒回。心裡也就漸漸放下了，可彷彿空出一個洞，身上的力氣被抽進那個空洞，消解得無影無蹤，卻又不知用什麼東西來填充。

南雨跟巴特爾他們通電話時，絕口不提魯若娃，他們也沒提。她似乎消失了。

在他拜訪客戶結束後的第二個星期六，巴特爾設在新城的鋼琴分公司開業。開業時間是早上十點十八分，南雨去了一趟，送了一個花籃和一個紅包。也碰到了劉丙奇和湯伯光。湯伯光忙著幫巴特爾接待客人，滿臉笑意，一點看不出他跟巴特爾打過架，更看不出他的企業正受到重創。湯伯光看見他，連忙跑過來，摟著他的肩膀左看右看，說：「瘦了瘦了。」

「老湯一直掛念你，他對兒子也沒這麼掛念。」劉丙奇跟過來笑著說。

「朋友嘛！什麼叫朋友？這段時間沒看見你，怪想念的，你每天在外面跑，那麼辛苦，老想打電話約你喝個酒，又擔心打攪你。」湯伯光說。

南雨內心有一股暖暖的液體在流動，有一種久違的感覺。

「晚上我們一定要好好喝一杯。」湯伯光說。

「老巴把晚上酒會設在朝庭會所，是個喝酒的好地方。」劉丙奇說。

正說著，巴特爾過來了，一把抱住他，說：「兄弟，想死我了！」

沒人提最近信河街的經濟情況，更沒人提自己單位裡的事情。這樣也好，朋友在一起，應該說些溫暖的話，做點快活的事，如果一談到經濟，心情肯定沉重。

開業剪綵時間快到了，巴特爾跑來邀請劉丙奇、湯伯光和南雨一起上台剪綵。劉丙奇沒有推辭。南雨心裡想，這段時間，他的銀行一定跟巴特爾發生了業務來往。在這個全國銀根收緊的時刻，他能夠對巴特爾施以援手，也可以看出他對朋友的情意。可湯伯光堅決不上台。

「你是我朋友嘛！為什麼不能上台？」巴特爾說。

「算了，老巴你就不要勉強了。老劉代表就行了！」南雨笑著對他說，「你不能因為老湯上次沒讓你上台剪綵，這次把什麼人都拉上去呀！你把我們拉上去，其他剪綵的人未必高興，覺得你把他的檔次弄低了呢！」

「我邀請什麼人上台剪綵，關別人屁事？」巴特爾說。

剪綵儀式結束後，劉丙奇要趕回銀行開會，湯伯光也要趕回去參加一個跟房地產有關的董事會。大家約好晚上再會。送走他們和前來參加開業儀式的賓客後，南雨留下來，巴特爾帶他參觀新公司。

南雨知道巴特爾很早就代理了雅馬哈等牌子，這就像房地產的圈地，他把這個牌子的代理權拿下來，其他人就不能在信河街賣這個牌子的樂器，生意相對好做一些。但是，鋼琴畢竟不是生活必需品，巴特爾現在逆市而上，豈不是要承擔更大的風險？不過，巴特爾最大的特點是樂觀和積極，敢想敢幹，這種人通常會有好運氣。

南雨在巴特爾公司裡待了半個鐘頭，巴特爾送南雨上車，車子發動了，巴特爾還站在那裡。南雨又搖下車窗，跟他揮了揮手。

下午五點一刻，南雨剛從公司回到家，巴特爾給他打電話，說他已經在朝庭會所，讓南雨快點去。南雨來到朝庭會所二樓的宴會廳，離約定的時間提前了一刻鐘，客人還沒來。晚上一共宴請了八桌客人，二樓宴會廳擺了兩桌，一桌是領導，另一桌是朋友，其他客人在一樓各個包廂。

六點半，劉丙奇和希娜來了，其他客人也陸續來了，湯伯光和魯若娃還沒到。巴特爾給湯伯光打電話，他說正在路上。給魯若娃打電話，她沒接。

六點四十五分開席，湯伯光還沒到。劉丙奇和巴特爾坐在領導那一桌，南雨和希娜坐在一起。希娜問他：「巴特爾老婆想回來，你知道嗎？」

「我不知道。」南雨搖搖頭，又轉頭看看鄰桌的巴特爾，「老巴是什麼意思？」

「我聽劉丙奇說，上個月，老巴的老婆又上法庭，老巴還是說不離，他對法官說，『我們感情好著呢』。他老婆見他這麼說，也改口說不離了，要回來跟老巴一起過。老巴在法庭上笑嘻嘻地同意了，出了法庭，看都不看她一眼，開著車就走。」

「老巴不是一個絕情的人。」

「幾年前，老巴差點被他老婆害破產。老巴公司的貸款需要他老婆簽字，她突然跟一個男人跑了，老巴不能按時還款和續貸，如果不是劉丙奇幫忙，老巴可能就緩不過氣來了。」希娜說。

「老巴的鋼琴公司能夠做到現在這個規模，很不容易。」南雨說。

「這一幫朋友裡，還是你最愜意，家裡有那麼大的企業等著你去接班。」希娜說。

南雨笑了笑，沒有回答。

這時，湯伯光帶著魯若娃從門口進來。希娜朝他們揮揮手。巴特爾也看見他們，跑到門口迎接，把他們帶到南雨和希娜身邊。南雨看了看魯若娃，她故意不看這邊。巴特爾說：「老湯你遲到了。」

「不好意思，不好意思，我去接魯若娃才遲到的。」湯伯光大聲地說，他滿臉紅光，先把魯若娃的椅子拉開，讓她先坐，然後才坐下來，眼睛四處掃描，跟所有人含笑點頭。

魯若娃坐下來後，南雨再看她，她還是故意不看他。這時，希娜看看魯若娃，又看看南雨，張了張嘴巴。南雨看她的表情，似乎是問怎麼回事。他裝作沒看懂，埋頭吃菜，吃了一會兒，站起來接一個電話。接完電話後，上了一趟洗手間，從洗手間出來，沒再回宴會廳，把手機一關，直接回了家。

3

那晚的電話是吳一帆打來的。她問：「兄弟，你在幹什麼？」

「正在參加朋友的酒會呢！」南雨問她，「有事嗎？」

「早些天我跟家裡人說了，覺得你還不錯，家裡人挺高興，敦促我多跟你約會呢！」

「南風也問我了，我說蠻好。南風馬上把我的意思上報給父親，他老人家甚是寬慰，讓南風傳話，讓我多跟你接觸。」

「我們得增加一下接觸頻率，起碼要把戲做給他們看，要做得像那麼回事。」

「一切聽你安排，我爭取把戲演好。」

第二天上午，南雨接到巴特爾的電話：「你昨晚走了太可惜了，我後來把老湯和魯若娃都灌醉了。我敬魯若娃酒，老湯搶著喝，說魯若娃是他接來的，要保護她。魯若娃不讓他保護，他不肯，說既然魯若娃要喝他也陪著喝，結果兩個人都醉了。」巴特爾在電話裡哈哈大笑起來，笑完了，又說，「看來老湯真是喜歡上魯若娃了，可我覺得魯若娃沒怎麼把他放眼裡。後來希娜也跟我這麼說，希娜說魯若娃眼裡只有你，可又搞不明白你們兩個在布什麼迷魂陣。」

說到這裡，南雨聽見巴特爾手機裡傳來「嘀」的一聲，巴特爾說：「有一個客戶給我打電話了，是說鋼琴招標的事，我們再聯繫。」

南雨掛了電話，想了想剛才巴特爾的話，甩了甩頭，把這些念頭趕出腦子。

第三天下午，吳一帆又打來電話，說家裡人又催了，問他什麼時間有空。他說這幾天公司來了一批重要客人，要等他們離開後才能抽出時間來。她說沒關係，你這麼說，我就可以給家裡人回話了。

公司沒客人來，他只是不想見吳一帆，也不想做什麼事。

正在這時，南雨接到山東一個原材料供應商的電話，他們將在後天舉辦一個全國性訂貨會，邀請函很早就發了，一直沒收到回信。對方這麼一說，南雨想起來確有這事。這樣的訂貨會，他參加了兩屆。說是訂貨會，其實是對方出錢邀請他去玩，白天遊山玩水，晚上喝酒。山東的原材料供應商跟他們公司的業務來往時間最長，量也最大，雙方相互信任，市場上的貨源和價格經常會變動，但只要向他們要貨，他們總會在第一時間發來，價格也最合理。關係一直不錯。接到邀請函時，南雨剛剛結束客戶的拜訪，累得飯也不想吃。接了他們的電話後，他突然有了興趣，反正不想待在信河街，出去散散心也好，就在電話裡答應他們了。

南雨乘坐的是第二天下午兩點的飛機。剛到酒店住下，公司的總經理和董事長就來房間拜訪，接著是例行的歡迎酒會。南雨被安排跟董事長坐在一桌。山東人的喝酒規矩太多，主陪喝了副陪喝，副陪喝完說是可以隨意，但無論哪一個主人站起來敬酒，都不能推辭。一喝就是三滿杯。南雨前兩次來參加訂貨會，都是第一個晚上就被他們灌倒，次日參加會議昏昏沉沉。今天晚上喝的是一個叫六重門的紅酒，是他們公司直接從澳大利亞進口，專門用來公司接待和送禮用。他們曾經發了一百箱給南雨，酒精度是十四點五度，口感溫和，偏甜。可是，南雨今晚酒興全無，喝完董事長的三杯酒後，又喝了副陪的三杯，按照道理，起碼要回敬他們六杯。一圈下來，差不多喝了一瓶紅酒，喝得快，立即上頭，南雨趕緊推說身體不適，回房間休息了。

回到房間後，沖了個澡，躺在床上，床頭燈開著，電視也開著，好像是個相親節目，看了一會兒，迷迷糊糊睡了過去。醒來時，電視一片雪花，他看了看時間，才凌晨三點多。南雨睡眠一向很好，只有喝多了酒才會在凌晨三點左右醒來。

爬起來上了一趟洗手間，喝了兩口水，關了電視和燈，躺在床上，眼睛越睜越大，腦子裡一片空白。一直到窗外逐漸發白，才又闔上眼睛。

上午是會議，下午安排去趵突泉玩。南雨以前去過，就沒有隨同。吃完午飯後，躺下去午睡，很快就睡著了。隱隱約約聽到手機震動的聲音，第一次沒理會，又響了一次，閉著眼睛接了，先聽到嚶嚶的哭聲，接著是叫他的名字，猛地醒過來——是魯若娃的聲音：「南雨，你在哪裡？」

「我在山東濟南。」南雨趕緊說，「你怎麼了？」

那邊突然沒聲音了，靜了一下，南雨問她：「魯若娃，你在聽嗎？」

「我想去濟南。」她說。

南雨想了一下，搖了搖頭：「去青島吧！我們在那裡碰頭。」

4

南雨四點半到達青島香格里拉大酒店，入住盛世閣的十九樓套房。這個酒店的構造分為青香閣和盛世閣，盛世閣的房間都是面向大海。

南雨前後來過青島三次。第一次是讀中學時來旅遊，除了那條通向大海的棧橋，別的幾乎沒印象。另外兩次分別是前年和大前年，都是來參加山東公司的會議，也住在香格里拉大酒店，這裡離海灘近，步行十分鐘就到。

住進房間是四點十五分。放下行李，洗一把臉，給魯若娃發條短信，告訴酒店地址和房間號。半個鐘頭後，門鈴響起來，南雨打開門，魯若娃背著一個雙肩包站在門口。她腳穿一雙黑色高梆帆布運動鞋，藍色緊身牛仔褲，一件白色T恤，外面套一見深藍色的襯衫，頭髮紮在後面。

魯若娃進來後，放下雙肩包，上洗手間洗了臉，出來後，南雨正站在窗戶邊，看著不遠處的藍色大海。她來到南雨面前，帶著一股夜來香的味道，把雙手插進他的手臂，抱著他的腰，整個身體滑進他懷裡。南雨伸手摟著她的背，她把臉緊緊貼在他胸口。南雨低頭親了一下她的頭髮，她把頭抬起來，把嘴唇伸上來。她更緊地抱著他。外面的顏色漸漸暗下來。

晚上九點，才去吃晚飯。他們去的是一家叫達芬奇的意大利餐廳，點了六個菜：正宗意大利麵、茄汁鱸魚、冰蝦、烤羊排、蔬菜沙拉和提拉米酥。另外點了一支小拉斐。

魯若娃一直靠在南雨身邊，點完單後，抬頭問：「這家餐廳你常來？」

「每次開會都會來這裡吃一頓，意大利美食是西餐之母嘛！」南雨笑著說。他選這家餐廳是有意為之。魯若娃在信河街開的是意大利酒吧，也做西餐，但南雨覺得這裡的西餐比她酒吧地道。

按照意大利西餐的程序，先上來的是正宗意大利麵，南雨只點了一份，兩個人一起吃，然後上來的是海鮮和烤羊排，最後上來的是蔬菜沙拉和甜點。每吃一道菜，南雨都問她味道怎麼樣？她都說不錯。她剛開始沒胃口，麵只夾了兩筷子，吃了冰蝦後，把小拉斐喝光，魯若娃的胃口才開。又要了一支小拉斐。

魯若娃的酒量一點不比南雨差。喝完兩瓶後，南雨微微有點上頭，她好像沒什麼反應。她臉色微紅，在柔和的燈光下，像一朵剛出水的荷花。

出了餐廳，魯若娃雙手側抱著南雨，身體靠緊他。南雨伸出右臂把她攬進懷裡。

他們一起回了房間。剛進了門，她就捧著南雨的臉，親吻起來。南雨抱著她，沉醉在濃濃的夜來香味道裡。他希望能一輩子抱著她，一刻也不要離開。

魯若娃是第一次來青島。次日醒來，南雨對她說：「對哪裡感興趣？我帶你出去轉轉。」

「我只對你感興趣。」她看著他說。

「我又不是什麼稀奇的寶貝，在你身邊又不會跑掉，既然來青島，你還是出去看看青島的風光。」

「不，我只要你，我要你躺在我身邊，我要一直看著你。」

他們在房間裡待了一整天，中餐和晚餐都是送到房間裡來的。到了夜裡九點鐘，魯若娃對南雨說：「我們到海灘走走吧！」

穿好衣服，徒步到了海灘。潮水正在慢慢退去。海灘被潮水沖洗得平整而結實，走過去，留下兩串長長的腳印。

海灘邊上有一家專門賣生蠔的小店，據說所有的生蠔都從法國空運過來，一個生蠔二十五元。南雨和魯若娃都喜歡吃生蠔，每人嚐了一個，味道果然很好，生蠔的肉富有彈性，咬在嘴裡，似乎還在動，入口後，味道新鮮，鹹中帶有一絲甜味。

他們在小店外的一張桌子坐下來，先叫二十個。南雨問魯若娃：「想不想喝點酒？」

「好，喝點。」

南雨到店裡，發現有竹葉青，屬於汾酒系列，只有三十八度，有甜味，南雨和魯若娃都喝過，他轉頭問：「來一瓶竹葉青怎麼樣？」

「可以。」她說。

店老闆拿來了竹葉青和兩個酒杯，同時端上了一盤剛撬開的生蠔，還有兩副吃生蠔用的刀叉和一個切成八瓣的檸檬。

吃完二十個生蠔，一瓶竹葉青才喝了三分之二。他們又要了二十個生蠔。

他們把那瓶竹葉青喝光，生蠔還剩十二個。南雨跟魯若娃商量後，又去小店裡拿了一瓶三兩裝的竹葉青。

從小店出來，已是十一點半，潮水遠去，海灘上空無一人。他們互相摟著對方的腰，繼續朝前走。來到一個燈光照不到的地方，魯若娃突然說：「我想下去游泳。」

「你想裸泳就下去吧！」南雨看了看四周，笑了一下。

「我要你也下去。」

「我下去誰替你看守衣服？」

「誰要你看守？這個時候海灘上只有我們兩個人。」

「好吧！」

他們走近海水，魯若娃三下兩下脫了衣服，身體一躍，像一道白光鑽進海裡。南雨又看了看四周，還在猶豫。

「你快下來呀！」她的聲音夾雜在海潮裡。

當南雨也脫了衣服跳進海裡，魯若娃卻不見了，他喊了兩聲，沒回應。南雨有點慌起來，正要喊第三次時，她從水裡鑽出來，一把抱住他，拉進深水裡。

回酒店抄了一條近路。南雨拉著她的手，走進一條不知名的巷子裡，巷子兩邊栽著夜來香，進了巷子，夜來香的味道濃得可以摸到。他拉過魯若娃說：「這就是你的味道。」她沒有開口，她的嘴和南雨的嘴合在了一起。

回到酒店，經過大堂的鋼琴邊，魯若娃看了看他，說：「我給你彈一首曲子吧！」她把披散下來的頭髮往後捋了捋，打開鋼琴的蓋子，彈起了《泰坦尼克號》電影的主題曲。剛開始，南雨見一個主管走過來，當他聽見琴聲後，就止住了腳步，一動不動地站在那兒。

這是南雨第一次聽魯若娃彈琴。她彈完，身後有掌聲響起，南雨才回過神來，拉著她的手，回了房間。

他們一起洗了澡。她的皮膚像嬰兒一樣乾淨光滑。後來，南雨用酒店的吹風機給她吹頭髮，她歪著頭，出神地看著地板。吹乾頭髮後，魯若娃讓南雨抱她上床。魯若娃幽幽說了一句：「如果能一直這樣抱著你該有多好啊！」

「那你就一直抱著啊！」南雨又笑了一下。

「嗨，你真是我可愛的小點心。」魯若娃刮了一下他的鼻子說，停了一下，她看了看窗外，說，「我們明天回去吧！」

第四章

1

青島回來後，南雨常去魯若娃的幸福花園。

但在公共場合，他們依然刻意保持著一定距離。南雨覺得這樣挺好，既有一份牽掛，又不給對方負擔。魯若娃好像也是，從來不在公開的場合拉他的手。她沒解釋理由。也沒問他。

天氣轉涼後，他們分別接到希娜和劉丙奇發來的請柬，邀請一週後的週六晚上參加他們結婚五周年的木婚趴。南雨不知道木婚趴是什麼性質，應該送什麼樣的禮品。打電話問巴特爾，巴特爾在電話那頭沉吟了一下，說：「我跟你不一樣。」

「怎麼不一樣了？」南雨覺得奇怪。

「我跟老劉有業務來往，他幫過我的忙。」停了一下，巴特爾接著說，「我想趁這個機會，表示一下。」

「老劉會接受嗎？」

「別看老劉表面強硬，私下還是希娜說了算。」

南雨把巴特爾的話告訴魯若娃。她表示認可。魯若娃知道希娜的性格。魯若娃說：「希娜喜歡奢侈品，名錶名包最喜歡。」

剛好，南雨公司銷售部經理在香港出差，南雨給他打電話，讓他去商場看看，帶兩塊勞力士手錶回來。經理問有什麼要求，南雨說必須是女式的。經理再問還有什麼要求，南雨想了一下，說，一個鑲金，一個鑲鑽。過了一個多鐘頭，南雨手機接到一條彩信，打開看，是銷售部經理發來兩塊手錶圖片，接著電話也打來，對南雨說，鑲鑽的八萬八，鑲金的八萬。南雨說行，馬上把錢打你卡裡。

三天後，南雨去魯若娃家，把鑲鑽的那塊手錶送給她。南雨從沒送過她禮物，這是第一次。魯若娃很開心地接過手錶，馬上戴在手上，抱著他的脖子，親了一下，把他按在沙發裡，坐在他腿上說：「你說說看，為什麼突然想給我送禮物了？」

「不是特意的，是給希娜買禮物時順便帶的。」

「為什麼送我的是鑲鑽？送希娜的是鑲金？」

「鑲鑽的錢多一點嘛！」

聽南雨這麼一說，魯若娃突然生氣起來，說：「就這個原因？」

「就這個原因。」南雨說。

「那我要你的禮物做什麼？」魯若娃把手錶擲還給他，坐到沙發另一頭。

「你還是收下吧！做一個紀念也好。」停了一會兒，南雨輕輕地說。

她很長時間沒說話，身體歪在一邊，似乎飲泣了一下。

又坐了一會兒，南雨站起來。魯若娃轉過身，看了他一眼，眼眶紅紅的，說：「我剛才不應該對你發脾氣。」

南雨伸手撫摩了一下她的臉，摸摸她的頭髮。

「我怎麼能怪你呢！」魯若娃擦了擦眼睛，對他笑了一下，「我的問題也沒辦法解決。」

「你不要怪自己。」南雨記得魯若娃對他說過，她對愛情沒信心，對婚姻更沒信心。南雨看著她，心裡一陣絞痛，「你知道，我很想為你做點什麼，可又不知道能做什麼。」

「我知道。」她乖順地點了點頭。

「以後你無論遇到什麼事，都可以跟我商量。」南雨突然想起魯若娃那段時間不接他的電話。

她又點了點頭。

南雨走了兩步，回頭看了看她。

「以後還來嗎？」她問。

他點了點頭，馬上又搖了搖頭。

南雨看見魯若娃的眼睛裡突然滾出兩顆眼淚。她站起來，看著他，說：「讓我再抱一抱你行嗎？」

南雨張開雙臂，魯若娃緊緊摟住他的腦袋。

南雨下樓後，回頭看看她的家，燈還亮著。他不擔心魯若娃，她一定會沒事的，只是他以後不會再來這裡了。坐進車子後，南雨又抬頭看了一會她的房子，除了燈光，魯若娃的房子裡沒有一絲動靜。他把車子發動起來，駛離她的小區，他很想找個地方喝幾杯酒，可是，身體到處痠痛，猶豫了一下，最後還是回家，沖了一個澡，倒頭就睡。

那個週六晚上，南雨如約參加希娜和劉丙奇的木婚趴。他們住在一個叫做國際花苑的別墅區裡，有一個獨立草坪，草坪入口處，用植物和鮮花搭起一個拱門，來賓都從拱門進入，草坪被一分為二，一半搭起粉紅色的帳篷，另一半露天，帳篷裡擺滿各種各樣的西餐點心，還有各種酒。有專門從酒店請來的服務員在服務。草坪上有三排長條桌，還有一些椅子隨意擺在角落。有音樂在輕輕迴旋。

南雨到達拱門時，希娜和劉丙奇正站拱門下迎賓，劉丙奇穿著黑色西裝，打著藍色領帶，希娜一身白色裙子，長長的下擺，很像婚紗。南雨把禮物遞給希娜，她一看袋子，馬上尖叫起來：「天吶！南雨，你幹什麼送這麼貴重的禮物？」

劉丙奇也伸頭來看，皺了一下眉頭，說：「老南，你這……？」

「老巴他們都來了嗎？」南雨笑了笑，問劉丙奇。

「他們早來了。」

南雨看見巴特爾揮著手：「老南，這裡，這裡。」

南雨舉了舉手，朝他走去。南雨問他：「老湯呢？」

「喏，在那兒呢！」他用手指了一下。

南雨隨著他的手指方向看去，魯若娃穿一件紫色長袖連衣裙，戴著白色手套，圍一條黑色披肩，她把兩邊的長髮盤起來，用一個白色的髮罩罩著。一對綠松石耳墜微微地晃動，裸露的脖子上掛著一條綠寶石項鏈，襯托出她的皮膚越發白晰。她臉帶微笑，左手輕輕拉著裙擺，右手端著一杯白葡萄酒。她的微笑照顧到每一個人，不知道的人會以為她才是這裡的主人。湯伯光穿著藍色西裝，打著紅色領帶，像尾巴一樣跟在魯若娃身邊。

六點半，天色暗下來，草坪上亮起了五彩燈光。希娜和劉丙奇來到草坪中央，先是希娜說話，她感謝朋友來參加他們的木婚趴，希望朋友們在這裡吃好玩好。她也感謝了劉丙奇，給了她幸福的愛情和一個溫暖的家，她會珍惜擁有的一切，把每一天當一輩子來過。同時，她祝福在場的朋友，希望已經結婚的幸福恩愛，還沒結婚的早日找到意中人。說到這裡時，她還特意看了南雨一眼。希娜說完後，輪到劉丙奇說，他只說了一句，說一切聽老婆的，無論什麼事，老婆錯的也是對的，對的就更對了。他一說完，希娜就撲在他懷裡。

草坪馬上被鼓掌聲覆蓋。

接下來是自由用餐時間。希娜和劉丙奇拿著酒杯敬酒。湯伯光笑嘻嘻地跟在魯若娃後面，拿著酒杯，看見人就敬酒。他們到了南雨和巴特爾面前，巴特爾對湯伯光說：「老湯，今天是老劉和希娜的好日子，你在這裡瞎摻和什麼？」

「今天是個好日子嘛！」湯伯光笑著舉杯跟巴特爾碰了碰，又跟南雨碰了碰。

南雨舉杯跟魯若娃碰了碰，她笑笑。

「你們隨意啊！」湯伯光說。

「操！這裡變成老湯的主場了。」巴特爾看著湯伯光的身影說。

「你是不是很討厭老湯？」南雨說。

「恰恰相反，我挺喜歡老湯。」巴特爾說。

「既然喜歡，為什麼老跟他對著幹？」

「正因為喜歡，才跟他對著幹嘛！」巴特爾哈哈哈地笑起來。

2

重陽節前後，吳一帆打了很多次電話，說快被她姐姐逼瘋了，要她帶南雨回家去給她父母看看，吃一頓飯。南雨對她說，你能拖就拖，真不能拖再說。

其實，南雨也碰到這個情況，南風好幾次跟他委婉地說，父親想請吳一帆來家裡吃一頓飯。南雨裝作聽不懂她的意思，說：「哦，我跟她說說看。」南雨當然不會跟吳一帆說。

大概一週後，那天他剛吃過晚飯，接到吳一帆的電話：「兄弟，我在你家樓下，你下來。」

他看了下時間，已經六點半。

南雨坐上她的車，問她去哪裡。她說帶他去一個好地方。到了那兒，南雨才知道是個搖滾酒吧。南雨不想進去，可又不忍拂了吳一帆的好意，只好硬著頭皮跟進去。吳一帆對這地方挺熟，她叫了一瓶威士忌和冰塊，還叫了一盤火腿片。

威士忌上來後，吳一帆給南雨倒了一杯，給自己倒了一杯，說了一聲「乾」，一仰脖子，杯子就空了。然後咯咯咯地笑起來。

笑了一陣才停住，說：「你看我這樣子像不像個酒鬼？」

不等南雨回答，又接著說：「我被我姐姐逼得氣都快喘不過來了，在家裡他們禁止我喝酒。我父親當年讓我去英國留學，就是要去學習做一個淑女，沒想到我變成一個怪胎。」

「那你多喝點。」南雨說。

「多了不行，會被他們發現的。如果要喝得盡興，一定要出去，不能在信河街。不能回家。」

「家裡人會讓你離開嗎？」

「我說跟你出去啊！他們肯定會答應的。」

「那好吧！我想一個地方。」南雨想了一下，腦子裡閃了一下，說，「去千島湖潛水怎麼樣？」

「好，我向家裡報告下，明天就走。」

吳一帆眼睛放出光來了。說話間，吳一帆身體一直跟著音樂扭動，嘴裡不時哼著英文歌。南雨看了看舞池，一堆人像起網的魚一樣又蹦又跳。他問吳一帆去不去跳，她擺了擺頭說：

「在這裡不行，被我爸知道就死定了。」

他們在千島湖住了三天。每天去潛水。

南雨發現一座小島上栽滿了梅花。他在心裡想，等到真正的冬天，滿山的梅花開放，映到湖面上，那才叫美呢。

這次也沒有找到上次的古塔，而是找到一個叫城隍廟的地方，廟裡的建築都已坍塌，但牌坊還在，牌坊下面有一個橫洞，南雨游過去，剛好可以躺在洞裡，有一種回家的感覺。水的壓力很大，每次呼吸都很緩慢，南雨調整氣息，閉上眼睛，四周開始沉靜下來，感覺漸漸融化在了水裡面。

回來的路上，吳一帆突然問南雨：「如果家裡人一定要我跟你結婚怎麼辦？」

「那就走一步算一步。」

「如果我們結婚，雙方家裡就都交代過去了，結婚後，我們依然保持現在這種關係。」

南雨沒料到吳一帆會有這樣的主意。仔細一想，也就釋然，或許，對他來說，這未嘗不是個兩全其美的形式。可是，他又覺得跨出這一步，也不是他想要的人生。他沉吟一下，說：「這事再讓我想一想。」

「跟你開個玩笑啦！我不會做這種事的。」吳一帆說。

南雨搖搖頭，自嘲地笑了笑。他覺得這時的吳一帆特別可愛。

3

牛欄山高爾夫球場舉辦了一場奧迪明星對抗賽。奧迪汽車公司組織了一個影視明星球隊，與全國奧迪銷量前十名城市的球隊打比賽，信河街是其中一站。主辦方委託給牛欄山高爾夫球場，球場找到巴特爾，開出條件是如果贏了比賽，可以開回一輛奧迪車。輸了什麼也不虧。巴特爾把大家叫到意大利酒吧商量，開了一瓶XO。

「在這個時候，去打這樣的比賽好不好？」劉丙奇看了看大家說。

劉丙奇說的「這個時候」，是指接近年底，經濟依然沒有回暖跡象，企業日子不好過，銀行也發愁。

「正是這個原因，我們才要打這場比賽，而且要打贏這場比賽。」巴特爾看了看大家，他見大家沒接話，一口喝光了杯裡的酒，說，「這個時候，沒有人給我們打氣，我們要給自己打氣。你說呢？老湯。」

「老巴說的有一定道理。」湯伯光看了劉丙奇一眼，說，「我不在乎一輛奧迪車的獎品，我在乎的是通過這個比賽把氣打起來。只要氣不洩，什麼樣的難關都可以度過去。」

「你說呢？老南。」巴特爾轉頭問他。

「不要問我，我早就是個沒氣的人，怎麼打也沒用。」南雨這麼一說，大家都笑了起來，氣氛輕鬆了許多。

「老南是定海神針，沒有老南，我們的生活怎麼辦呀！」湯伯光笑著調侃。

「我們需要你。老南。」笑過之後，巴特爾認真地說。

「我陪你們打就是，但輸了不要怪我。」他說。

「呸呸呸！哪有還沒打就說輸的？以後不許再說這個字。」湯伯光趕緊說。

「我這段時間可能會比較忙，一到年底，行裡的會議特別多。」劉丙奇說。

「你儘量抽出時間來練球。」巴特爾說。

「就是，只要我們四個兄弟出馬，肯定打遍天下無敵手。」湯伯光說。

「我還有一個提議。」巴特爾把四個人杯裡倒滿了酒，舉起酒杯說，「喝了這瓶酒，我們戒酒一個星期，等打贏比賽再好好慶祝。我來請客。」

「再也不能跟上次一樣喝醉了去打比賽啊！」南雨笑著說。

接下來的一個星期，巴特爾和湯伯光每天都在山上，他們每天天不亮就上山，天黑才下來，風雨無阻。

劉丙奇把銀行工作安排在上午，下午趕到山上來。

南雨也是每天去，但他每次到球場，巴特爾和湯伯光已經打完一場。

比賽前兩天，湯伯光在打球時淋了一場雨，感冒了，人虛得連球杆也揮不動。他還是堅持上山，練完球後，趕到醫院掛點滴。

比賽那天又下起小雨，還刮著風，風也不正經，一會兒刮西風，一會兒刮南風。這給打球增加了難度。不過這對南雨他們來說比較有利，他們在這裡打了將近十年球，什麼樣的天氣沒碰見？除了打雷，各種天氣都試過。如果誇張一點說，閉著眼睛都可以把球場走下來！而影視明星隊就不同了，他們對這個球場不熟悉，對今天這個天氣也不適應。影視明星隊昨天來練過球，南雨他們在邊上觀摩，雖然大家都沒開口，心裡卻清楚，影視明星隊的水平要強一籌。別的不說，單看開杆就知道，他們最好成績能開到三百二十碼左右，這已經是職業球員的水平了。而南雨他們四個人裡，只有巴特爾有這個水平。老天保佑！早上一起來，居然刮風下雨了，事情開始朝著有利於南雨他們的方向扭轉。按照高爾夫比賽規定，必須風雨無阻，除非天上打雷(因為球杆是鐵的，容易觸電)，現在是冬天，就是把天空戳出個窟窿來也不可能有雷啊！

開賽前，他們在休息室裡布置戰術，必須抓住這一有利條件，堅持每一杆打出最好水平，爭取前半程把優勢拉開。憑影視明星隊的水平，估計半程之後，能夠慢慢適應這個環境，會一點一點趕上來。這個時候，不能急，更不能慌，把心態放好，只要心態一好，估計成績也不會差到哪裡去。

比賽開始了。他們穿著湯伯光專門找人趕製的隊服出場，一樣的白帽子，一樣的白手套，一樣的白球衣，一樣的白球褲，一樣的白高爾夫球鞋。他們這邊是巴特爾先開球，湯伯光第二，南雨第三，劉丙奇殿後。

巴特爾的開杆就把對方震住了，他開出了三百三十碼，這幾乎是他的最好紀錄。第一個洞就抓了一隻小鳥。

他們的士氣也被巴特爾帶動起來，打了半場，每個人都有小鳥進帳。巴特爾和劉丙奇各抓到一隻老鷹。

果然，半場過後，影視明星隊逐漸適應了場地，再加上這時雨也止住，風也停了，他們的水平體現出來，也有隊員抓到了老鷹。

到了最後一個階段，雙方的杆數已經持平。他們還是按照原來布局的戰術，一杆一杆地打，倒是影視明星隊，可能急於想贏，出現了兩次失誤，ＯＢ了兩個。

比賽結束，影視明星隊總杆合計是兩百九十九杆，他們隊總杆合計是兩百九十八杆。以一杆險勝。

那天晚上，巴特爾兌現諾言，請大家在朝庭會所喝酒。他還邀請了希娜和魯若娃，但魯若娃沒來。入座後，巴特爾說：「打贏這場比賽，是我今年以來最高興的一件事，比五百架鋼琴大聯奏高興，比我分公司開業高興。晚上我們改喝茅台，一定要一醉方休，沒醉的人誰也不准離開這個門。」

「不會是假酒吧？最近市場上假茅台很多。」湯伯光把酒瓶拿來看了看。他看不大懂，又把酒瓶放回去。

「絕對放心，是我一個兄弟特意從廠裡特批出來的。」巴特爾拍著胸脯說。

「說到假酒，我們平時喝的洋酒可能更假。」劉丙奇說。

「不會！我們喝的洋酒是直接從海外帶進來的。」湯伯光說。

「管那麼多幹什麼？只要能讓人高興起來，我認為就是好酒。來，兄弟們乾一杯。」巴特爾說。

一瓶茅台很快就喝光了，又開了第二瓶。

開了第二瓶後，南雨上了一趟洗手間，剛從洗手間出來，看見希娜從座位站起來，朝他眨了眨眼，走到門外，南雨不知什麼事，跟了出去。

「最近有碰到魯若娃嗎？」她問。

南雨搖了搖頭。

「我聽劉丙奇說，她遇到問題了。」

「什麼問題？」

「她有幾個樓盤是在劉丙奇銀行貸款，已經到還款日期了，樓盤不能脫手，她問劉丙奇怎麼辦。劉丙奇能怎麼辦？銀行又不是他一個人開的，最多只能再延期一個月，到期不能還，只能走法律程序。」

「她欠銀行多少錢？」南雨問。

「差不多一千萬吧！我知道你們的關係，現在是魯若娃最困難的時候，你要幫幫她。」希娜看著他說。

南雨點了點頭。

「魯若娃的性格你知道，這事不要跟任何人說啊！」希娜說。

南雨又點點頭。

希娜進去後，南雨掏出手機撥通了魯若娃的電話，她沒接。再撥，她還是沒接。撥了三次，她都沒接。

南雨回到包廂，又跟大家喝了幾杯酒。實在坐不住，站起來要走。巴特爾不讓，說：「你要走可以，跟在座的每個人連喝三杯。」

他拿起桌上的酒瓶，搖了搖，差不多有半瓶，叫服務員拿來一個大杯子，把瓶中酒全部倒出來，舉起杯子，一口乾了。

「有血性，我喜歡。我們再乾一杯？」巴特爾說。

「南雨可能是真的有事情，大家讓他走吧！」希娜出來打圓場。

「老巴你這樣不公平，老南剛喝了一大杯，你要找他比酒，也要先喝一大杯。」湯伯光出來主持公道。

「沒事，我跟老巴再喝一杯，今天高興。」南雨說。

「好，夠兄弟。」巴特爾讓服務員又開了一瓶，倒了兩杯，一口喝光。

離開朝庭會所，南雨又給魯若娃撥了一個電話。她關機了。

南雨打車到幸福花園的樓下，發現她家沒開燈。轉身去了意大利酒吧，她沒在。他要了一個包廂，坐在包廂裡給她打電話。還是關機。突然，喉嚨一陣難受，有一股東西快速地奔湧上來，他還沒站起來，嘴巴一張，把剛才吃的喝的全都吐了出來。

第二天，他再打魯若娃的手機，還是關機。他想了想，開車去了一趟魯若娃任教的學校。學校說她請了年休，已經一個星期沒來上班了。從學校出來，南雨又到她的幸福花園，來到樓上，按了很久門鈴，也沒應答。停了一下，他改敲門，還是沒有反應。

4

農曆小年夜的前兩天，南雨接到湯伯光的電話，邀請南雨參加他的婚禮，說他隨後會把請柬送來。剛掛了電話，希娜的電話就來了，她說：「魯若娃要跟老湯結婚了，你知道嗎？」

其實，剛接到老湯的電話時，南雨就有這個預感。雖有心理準備，接到希娜電話後，腦子還是出現了一段時間的空白，手腳發軟，手在微微顫抖。

「南雨你在聽我說話嗎？」希娜在電話那頭問。

「我在聽。」

「這個死人，保密工作做得很好，我也是剛從老湯那裡知道的。」

「她跟老湯結婚挺好。會幸福的。」

「我知道老湯人不錯，對她是既喜歡又崇拜，可她從來沒喜歡過老湯。我剛才打電話給劉丙奇，他告訴我，老湯已幫魯若娃還了銀行的貸款，可能正是這個原因，她才嫁給老湯吧！」

希娜在電話那頭嘆了一口氣，接著說，「可是，我想不懂的是，她既然能接受老湯的錢，為什麼不願接受你的錢？」

「她可能有她的想法吧！」他說。

「你難道感覺不到，魯若娃不願意見你，不願意接受你的錢，正是因為她愛著你的表現？」

「我沒覺得。」他故意說。

「如果你真是這樣想，算我多嘴。」

他的話可能惹惱希娜了，手機那邊傳來一陣嘟嘟嘟的聲音。

兩天後，南雨去參加魯若娃和湯伯光的婚禮。婚禮在信河街香格里拉大酒店的甌江廳舉行，擺了五十桌酒席。來之前，南雨跟巴特爾通過氣，魯若娃和湯伯光兩個都是朋友，應該送兩份人情，包了兩萬元的紅包。

南雨到時，魯若娃和湯伯光正好站在門口，湯伯光一套白色西裝，白色皮鞋，繫紅領帶，頭髮剛做過，滿臉泛著幸福的紅光。他不停地轉頭看身邊的魯若娃，生怕一眨眼，魯若娃就不見了。魯若娃身穿乳白色婚紗，戴著白色手套，頭上戴一個金色鳳冠，她今天化了濃妝，臉特別白，眼睛特別黑，嘴唇又厚又紅，臉上掛著不真實的笑容。南雨走到湯伯光跟前，湯伯光轉頭看了魯若娃一眼，張開雙臂跟南雨擁抱了一下。然後，南雨走到魯若娃跟前，笑了笑，她也笑了笑。南雨看不出她臉上的波瀾，也看不出她眼睛裡的波瀾。他轉頭笑著對湯伯光說：「老湯，我能抱一下你的新娘嗎？」

「當然可以啊！」湯伯光笑著說。

他張開雙臂，輕輕地抱了抱魯若娃。

後面有客人進來。南雨對他們揮揮手，繼續往裡走，尋找他的桌位。走沒多遠，抬頭看見巴特爾和希娜正朝他揮手。

坐定後，南雨問希娜說：「怎麼沒見到劉丙奇？」

「劉丙奇馬上要高升了，領導找他談話呢！」巴特爾說。

「老巴你別瞎說。」希娜說。

「他們銀行裡的人都這麼傳。」巴特爾說。

「老劉有能力，辦事又穩妥，高升是遲早的事。」南雨說。

「沒影的事，你們別亂說。」話雖這麼說，希娜已經笑得很開心了。

正說著，看見湯伯光在美國讀書的兒子走過來，他穿一套黑色西裝，打著紅色領帶。一年沒見，他長大了很多。

「你什麼時候回來的？」希娜問。

「回來兩天了，父親叫我一定要回來。」

「有空到阿姨家裡玩啊！」希娜說。

他點了點頭，揮了揮手說：「叔叔阿姨再見！」

「老湯生了一個好兒子，越來越懂禮貌了。」巴特爾看著他的背後說。

「你也趕快生一個送到美國去啊！」希娜說。

「操！你幹什麼不生？」巴特爾笑著說。

「我生不生關你什麼事？」希娜突然有點惱怒，轉過身，不理巴特爾。

她和劉丙奇結婚五年多，沒有生育，這是他們一直迴避的話題。一直到酒席開始後，巴特爾連著自罰三杯酒，希娜的臉上才有笑意。

開始敬酒的環節後，魯若娃換上紅色旗袍，她跟湯伯光各拿著一個小酒杯，杯裡是礦泉水。到他們這桌，巴特爾站起來要湯伯光喝酒，湯伯光求饒說：「兄弟，這麼多桌，我不能開這個頭，一開肯定醉。」

「不喝也可以，表演一個節目。」巴特爾說。

「我不會表演啊！」

「講個故事也可以。」

「我也不會講故事啊！」

「那好吧，就交代你是怎麼把魯若娃騙到手的？」

「我算過命，魯若娃是我的福星，只要她在我身邊，我就會萬事大吉。」湯伯光笑著說，目光溫和地看著身邊的魯若娃。

「你追了魯若娃多久？」

「這個我也說不清。」湯伯光笑著說，「老巴你就饒我這一回吧！」

「要我饒你也可以，你們對著大家親個嘴。」

「這個這個……」湯伯光轉頭看魯若娃。

他的話音剛落，魯若娃已經把嘴伸過去，親住他的嘴。

酒席結束後，南雨和巴特爾坐希娜的車回去，先把巴特爾送回家。巴特爾下去後，車裡只剩下他們兩個人。又開了一會兒，希娜咳嗽了一聲，說：「兩個月前，魯若娃找到我，說她懷上孩子了。」

「哦？」

「她讓我把孩子打掉。」

南雨覺得心裡被什麼東西狠狠地捅了一下。

「我想來想去，覺得還是應該把這件事告訴你。」

「都過去了。」南雨輕輕說。

「唉！我真搞不懂你們兩個冤家。」

南雨沒有再說話，伸出左手靠在車窗邊，食指頂住嘴唇，用牙齒狠狠咬住。車子正駛過甌江大道，一邊是江海交匯的黑暗巨流，一邊是燈火閃耀的明亮城市。他在明暗交界之處，像潮水一樣湧動。

賣酒人

1

入梅後，天氣多雨，悶熱。

史可為開著別克車，在外面跑了一天，天黑回家時雨突然下得又粗又密，淋了他一身。老婆陳珍妮已經把菜燒好，看他一眼，笑了笑，說：「吃飯吧。」

史可為點了點頭，洗了手，換上在家裡穿的短衣短褲，在餐桌前坐下來。陳珍妮已把碗筷擺好。都是史可為喜歡的菜，一盤紅燒赤蝦，一盤紅燒排骨，一盤炒茄子，一碗敲魚湯，兩個冷菜是江蟹生和燙花蛤。

陳珍妮問他：「喝點啤酒？」

「好的。」史可為想喝點酒消解心裡壓力。

陳珍妮給他開了一瓶冰鎮的喜力啤酒。史可為給自己倒了一杯，問陳珍妮：「你要不要也來一杯？」

她搖了搖頭。

史可為把啤酒倒進嘴裡，喉嚨發出一陣歡快的破裂聲，冰涼像裂痕一樣瀰漫全身。一瓶啤酒很快喝光。陳珍妮又給他開了第二瓶。

史可為這時抬頭問她：「你今天有去學校上課嗎？」

「我是上午的課。」停了一下，陳珍妮看了他一眼，又說，「上午碰到院長，他問起你，又提起讓你回學校教書的事。」

「我回去能做什麼呢？」

「院長說，到現在為止，學院還沒有一個老師的營銷課上得比你好，再加上你這些年的實踐經驗，回來後一定更受學生歡迎。」

「學院的同事都在笑話我吧？」史可為問。

「怎麼會笑話你呢？」陳珍妮看了他一會兒，笑了一下，接著說，「他們羨慕都來不及呢。」

「他們很快就會笑話我的。」史可為苦笑了一下。

「我對你有信心。天下沒有過不去的橋，沒有走不過去的路。」

「我對自己沒信心。」史可為說。

「你一定要有信心。」陳珍妮伸過手來，握住他的手，「一切會好起來的。」

「可我覺得困難才剛開始呢。」史可為搖了搖頭。

「如果真是這樣，你更要有信心。」陳珍妮握他的手緊了一緊。

「我一定努力，希望形勢很快能好轉。」史可為在心裡嘆了口氣，對陳珍妮點了點頭，讓她知道目前的情況就行，不能把壓力轉化給她。

喝完第三瓶時，史可為手機響了。

接完手機，史可為看了陳珍妮一下，說：「是丁大力打來的，要我去一趟。」

「你去吧。」陳珍妮看著他說。

史可為又看了看桌上的菜，猶豫著。

陳珍妮掃了一眼桌上的菜，說：「丁大力找你肯定有事。」

史可為換上藍色牛仔褲，白色T恤，外面再套一件藍白格子的襯衫，帶上錢包。出門前，陳珍妮正在整理桌上的菜，他對她說：「我走了。」

陳珍妮抬頭朝他揮揮手。

史可為順手把門帶上。來到樓下，雨還在下，細細地飄著，空氣依然悶熱。他攔了一輛出租車，來到觀月樓KTV。這地方，丁大力叫了他很多次，沒想到今天居然來了。他在樓下給丁大力打手機。沒接。史可為剛要再打，丁大力回過來了：「你到哪裡了？」

「我到樓下了，你在哪個包廂？」史可為問。

「我在二〇八包廂。」丁大力聲音很大。有個女人在唱歌。

史可為來到二〇八包廂，推門進去，看見丁大力摟著一個女人，兩個人靠在沙發裡，抱著一個話筒在唱歌。他一看見史可為，放下話筒，從沙發站起來，對史可為招手說：「哎呀呀！兄弟你終於來了。」他一邊說，一邊邁著兩隻瘦腿走過來，史可為聞到一股酒氣。史可為奇怪的是，丁大力整天泡在酒裡，卻長不胖。他摟住史可為的肩膀，對那個正在唱歌的女人說，「檬檬你先停一下，我剛才說的貴人來啦。」

那個女人馬上放下手中的話筒，站起來，前傾著身子對史可為說：「你就是史哥？為什麼一直不來這裡玩？」

「人家是正人君子，哪裡像我一樣整天尋花問柳。」丁大力一把把她抱在懷裡，轉頭笑著對史可為說，「她叫林檬檬，是這裡的領班，我的姘頭。」

史可為看了林檬檬一眼，她一臉笑意，偎依在丁大力懷裡，一隻手摟著丁大力的腰，伸出另一隻手，掐了一下丁大力的臉蛋。丁大力撥開她的手，說：「去，我兄弟來了，安排一個最好的小妹給他。」

「我一定辦好。」說完後，她看了一下史可為，「史哥這裡有相好的嗎？」

「操，人家是第一次來，哪來的相好？」丁大力假裝生氣的樣子。

「我知道了。」林檬檬依然笑得甜蜜，看了史可為一眼說，「史哥你稍等一下。」

「要年輕，漂亮，身材好，不好就退貨。」丁大力說。

林檬檬出去後，史可為看了看丁大力，說：「大力，我今天跑了一整天，還是沒找到王志遠。」

「哎呀呀！什麼話也不用說，是兄弟，咱們就把它吹了。」史可為的話還沒說完，丁大力開了兩瓶啤酒，遞一瓶給他。

「我拖累你了。」史可為說。

丁大力對他擺擺手，把頭仰起來，身體站成一個S形，只見他的喉結一跳一跳，發出「咕嚕咕嚕」的聲音，一瓶啤酒就空了。他把空瓶倒過來，展示給史可為看。史可為見他這樣，只好把瓶子舉起來，喝了一半，喉嚨滿上來，停住，喘了幾口氣。

「一口乾。」丁大力摟著他的肩膀說。

史可為深呼一口氣，把剩下的半瓶灌下去，也把啤酒瓶倒過來展示給他看。

「這才是我的好哥哥。」丁大力又緊緊地摟一下史可為的肩膀，對他說，「我們就把今天當成世界末日，不醉不歸。」

包廂門開了一下，一陣雜亂的歌聲湧進來，又被關在門外。林檬檬帶來一個小妹。

「先讓我驗收一下。」丁大力說。

「你要死啦。」林檬檬笑著拍一下丁大力的屁股。

「來來來，姐夫抱抱。」丁大力雙手將那個小妹抱進懷裡，在她屁股上摸了一把。小妹笑著掙扎。丁大力順勢把她送到史可為身邊說，「姐夫派個任務給你，晚上把這位史哥服侍好，重重的有獎。」

史可為打量著一眼那個小妹，穿一件藍色的緊身牛仔褲，上身一件白色的緊身T恤，紮著一個馬尾辮。她比林檬檬高出一個頭，年齡比林檬檬小一些，大概二十出頭。方臉，化著淡妝，皮膚乾淨，眉毛細細，眼睛也細細，兩個嘴角微微上翹，蕩漾著笑意，像一個剛出校門的大學生。

「快叫史哥，史哥是個大老闆，是你姐夫的兄弟加恩人。」林檬檬說。

「史哥好。」她眼睛看著史可為，脆脆地叫了一聲。

「你好。」史可為朝她點點頭。

「這是我的小表妹，叫琳兒，剛從老家過來，請史哥多關照。」林檬檬對史可為說。

「錯，不是史哥關照琳兒，而是琳兒照顧好史哥。」丁大力插話說，把林檬檬推到一邊去，一把將琳兒推進史可為懷裡，又拍了一下琳兒的屁股說，「我把史哥交給你了。」

交代完後，丁大力摟著林檬檬繼續唱歌。

史可為和琳兒坐在沙發裡，琳兒倒了兩杯啤酒，拿起來，說：「史哥，我敬你一杯。」

史可為跟她碰了一下杯，喝了。

琳兒連著敬了史可為三杯酒，看著他說：「你喜歡唱什麼歌，我給你點。」

「我很少唱歌，也唱不好，你唱吧。」

「你不唱我也不唱。」琳兒往史可為身上靠緊一點，看著他說，「我們玩骰子怎麼樣？」

「可我只會玩比大小那種。」史可為笑著說。

「比大小最簡單，誰輸了喝一杯酒。」她說。

琳兒拿來兩顆骰子和一個瓷碗，把各自的酒杯加滿。她先把兩顆骰子甩進瓷碗裡，一個五點一個六點，輪到史可為，他甩出一個四點一個五點，他喝酒。第二次琳兒甩出一對五點，史可為還是一個四點一個五點，他又喝一杯。第三次他終於甩出一對五點，琳兒居然甩出一對六點，還是他喝。他笑著說：「不來了，技不如人。」

剛喝完三杯，林檬檬過來敬酒，他又跟她喝了三杯。林檬檬剛走，丁大力又來跟他喝了三杯。史可為感覺腦袋重起來，想說什麼話說不出來，說出什麼話馬上忘記。人卻興奮起來，主動跟琳兒玩起了骰子，接下來的情況有所改觀，雙方互有輸贏，有一階段，他甚至連贏六次。

丁大力和林檬檬在合唱一首名叫〈知心愛人〉的歌，琳兒看著史可為說：「我們跳舞怎麼樣？」

「我不會跳。」

「你跟著我就行。」

琳兒伸手把他拉起來，抱著他的腰。跟著音樂節奏，兩人的腳步緩緩移動。漸漸地，琳兒的身體靠得越來越緊，終於把頭貼到他的脖子上。他們移到一個燈光照不到的角落，琳兒抬起頭，看著他，他看見琳兒的嘴唇微微張開，氣息吹到臉上，那張臉離他越來越近，他把嘴唇迎了上去，她的舌頭軟軟甜甜，一下就纏住他的舌頭。

離開觀月樓KTV已是淩晨一點半，丁大力給了琳兒五百元小費，史可為又摸了兩千元給她。她要去了史可為的手機號碼。

坐上出租車後，史可為原本還想跟丁大力說幾句話，可丁大力一上車就打起很響的呼嚕。

2

史可為睡到第二天中午十二點才醒來，去衛生間沖了個澡，又去樓下吃了一碗魚丸麵，然後開車去恆明眼鏡廠。他在眼鏡廠待了半個鐘頭，給王志遠打了五次手機十次辦公室座機，王志遠沒接。他便開著別克車去王志遠的貿易公司，還跟昨天一樣，他辦公室的門關得像岩壁。史可為在貿易公司等了一個下午，沒等到王志遠。

第三天，史可為乾脆不打電話，一大早就去王志遠的貿易公司，整整一天，還是沒有聞到王志遠的氣息。

這天下午五點，他接到一個電話，一聽聲音就知道是琳兒。

「你在幹什麼？」琳兒問。

「我正在討債呢。」

「晚上能來觀月樓嗎？」停了一會兒，琳兒說。

「怎麼了？」史可為問。

「想見見你。」

史可為聽出她在撒嬌，突然回味起她軟軟甜甜的舌頭，心一軟，對她說：「我約一下大力。」

「你不用約，這段時間他每晚都在觀月樓。」琳兒說。

「等一會兒再聯繫。」

史可為撥通了丁大力的手機，丁大力一聽就笑起來：「哎呀呀！你不會愛上琳兒了吧？」

「別亂講。」

「操，別不好意思，那天晚上我看見你們親嘴了。」

「那天晚上喝多了。」史可為覺得臉上一陣發燙。

「沒事，去那種地方就是逢場作戲，碰到合適的小妹，下手要快，沒什麼好猶豫的。就像我和林檬檬，第一個晚上就把她收拾了。解決了肉體問題，其他就不成為問題了。」丁大力又是一陣笑聲。

「我現在可沒那個心思，王志遠跑得連影子都沒了，我都快愁死了。」史可為苦笑了一下。

「愁有什麼用，今朝有酒今朝醉，有妞不泡，過期作廢。」丁大力說。

「我沒你那麼瀟灑。」史可為說。

「我這是苦中作樂啊，整天苦哈哈的有什麼意思，怎麼過不是一世？」

「好吧，今晚就去苦中作樂一下。」史可為說。

「這就對了，你讓琳兒給我們預訂一個包廂，她可以拿提成。」丁大力說。

「好，晚上七點鐘觀月樓見。」史可為說。

「觀月樓見。」丁大力說。

跟丁大力通完電話後，史可為給琳兒回了一個電話，叫她預訂一個包廂。然後，給家裡打了一個電話。一切安排好後，史可為在王志遠貿易公司樓下等到六點半，他希望王志遠會在下班後偷偷溜回公司。可他還是等了個空，只好把開車回家。

史可為剛剛把車停好，丁大力的電話就來了：「觀月樓邊上有家麵店，店名叫長人，魚丸麵做得很地道，吃完後，我們直接去KTV找林檬檬和琳兒。」

「好，我們在長人麵店碰頭，我二十分鐘內到。」史可為說。

史可為趕到長人麵店，丁大力已坐在店裡，他問史可為：「你吃什麼？」

「來碗魚丸麵就行。」

丁大力站起來走到櫃檯，對服務員說：「來兩份魚丸麵，兩份魚餅。」

魚丸麵上來還有一小段時間，史可為看了丁大力一眼，說：「我今天又去王志遠貿易公司了，還是沒有見到他。」

「操，這傢伙不會跑路了吧？我有一個表哥，是信河街銀行的副行長，他說最近有一批老闆跑路了。」丁大力問。

「應該不會，」史可為想了想說，「他的手機還打得通，就是不接，如果跑路，手機肯定關機或者空號，再說，他的公司還在運作。」

「那他就是存心賴帳。」

「我跟他做了七年多的生意，平時很豪爽的。」

「今年初以來，所有的企業都不好過，他肯定也碰到困難了。」

「他欠我的貨款也就罷了。」史可為看了丁大力一眼，一臉的憂愁，說，「可我卻拖累了你，害得你的眼鏡配件廠資金轉不動。」

「哎呀呀！你怎麼又說這樣的話，我不是說過了嗎，沒有你這些年業務的關照，哪裡有我的眼鏡配件廠。再說，王志遠貿易公司不是把你的周轉資金也拖欠了嗎，你也是受害者。」丁大力說。

服務員端上來兩份魚餅和兩碟醬油醋。

「吃。」丁大力對史可為說，夾了一塊魚餅，在醬油醋裡蘸一下，送進嘴裡嚼動。過了一會兒，說，「我覺得世界上最重要的事情就是吃，吃飽以後，最最重要的事情就是性。其他都是可有可無。」

魚餅是信河街特產，原料是從東海捕撈上來的鮸魚，去掉魚骨、魚刺和魚鱗，把魚肉和澱粉充分攪拌，做成一個個餅，切成一片片，蒸熱即可食，入口軟滑，似有韌勁，稍一嚼動，即化開，有海魚的鮮味和香味。

不久，魚丸麵也上來了，滿滿一碗，上面蓋一層魚丸，湯很清，露出綠色的油冬菜葉子。吃麵的聲音此起彼伏，不一會，碗就空了。兩人的額頭冒出一層密密的汗珠。

剛走出麵店，史可為接到琳兒的電話，問他：「你們到了嗎？」

「到樓下了。」史可為說，「哪個包廂？」

「還是上次的二〇八包廂。」

放下電話，丁大力「嘎嘎嘎」地笑起來，說：「依我的經驗，這個小妹對你有意，不要錯失良機哦。」

「亂說。」史可為笑了一下，搖了搖頭，看著他說，「你不是說，她預訂包廂有提成嗎，她給我打電話，當然是奔著提成去的。」

「哎呀呀！這你就不懂了。」丁大力搖了搖頭，說，「KTV裡小妹慣用伎倆是釣客人胃口，每次給客人一點甜頭，讓客人不斷來她這裡消費，她們雖然經過專門訓練，不能跟客人動感情，可還是會有例外，會主動喜歡上客人，這時她們就會變得很主動，上次琳兒主動親你，說明她對你動了心。KTV裡有個規矩，小妹可以跟客人上床，絕不可以跟客人親嘴，對她們來說，嘴和舌頭才是通往心靈的窗口。」

「給你這麼一說，好像我突然交了桃花運。」史可為搖了搖頭，笑著對丁大力說，「我沒這方面的想法，我也不是一個玩得起的人，今天答應琳兒來這裡，只是為了排遣心理壓力，沒想要跟琳兒怎麼樣。」

「別說得那麼認真好不好，人生在世要及時行樂，快樂勝過一切啊。」丁大力拍了拍史可為的肩膀說。

「我總覺得人生的痛苦多過快樂。」史可為說。

「想開一點，任何事情都有兩面性，只要你跨出這一步，說不定會有意想不到的收穫呢。」

「那你說說看，你跟林檬檬的交往有什麼意外的收穫？」

丁大力笑了笑，看了史可為一眼，說：「我的收穫可大啦。」

「你說你說。」

「好，想聽我就告訴你，我跟林檬檬來往一年了，我們是半包關係，有協議，我每個月給她一筆錢，她陪我睡覺，我不干涉她出來做事。」

「這就是你的收穫？」史可為問。

「你聽我說完嘛，」丁大力笑了一下，繼續說，「我已經半年沒給林檬檬錢了，不但沒給，最近兩個月廠裡發不出工資，還是她拿錢給我救急，算起來，到目前為止，她給我的錢比我給她的多。」

史可為聽得有點愣了，喃喃地說：「真有這種事？」

「這可是我的親身經歷，怎麼會假。」丁大力大聲說。

「你這麼一說，這個林檬檬倒讓我肅然起敬了。」

「人生還是快樂多一點，就看你能不能抓住每一次快樂的機會。」

說著話，他們進了觀月樓。

3

一個星期後，貿易公司員工下班半個鐘頭後，王志遠終於出現了，史可為從守候的別克車裡爬出來，偷偷跟進他的辦公室。

王志遠好像早就料到他的出現，笑了笑，讓他隨便坐。史可為在他辦公桌對面的椅子坐下來。

王志遠五十出頭，身材魁梧，滿頭黑髮，滿臉紅光，聲音洪亮。他十七歲開始在社會上滾打，在做生意方面是史可為的前輩。這些年來，他對史可為比較照顧。史可為很尊重王志遠，笑著說：「王董，見您一面真是難吶。」

「小史啊，我知道你最近一直在找我。」王志遠倒也坦率，他一開口，不知道的人以為是史可為欠他的錢。

「不到萬不得已，我也不會來找您。」

「我理解你的難處。」王志遠對他點點頭，停了一口氣，接著說，「但你也應該知道，我不是成心躲避你。」

「我知道，您犯不著成心躲避我。」

「你這麼想我很欣慰。」王志遠笑了笑，身體往椅子後仰了仰。

「我知道王董是做大事的人，您隨便簽一個單就能救我一命。」史可為說。

「這一次我真是遇到難關了。」王志遠嘆了口氣，身體朝前靠了靠，看著史可為說，「去年下半年由美國次貸危機引發的經濟危機爆發後，馬上蔓延到歐洲，我公司產品主要出口歐洲，去年訂單就減少了一半，到了今年，只剩下四分之一。訂單少了倒是小事，最致命的是客戶跑了，貨款收不回來。我也想還你的貨款，我這些天都在外面跑，跑銀行，跑借貸公司，如果不想還錢，我跑什麼？」

「我知道王董是不會拋下我不管的。」

「我拿什麼來救你呢？」王志遠嘆了口氣，「這些天，我幾乎跑遍整個信河街，該找的人都找了，該想的辦法都想了，大家都是泥菩薩過江。」

「不會的，我相信王董一定有辦法，您是大能人，家大業大，隨便調撥一下就能救活我這樣的小工廠。」史可為知道王志遠說的都是實情，但他不相信王志遠已經到了山窮水盡的地步，他是信河街出了名的老江湖，肚子裡有好幾個算盤。他這家貿易公司的辦公樓就值數億元，聽說他還有其他項目的投資，他鬼得很呢。

「小史啊，有辦法早就想了，我又沒有孫悟空的七十二變，能有什麼辦法呢？」王志遠說著把雙手一攤，閉上眼睛，停了一下，再睜開眼睛說，「如果說到被拖欠的貨款，我要多你幾十倍，可我向誰要去？」

「我知道王董這次損失嚴重，但凡還有一點辦法可想，我也不會來找您。您也知道，如果我的眼鏡廠破產了，我的下家眼鏡配鏡廠也會破產，給眼鏡配鏡廠供貨的商家也會破產，倒下的是一大片。」

「大家的日子都不好過。」王志遠搖了搖頭說。

「我前天聽說有個做打火機的老闆在辦公室上吊自殺了。」史可為故意這麼說。

「我也聽說了，這是何苦呢，車到山前必有路，沒必要往絕路上走。」

「我倒是能理解他當時的心情，老實說，我也有過類似的念頭。」史可為看著王志遠說。

「你更不該有這樣的想法，你還年輕，未來大有作為。」

「我實在是沒辦法，如果王董不幫我，從現在起，每時每刻跟著您。」

「你跟著我有什麼用。」王志遠的身體突然靠在辦公桌上，聲音高了起來。

史可為知道這句起作用了，王志遠急了，他看著王志遠說：「我現在是有家不能回，每天被前來討債的人堵在外面，隨時都有生命危險。」

聽完他的話後，王志遠身體突然又朝椅子後仰了仰，搖了搖頭說：「你這個小史啊，我真是拿你沒辦法。」

「如果能跟隨在王董身邊，也是我的福分。」

「讓我再想想。」王志遠閉上眼睛。

史可為不再開口，靜靜地等著。大概過了三分鐘，王志遠睜開眼睛，看了史可為一眼，說，「錢確實是沒有了，要不這樣吧，」他又猶豫了一會兒，說，「我在外面還有一個西域葡萄酒公司，代理的是新疆葡萄酒，今年上半年生意不好做，其他股東都退出了，我把所有股份認下來，這批葡萄酒的品質好，價格也便宜，有很大的升值空間，可我又不能眼看著你破產不伸手，只好忍痛把這批葡萄酒轉讓給你。」

這大大出乎史可為的意料，他要那麼多葡萄酒幹什麼？可是，他知道沒選擇了。想了一下，他問王志遠：「謝謝王董的關心，我拿那麼多葡萄酒怎麼辦呀？」

「賣掉呀。」王志遠看了他一眼說，「我當時跟新疆葡萄酒總公司簽過一個協議，公司派了一支表演隊來信何街做促銷，我把這支表演隊也轉讓給你。」

史可為對酒類市場情況一無所知，但能夠拿到葡萄酒，總比什麼也沒拿到強，於是，他問王志遠說：「我能不能去看一下葡萄酒？」

「當然可以，我現在就可以帶你去。」

他們出了王志遠辦公室，朝西走過一條大街，拐進一條叫大士門的街道，走了五十米左右，到了一個名叫得勝花園的住宅區。王志遠帶他進入地下車庫，來到一個被隔開的倉庫前，王志遠掏出鑰匙，把門打開，一股冷氣撲面而來。

「酒庫裡常年開著空調，維持在十二攝氏度左右。」王志遠說著把燈打開。

史可為看見堆得滿滿的一倉庫的葡萄酒。

「倉庫裡有八千多箱西域葡萄酒，五萬多瓶，每瓶按進價六十元算，有三百多萬，超出我公司拖欠你的貨款。」王志遠看了看史可為說。

從地下車庫出來，王志遠很熟練地帶史可為來到得勝花園四組團五幢三〇一室，他敲了敲門，裡面一個女的聲音問：「誰呀？」

「我，王董。」

過了一會兒，門開了，一個高鼻梁藍眼睛棕色頭髮的高個子女人站在門後，她笑著跟王志遠打招呼：「王董好！」

「瑪利亞，你們在幹什麼？」

「我們剛吃過晚飯。」那個叫瑪利亞的女人看看王志遠又看看史可為說。

史可為覺得她的普通話很標準。

「不邀請我進去嗎？」王志遠問。

「當然歡迎，你們進來吧。」瑪利亞笑著側過身子，讓王志遠和史可為進來。

進來之後，史可為發現屋裡還有兩個人，站在左邊的那個女孩個子比瑪利亞高出半個頭，臉部的線條比瑪利亞柔和一些，抿著嘴，半低著頭，看人時，只用眼神瞟一下，站在右邊的女孩應該更年輕，跟瑪利亞差不多的個子，也是高鼻梁藍眼睛，她有一頭黑髮，一張白葡萄一樣的圓臉，皮膚又白又細，像被雪水洗過，她的眼睛又大又亮，好奇地看看王志遠又看看史可為。

「我今天來，是給你們介紹一個人。」王志遠指了指史可為，對她們說，「我的西域葡萄酒公司就轉讓給這個人了，從明天起，他給你們發工資。」

「你們好，我叫史可為，歷史的史，可以的可，為人民服務的為。」

「王董把我們轉手賣掉，也不事先打個招呼。」瑪利亞笑著說。

「我這不是來跟你們商量嘛。」王志遠說，「你不知道，我是多麼捨不得你們啊，可我欠了史老闆的貨款，只好把葡萄酒轉讓給他。」王志遠誇張地拍了拍瑪利亞的肩膀，轉頭看了看史可為，又對她說，「這個史老闆人很好，把你們交給他，我很放心。」

「以後請史老闆多關照我們。」瑪利亞笑著對史可為說。

「叫我史可為就行。」史可為看出來瑪利亞是三個人裡的頭頭。

「這個叫古蘭丹姆。」瑪利亞指了指那個高個子女孩說。

「你好。」史可為對她點點頭。

「你好。」她彎了一下腰，瞟了一眼，也趕緊點點頭。

「這個叫塔西娜。」瑪利亞指著圓臉女孩說。

「你好。」史可為對她點了點頭。

她瞪著大眼睛，看著史可為，笑著說：「你的名字真的叫史可為？」

「怎麼了？」

「我給你取個維族的名字好不好？」

「嗯？」

「塔西娜，別搗蛋。」瑪利亞喝了一聲。

塔西娜朝史可為吐了下舌頭。

4

辦妥轉讓手續，已是第二天下午，史可為給丁大力打了一個電話，丁大力說：「你不是開玩笑吧？」

「我沒開玩笑，給你打電話，就是想跟你一起做這個生意，用我拖欠你的貨款入股，你擁有西域葡萄酒公司一半股份。」史可為說。

「這倒是個好主意。」丁大力在電話那頭哈哈大笑起來，笑了一會兒，他接著說，「這麼多葡萄酒，我們兩個人得喝多少年啊？」

「不是我們兩個人喝，而是要把這批葡萄酒賣給別人喝，把錢賺回來。」史可為說。

「你想錢想瘋了，這麼多葡萄酒怎麼賣？」丁大力說。

「你忘了我原來在大學是教市場營銷的嗎？」史可為對電話那頭的丁大力說，「我昨天晚上安排了一個計畫，我們現在沒錢做宣傳，只能用最古老的辦法：上門推銷——你負責把葡萄酒打進信河街各個KTV，我負責進攻各個酒店，我有個高中同學在稅務稽查局，負責查各個酒店的帳，找他出面，說不定有用。」

「KTV怎麼推銷？」丁大力問。

「你可以先找他們老闆，老闆同意讓我們的葡萄酒進場後，再找領班，讓她們發動手下的小妹，賣出一瓶葡萄酒，她們可以抽取提成。」

史可為的話還沒說完，電話那頭的丁大力已經笑成一團：「這個我內行。」說完他又笑，笑完了說，「操，真是小看你了，以前一直以為你是正人君子，沒想到你把主意打到KTV的小妹身上來。」

「我這也是被逼的。」史可為說。

「我無所謂，反正每天泡在KTV裡，算是一舉兩得。」停了一下，丁大力說，「對了，琳兒這兩天有找你嗎？」

「她前天給我打過一個電話，叫我去觀月樓，我沒去。」

「她昨天交代我，叫我晚上約你去觀月樓，咱們順便去談葡萄酒的事。」

「可我手頭還有一大堆事情呢。」

「還有什麼事情？」

史可為就把三個前來推銷葡萄酒的新疆女孩跟他說了，丁大力一聽，馬上在電話那頭跳起來說：「還有這樣的好事。」

停了一下，他又說：「那三個姑娘不會飛走，咱們晚上還是先去觀月樓，我看得出來，琳兒那個小妮子喜歡上你了。」

史可為見丁大力這樣說，沒有再推辭，約好晚上七點觀月樓碰頭。史可為答應丁大力去觀月樓，多少有點逃避的味道——滾他娘的蛋，先去玩了再說。

史可為在車裡給稅務稽查局的同學王賢良打了一個電話，把葡萄酒的事情跟他說了。王賢良是他高中同桌，現在是稅務稽查局一個科長，畢業後一直有來往，史可為辦眼鏡廠後，碰到稅務方面的事，都是他出面擺平，他答應儘量幫史可為跟酒店的老闆打招呼。

史可為到觀月樓KTV已是晚上七點半，一進去，看見丁大力半躺在沙發上對他揮揮手，做出勝利的手勢。

林檬檬站起來，迎著他說：「史哥您來啦。」

「對不起，遲到了，晚上我請客。」史可為說。

琳兒看見他進來，對他淺笑一下，默默坐在一邊。

「我跟這裡的老闆說好了，我們的葡萄酒明天就可以進場。」丁大力看著他說。

「他們每瓶抽取多少提成？」史可為問。

「這個倒沒說。」丁大力搖了搖頭說，「這裡的老闆是我哥們兒，一口就答應了。」

「KTV的提成是一定要給的，領班的提成也要給，晚上咱們把這事定下來。」史可為看了看丁大力，「你跟林檬檬說了這事了嗎？」

「大力跟我說了。」林檬檬接口說，「只要老闆同意，我這裡沒問題，不過，我們這裡有三個領班，我還要跟另外兩個商量下。」

「你們談，我找琳兒玩。」丁大力起身走到另一張沙發找琳兒玩骰子。

「大力是個沒心沒肺的人。」林檬檬看了丁大力一眼，笑著對史可為說。

史可為知道丁大力粗中有細，他看了看林檬檬說：「你覺得客人在這裡消費掉一瓶葡萄酒，你們提成多少合適？」

「這個史哥您定就是了。」林檬檬笑著說。

「你不用客氣，這也不是你我兩個人的事，另外，你們還要給坐檯小妹提成。」

「那倒是的，說一句不應該說的話，這裡小妹拿喝酒的提成，都是拿命拼來的。」

最後，根據林檬檬的意見，史可為把每瓶葡萄酒定價為兩百五十八元，利潤分成三份，K

ＴＶ老闆一份，領班和坐檯小妹一份，剩下一份歸史可為和丁大力。

「我馬上跟另兩個領班碰個頭。」林檬檬說完就出去了。

丁大力也站起來對史可為說：「我出去看下林檬檬。」

史可為知道丁大力藉口出去的目的，他看了看琳兒，她低著頭，擺弄手裡的骰子，史可為走過去，在她身邊坐下來，問她：「你不唱歌嗎？」

她搖了搖頭。

「喝點啤酒吧。」

她看了史可為一眼，站起來開了一瓶啤酒，給他面前的杯子倒滿酒，史可為這時才發現，她晚上沒化妝，臉色有點白，便問她說：「不舒服？」

她搖了搖頭，把頭低下去。

「怎麼了？」史可為問。

「我發覺自己愛上你了。」停了一會兒，她抬頭看了看史可為說。

「你傻呀。」史可為覺得她在開玩笑，端起酒杯，說，「來，我們喝酒。」

「我說的是真的。」琳兒抬頭看著他，臉憋得通紅。

「怎麼會呢？」史可為看出來她不像在開玩笑，可他覺得這事不可能。

「我也不知道為什麼，自從第一次看見你後，這幾天腦子裡都是你穿牛仔褲和格子襯衫的樣子，一閉上眼睛，就看見你在對我笑。」琳兒又把頭低下去。

史可為不知道該說什麼。

「你覺得我是不是很傻？」過了一會兒，她抬頭問。

史可為還是不知道說什麼好。

「總想給你打電話，又不敢給你打電話，想見你，又怕見你。」

史可為有種不真實的感覺。

「你給我三個月時間好不好，三個月後，我就離開信河街，以後再不回來。」

「這樣有用嗎？」史可為說。

「我也不知道。」琳兒搖搖頭說。

5

第二天，丁大力跟著史可為去了一趟得勝花園。他們叫了一輛小貨車，在地下倉庫裝了一百箱葡萄酒送到觀月樓ＫＴＶ。在裝葡萄酒過程中，丁大力一直站在倉庫門口，史可為叫他進去看一看，他把脖子伸進去，相當潦草地瞄了瞄，馬上縮回來，說：「蠻好的，蠻好的。」

「你看都沒看，怎麼就知道蠻好？」史可為說。

「哎呀呀！你看過的貨，我還能不放心。」丁大力咧嘴笑起來，「再說，葡萄酒千篇一律，有什麼好看，當然是美女有看頭。」

上午十一點多一刻，他們敲開四組團五幢三〇一室的門。還是瑪利亞來開的門，史可為說：「沒有打攪你們吧？」

「沒事，我們正在做飯。」瑪利亞說著，把他們讓進屋裡。

進屋後，瑪利亞對古蘭丹姆說：「古蘭丹姆，給客人泡茶。」

塔西娜正在客廳的一面整衣鏡前梳辮子，見史可為進來，對他吐了吐舌頭，沒有迴避的意思。瑪利亞指著她，笑著說：「你這個死蹄子，客人來了都不知道害羞。」

「沒關係。」史可為制止瑪利亞說，「我們現在是一家人了，不用刻意迴避什麼。我今天來，主要是帶一個朋友來看望大家，他叫丁大力，是我的好朋友，是我們兩個人把這批葡萄酒盤下來的。」

「你們好，史可為已經把你們的名字告訴我了，我叫丁大力，甲乙丙丁的丁，大小的大，力氣的力，又好記，筆畫又少。」說著，丁大力伸手摸了摸口袋，又打開手提包翻了翻，突然笑起來說，「對不起，這次來得匆忙，沒給你們帶見面禮，下次一定補上。」

「你力氣很大嗎？」塔西娜抬頭問丁大力。她的普通話說得不連貫，每個字都用翹舌音。

「嗯？」丁大力愣了一下，但他馬上就明白過來，握了握拳頭說，「是的，我力氣很大的。」

「我看不像。」塔西娜咯咯地笑起來，搖了搖頭說，「看你細胳膊細腿的，瘦得像隻猴猻。」

「沒禮貌。」瑪利亞說。

古蘭丹姆把泡好的兩杯茶端過來，無聲地遞給史可為和丁大力。

「這茶是用我們天山雪菊泡的，你們嚐嚐。」瑪利亞說。

史可為發現丁大力一直盯著古蘭丹姆看，似乎眼睛裡要伸出一隻手來，看得古蘭丹姆的頭越來越低，連脖子都紅了。史可為故意咳嗽了一聲，對丁大力說：「喝茶喝茶。」

丁大力這才接過古蘭丹姆的茶。

史可為是第一次喝雪菊茶。看顏色，有點像紅茶，幾顆花蒂漂在上面，花瓣則沉入杯底。聞一聞，有植物的清香，還摻雜著一絲中藥味道。剛入口，有股青澀味，入口後，向兩腔侵去，迅速化開，又有甜甜的回味，進入喉嚨後，整個身體緩慢暖和起來。

丁大力喝了一口茶後，轉頭去看她們準備的午餐，瑪利亞介紹說：「今天我們打牙祭，做了一個新疆名菜——大盤雞，如果你們不嫌棄，就留下來和我們一起吃。」

丁大力說：「下次我帶你們去吃海鮮，信河街的海鮮產自東海，肉質鮮嫩天下第一。」

「說話要算數。」塔西娜插嘴說。

「我說話當然算數。」丁大力說。

「我們實在沒什麼好吃的拿得出手。」瑪利亞說。

「大力不是這個意思。」史可為趕緊打圓場，並且馬上轉移話題，「我們這次來，一是見個面，二是想徵求下你們的意見，接下來的工作怎麼開展。」

「我們也想早點出去工作。」瑪利亞看了看古蘭丹姆和塔西娜，又看看史可為和丁大力，說，「王董接手整個西域葡萄酒公司後，我們就沒出去工作了。我們也不想這樣，葡萄酒推銷不出去，我們每天在這裡乾耗，想回新疆又回不去，總公司的人說我們推銷不力。」

「沒事的，我這兩天就會談妥酒店，你們馬上就可以工作。總公司那邊我昨天也跟王董對接過了，這點你們放心。」史可為說。

「這段時間，我們什麼也沒做，雖然每月都拿到工資，心裡卻很不是滋味。」瑪利亞說。

「我能理解。」史可為說，「我下午就去聯繫酒店。」

「既然瑪利亞誠心邀請，我們中午就在這裡吃吧。」丁大力一點想走的意思也沒有。

「下次吧，手頭還有很多事呢。」史可為知道瑪利亞是客氣話，他心裡比瑪利亞更焦急，想儘快把工作鋪開來。說完之後，用力把丁大力往外拉。

「既然這樣，下次我來請客。」丁大力一邊往外退一邊說。

「說話不算數是小狗。」塔西娜已經把頭髮梳好，盤在頭頂上。

「我一定算數的。」丁大力拍拍胸脯說。

出了他們家，丁大力看著史可為說：「你不夠朋友。」

「我怎麼不夠朋友了？」

「你把三個絕色美女藏起來了。」

「現在不是帶你來了嗎？」

「你應該第一時間帶我來的。」丁大力裝出很生氣的樣子，然後回頭看看剛出來的地方，嘆了口氣，「天下怎麼會有這樣的絕色美女呢？」

史可為知道他指的是誰，拉住他正色地說：「這是做生意，你不要亂來啊。」

丁大力看了他一眼，突然哈哈大笑起來說：「哎呀呀！那你跟琳兒就不做生意了？」

史可為一時語塞。過了一會兒，他緩緩地說：「我也不知道怎麼處理才好。」

「你放心，這種事，我比你內行。」丁大力笑嘻嘻地說，然後又點了點頭，對史可為說，「這次不在她們這裡吃飯也好，以後有的是機會。咱們找一個地方吃飯去。」

「你早上不是說跟林檬檬約好一起吃中飯嗎？」史可為說。

「你看我的腦袋，轉身就把這事忘了，但跟林檬檬約好吃飯也不算什麼事，還是我們一起吃有意思。」丁大力笑著說。

「下午要去談事情，中午不能喝酒。你還是去跟林檬檬吃吧。」史可為說。

「那好吧。」丁大力說。

他們在得勝花園門口分手，丁大力的三菱越野開得凶，油門一響，車躥出去，一會兒就不見了。

6

那天下午，史可為去了一趟王賢良的辦公室。

「你怎麼電話也不打一個就來了？」王賢良抬頭看見他，慢悠悠地說。

在史可為的印象裡，從讀書開始，王賢良就是這個性格，參加班級的長跑，他也是一個人慢悠悠地跑在最後面，女同學一個又一個地超過去，他的步伐沒變。他的身材也沒變，以前就是瘦高個，現在還是，手長腳長，站起來竹竿一樣。他是個白面書生，戴一副金絲眼鏡，臉更顯得白。史可為見他這麼問，接口說：「我這不是焦急嗎，再說，這麼大的事，只跟你通個電話，顯得不夠隆重。」

「看來你這次確實焦急，嘴唇都起泡了。」王賢良笑著說。

「急火攻心。」史可為說，「你想想看，五萬多瓶葡萄酒存在倉庫裡，是我全部身家。」

「這次急也沒用。」王賢良看了他一眼說，「我昨天找了幾個信河街高檔酒店的老闆，這次經濟危機，對酒店的影響也很大。」

「高檔酒店也有影響？」史可為驚奇地問。

「這你就不懂了吧，」王賢良笑著說，「高檔酒店的主要客戶是大企業的老闆，這些老闆要麼宴請政府官員，要麼宴請各個管理部門，要麼宴請銀行領導，要麼是老闆之間應酬。經濟危機一來，老闆們躲的躲，逃的逃，還在堅持的也不敢去高檔酒店。」

史可為一聽，心涼了一半，看著王賢良，一時說不出話來。

「我後來了解過，像你目前這樣的情況，也不適合將葡萄酒推銷到高檔酒店裡。」王賢良對他說。

史可為又不懂了。

「大凡高檔酒店，門檻都很高，所有的酒水都要進場費。」

「需要多少進場費？」

「信河街的規矩，五星級的酒店是五十萬，四星級四十萬，三星級三十萬。」

「他媽的，這也太黑了吧。」史可為一聽，倒吸了一口氣，他哪裡拿得出這麼高的進場費。罵了一句粗話後，他搖了搖頭。

「也不是一點可能沒有。」王賢良看著他，笑著說。

「還有什麼辦法，你說說看。」史可為的胃口又被他釣起來了。

「我手頭正在查唐人街大酒店的帳，是一家四星級酒店，老闆姓李，很早就認識了，多次邀請吃飯，我都沒去，今天是最後一天，肯定還會找我，到時我給你說說看，能不能免費進場。」王賢良說。

「那真是太好了。」史可為說。

「可這是有代價的。」

「什麼代價？」

「我讓他免了你的進場費，他肯定讓我減免稅收。」

「那你怎麼辦？」

「誰叫我們是同學，為難也要做。」

王賢良正說著，放在桌上的手機響了，他拿起來看了一下，又放下。

「怎麼不接？」史可為問。

「說曹操曹操到。」王賢良指了指手機說。

「那你怎麼不接？」史可為問。

「再等等，他還會打來的。」賢良笑著說。

王賢良的話音剛落，手機鈴聲果然又叫起來，王賢良對史可為笑了一下，拿起手機，輕輕地說：「李老闆啊，不好意思，剛才跟領導通電話。」

「我知道王科長日理萬機，沒別的事，就是想請您吃頓飯，不知晚上有沒空。」李老闆在電話那頭說。

「晚上單位有個重要接待，不能請假。我們都是老朋友了，吃不吃飯感情都在那兒。」

「那是那是，我就是想見見王科長，當面聆聽您的教誨。」

「不敢當，李老闆的心意我心領了。」

手機那頭停了一會兒，接著又小心翼翼地說：「我還想向王科長打聽一件事。」

「你說吧。」王賢良一邊說，一邊對史可為眨了眨眼睛。

果然，手機那頭的李老闆問他說：「我酒店的帳查得怎麼樣了？」

「問題不小，但最終的結果還沒出來，我的同事還在加班加點，有結果我會及時通知你。」王賢良說。

「謝謝王科長，請您多關照。」李老闆說。

「我也知道做企業不容易。」王賢良說。

「有王科長這句話，我就放心了。」李老闆說。

「哦，對了。」王賢良像突然想起一件事似的，「前幾天有個做葡萄酒生意朋友問我，想進入你的酒店，不知有什麼要求？」

「沒有要求，您叫您朋友直接來找我就行。」李老闆說。

「有什麼要求你只管跟我朋友說，不能讓你的酒店吃虧。」王賢良沒有鬆口。

「我知道，您叫您朋友來找我，下午都在酒店裡，我會安排好的。」李老闆的口氣，生怕王賢良反悔了。

「那就謝謝李老闆了，有事我們再聯繫。」

「應該是我謝謝王科長才對，您給我介紹了生意。」

掛了手機後，王賢良看了看史可為，笑了笑說：「我這是捨大家為小家啊。」

「我們是老同學，有一句話說出來你不要見怪。」剛才的對話聽得史可為心驚膽顫。

「你說。」

「剛開始我覺得信河街的高檔酒店黑，現在我覺得你們這樣的單位才是真正的黑。」

「這話怎麼說？」王賢良一點惱怒的意思也沒有。

「就拿我做眼鏡廠來說吧，你們稅務部門從來不說清楚哪些必須報稅，哪些不需要報稅。」史可為說。

「這個你們做企業的應該清楚啊。」王賢良笑著說。

「我們當然清楚，問題是你們比我們更清楚。但站在我們做企業的角度，當然是報得越少越好，可你們都是睜一隻眼閉一隻眼。」

「這不是為你們企業著想嗎？」

「不是的。」史可為說，「我後來才明白這是你們故意設置的陷阱，讓企業留下一些漏洞，等於尾巴被你們踩住，你們就能把企業控制在手心中，想讓活就活，想讓死就必須死。」

「從你的話裡聽出來，對我和我們的行業有很大的仇恨。」王賢良笑著說。

「我對你們的行業有仇恨，但對你沒仇恨，你幫了我那麼多忙，我想感激還來不及呢。」被王賢良這麼一說，史可為也笑了起來。

「你看，也不用太悲觀，我們行業裡不是還有像我這樣的好人的嘛。」王賢良從座位裡站起來，拍了拍史可為的肩膀，接著說，「你先別想那麼多，現在的任務是去找唐人街大酒店的李老闆，把葡萄酒推銷出去。」

史可為心情複雜地離開王賢良，直接開車去唐人街大酒店。他到酒店的停車場，給李老闆打了一個電話，說是王賢良科長介紹過來的。對方很客氣地說自己在辦公室。史可為到了他辦公室，看見一個方頭大耳的胖子，短身材，遠看像個球。他給史可為讓座後，遞來一張名片，史可為看了看，名字叫李使命。史可為抬頭看了看他，下巴右邊有顆黑痣，長著一根很長的毛。

因為有王賢良的交代，接洽異常順利，史可為把葡萄酒的情況跟他一說，他捋了一下下巴的那根長鬚，說：「我知道，你說的就是王志遠原來的公司。」

「你們認識？」史可為問。

「我們以前合作過生意，後來分開了，他為葡萄酒的事找過我，後來嫌進場費太貴沒進來。」李使命說。

「我也覺得進場費太高，付不起。」史可為說。

「王科長交代了，你的情況特殊，進場費就免了。」李使命揮了揮手說。

「那真是太感謝李老闆了，」史可為停了一下，又說，「酒店提成多少還要李老闆確定一下。」

「沒事的，你定就是。」李使命說。

「葡萄酒的進價是六十。我計畫在你的酒店賣一百八十八一瓶，我得一百，八十八歸你，這樣行不行？」史可為昨天了解過，酒店還是拿大頭。

「沒事，你定就是。」李使命笑著說。

「那就這麼定了。」史可為說，「還有一個新疆的表演隊每天晚上會來你這裡推銷葡萄酒。」

「這個形式好。」

「下午先運一百箱過來。請你交代餐廳經理，讓服務員多推銷我的葡萄酒。」

「沒問題，我馬上就交代下去。」

「我現在馬上回去準備。」史可為站起來跟李使命握手告別。

李使命客氣地送到門口，拉著他的手說：「以後還要請你在王科長面前多替我美言。」

「一定一定。」

史可為知道，他什麼感謝的話也不用說，王賢良不是說了「捨大家為小家」嗎，估計就是給他減稅了。

7

從唐人街大酒店出來後，史可為開車到得勝花園的四組團五幢三〇一室，跟瑪利亞她們說了晚上表演的事，她們歡叫了起來，瑪利亞問去唐人街的路怎麼走，史可為想了一下，說：

「晚上我送你們過去。」

「這怎麼好意思。」瑪利亞說。

「沒關係，你們第一次去，人不熟，到了酒店也不知道找誰。」

「你就讓他當一回護花使者嘛。」塔西娜笑著對瑪利亞說。

「還把自己當花了呢，你這個不知羞恥的小蹄子。」瑪利亞笑著回了一句。

古蘭丹姆伸手捂著嘴，轉身過去，笑得肩膀一抖一抖。

史可為覺得她們三個各有各的可愛，他來了幾次，一次比一次喜歡這個地方。特別是塔西娜，簡單得近於透明。見她們拌嘴，他也笑了起來，說：「以後我就當你們的司機好了，隨叫隨到。」

「你說話可要算數。」塔西娜馬上看著他說。

「小蹄子越來越像猴猻，見樹就往上爬，客氣話也聽不出來。掌嘴。」瑪利亞做出要打她嘴巴的姿勢。

塔西娜遠遠跑開，躲在古蘭丹姆身後，伸出腦袋，盯著史可為說：「說話算數哦。」

「算數的。」史可為點點頭，笑著說。

從三〇一室出來後，史可為叫了一輛貨車，運了一百箱葡萄酒到唐人街大酒店。辦理好所有的交接手續，已經下午六點一刻，史可為就在路邊找了一家魚丸店，叫了一碗魚丸麵。在等麵的空隙，他給陳珍妮打了一個電話，說了今天的經歷。陳珍妮說萬事開頭難，能談下一家四星級酒店已經很不錯。陳珍妮在大學裡也是教營銷，對市場有所了解。

吃完麵後，史可為馬不停蹄地趕到得勝花園，到了三〇一室，看見的是另一番景象，她們穿上民族服裝，顏色鮮豔又濃烈，特別是塔西娜，她皮膚白，穿上大紅色的民族服後，襯得皮膚更白，臉蛋白裡透紅，兩隻眼睛顯得更黑更深，有一股攝人魂魄的力量。

「沒見過吧。」塔西娜笑著對他說，接著，她做了一個舞蹈的動作，右手舉過頭頂，左手朝下，身體扭成「S」型，在他面前轉了兩圈，衣服上的掛飾飄起來，發出一陣「叮叮噹噹」的聲音。

史可為轉頭去看古蘭丹姆，她手裡拿著兩個木勺，見史可為眼睛轉過來，臉頰一紅，不好意思地轉過身去，留下一個修長而婀娜的背景。

瑪利亞化了妝，眼神裡流露出自信和自豪，自有一種成熟之美。她手裡拿著一個小鼓，鼓的四周掛滿鐵片，一動起來，發出「叮叮噹噹」的聲音。她對史可為笑了笑，也轉了個身，說：「還可以嗎？」

「太美了。」史可為感嘆道。

瑪利亞轉身去儲藏室拿來兩瓶西域葡萄酒，放進包裡。史可為問她說：「你帶葡萄酒做什麼？」

「按照規矩，每一個包廂表演完後，要敬一杯酒，一方面是對客人的尊敬，另一方面也能推動酒的銷量。」瑪利亞說。

「要敬酒也不用你自己帶，酒店裡有我們的酒。」史可為說。

「那不一樣的。」瑪利亞笑了笑說，「酒店裡是你的酒，我帶的酒是總公司專門發來的，是工作用酒。」

這讓史可為大大地意外了。

「出發咯。」塔西娜喊了一聲，跳起來，到了史可為身邊，伸手挽著他的胳膊，笑著往外走。到了樓下，來到史可為的車邊，塔西娜打開後座的門，讓瑪利亞和古蘭丹姆坐進去，她坐在副駕駛座，坐好後，用手一指前方，對史可為說：「目的地——唐人街大酒店，走。」

史可為油門一踩，出發了。

晚上七點，史可為將她們送到唐人街大酒店，把她們交給餐廳經理，經理告訴他，晚上一共有五十個包廂的客人，服務員向客人大力推薦了他的西域葡萄酒，有二十個包廂的客人點了他的葡萄酒。他把這個情況跟瑪利亞說，瑪利亞說：「先從點了我們葡萄酒的包廂開始表演，沒有點我們葡萄酒的包廂也要去，讓客人知道這個牌子。」

「當然好。」史可為看了看她們說，「只是太辛苦你們了。」

「我們就是來做這個工作的嘛。」瑪利亞笑了一下，轉身對塔西娜和古蘭丹姆說，「開始工作。」

史可為站在餐廳門口，看著她們三人進去，塔西娜轉過身來，看著他說：「你會在這裡等我們嗎？」

史可為點頭說：「會的，表演結束後送你們回去。」

她們進去後，史可為先在餐廳的休息區坐了一會兒，經理給他泡了一杯茶。坐了一會兒，他回到車裡，車裡太熱，他發動車子，開了空調，把座位放平，躺了下來，閉上眼睛，可怎麼也睡不著。又坐起來，熄了火，回到餐廳休息區。

在餐廳休息區坐了一會兒，把杯子裡的茶喝乾，去邊上的飲水機裡加滿。史可為還是坐不住，站起來，朝包廂走去。他一個包廂一個包廂走過去，包廂都有兩個門，一個大門是客人進出，小門服務員走，上菜也走小門，大門關著，能從小門聽見包廂裡的說話聲和笑聲。

到了一個包廂門口，史可為聽見裡面傳出擊鼓和鈴鐺聲。他站在小門外聽了一會兒，朝裡面伸了伸腦袋：瑪利亞拿著小鼓，站在包廂一邊，她一邊擊鼓，一邊觀察著包廂裡所有人，她的鼓聲是節奏，更是命令。古蘭丹姆站在瑪利亞邊上，手拿木勺，跟隨瑪利亞的節奏，發出應和的伴奏聲，她的主要任務是唱歌，唱的是維吾爾族語。史可為聽不懂，可那調子很優美，聲音扭來扭去，出奇不意，古蘭丹姆平時不大說話，聲音卻是又高又亮，高上去時也很婉轉，亮起來後透著甜美，像瀑布一樣流淌。三個人裡，塔西娜才是主角，她負責跳舞，隨著鼓聲和鈴鐺聲，她扭動身子，圍繞著餐桌，在包廂裡飛旋。她一邊跳著舞，一邊用眼神跟客人交流，臉上堆滿笑容。

一曲結束，客人一片叫好聲，叫她們再來一曲。瑪利亞拿出自己帶來的葡萄酒，倒了一杯，敬了客人，她說還有其他包廂要表演，等她們演完後，可以再回來給他們演一曲。她希望客人多嚐嚐她們的西域葡萄酒，是用她們新疆最好葡萄釀的，喝得再多也不上頭。

史可為不想讓她們看見自己，她們出來前，他躲到一個空包廂裡，等她們進了下一個包廂，再跟過去。

一圈表演下來，用去三個鐘頭。有些包廂的客人已散去，有兩個包廂的客人還在等，叫服務員來催瑪利亞她們再去表演節目，瑪利亞領著古蘭丹姆和塔西娜又去了。

一直到夜裡十一點表演才完全結束。史可為去收銀台了解了一下，共賣出十箱葡萄酒。是個不俗的成績。

回到車裡，史可為見瑪利亞帶去的兩瓶葡萄酒不見了，他看了看瑪利亞說：「兩瓶葡萄酒都喝光了？」

「她的酒量好著呢，喝四瓶都沒問題。」塔西娜插嘴說。

「小蹄子，再多嘴，下次讓你來敬酒。」瑪利亞笑著說。

「我來敬酒也可以，喝醉了誰來跳夏地亞娜？」塔西娜不甘示弱。

「你以為就你能，我讓古蘭丹姆來跳。」瑪利亞威脅她說。

「那讓誰來唱歌呢？」一說完，塔西娜就咯咯地笑起來。

瑪利亞也跟著笑起來，古蘭丹姆用手捂住嘴，吃吃地笑。

8

史可為原來把目標定在各個大酒店，現在知道不現實。後來，他想了一個辦法，列出一個喜歡喝酒的朋友名單，聯繫好後，送酒上門給他們試喝。有一個辦眼鏡配件廠的朋友，喝後覺得好，向他買了五十箱，但他只是個例。

史可為只好另尋辦法，把目標瞄準信河街幾十家經濟型酒店。他跑了一個星期，這些酒店的老闆，要麼根本不見，要麼見了面後，開口就是進場費。史可為對他們說，他沒辦法付進場費，但可以讓酒店拿更高的提成。所有的老闆都是一個口徑：沒有進場費，一切免談。

史可為還計畫把葡萄酒推銷進超市，他到超市裡一打聽，進場費比五星級酒店還要高。

多次碰壁後，陳珍妮給他出了一個主意，她說：「你為什麼不去排檔試試？」

「吃排檔的人會喝葡萄酒嗎？」陳珍妮說的排檔他知道，每年夏天一到，信河街的排檔就流行起來。他就是排檔的常客，平時以喝啤酒為主。

「去試試看嘛。」陳珍妮鼓勵他說。

史可為一想也是，到了晚上，他開著車去了。排檔分布在江濱路，靠著甌江，再往東就是東海的入海口，夏天能吹到海風。這一帶是信河街的老城區，原本就是居民吃夜宵的所在。早幾年城市改建，拓寬了江濱路，修了景觀帶，一到夏天晚上，來這裡消遣的人更多，排檔蓬勃生長起來。城管原來也管過，排檔跟他們打起游擊戰，後來管理辦法有所改進，所有排檔統一登記辦證，購買統一帳篷和就餐用具，規定營業時間為每晚的八點到次日凌晨兩點半。

見大排檔的老闆就容易多了，如果不出意外，他們都是老闆兼廚師。無論走進哪家排檔，只要看見一個脱光了上身的胖子、肩膀上披著一條濕毛巾、頭上不忘歪戴著一頂白色的廚師帽、一邊站在鍋爐前炒菜、一邊指揮服務員招待客人、那個人準是老闆，其中有幾個跟史可為是老相識。

史可為跟老闆說了此行目的、想法和分成，老闆拿濕毛巾擦著臉上的汗，看著史可為說，試試可以，我也不知能不能賣得動葡萄酒。當史可為說還有表演時，老闆馬上點頭說，這個好，這個好。

大排檔的老闆對葡萄酒的銷售情況心裡沒底，史可為更沒底。另外，他也擔心瑪利亞她們不願意到大排檔演出，這種場合什麼人都有，什麼事情都做得出來，不過，瑪利亞一口就答應了。得到瑪利亞同意後，史可為就給各個大排檔發貨。

談下大排檔後，史可為把瑪利亞她們的演出時間分為兩場，上一場在唐人街大酒店，時間從七點到十點半，下一場在江濱路大排檔，時間是十一點到凌晨兩點半。從那以後的每天晚上，史可為成了她們真正的專職司機，她們演出，史可為儘量跟在身邊，在唐人街大酒店的包廂裡他沒法進去，到了江濱路大排檔，他就作為工作人員跟在邊上。

經過十天的推銷，唐人街大酒店的葡萄酒從最開始每晚六十瓶，上升到九十瓶，客人喝後反饋不錯。大排檔因為是剛開始，雖然這裡的客人以喝啤酒為主，但只要瑪利亞她們去表演，客人也會買一兩瓶嚐嚐，有的甚至乾脆改喝葡萄酒。也有客人喝了覺得不錯，給史可為留了地址和電話，叫他明天送貨上門。

跟史可為這邊相比，丁大力那一邊的推銷更順利一些，多家ＫＴＶ進了他們的葡萄酒。這全虧林檬檬的幫忙，她有很多姐妹在信河街各家ＫＴＶ裡做領班，推銷起來很賣力。半個月後，他們統計了一下數字，史可為這邊推銷出一千五百多瓶，丁大力那邊賣出兩千來瓶。

這十五天裡，史可為跟丁大力沒見過面，跟琳兒倒是見過一次。

那是瑪利亞她們去唐人街大酒店上班的第四個晚上，琳兒說想見他一面，史可為把瑪利亞她們送進包廂後，開車來到觀月樓ＫＴＶ。他把車停在路邊，只一會兒，琳兒紅著臉，快速地跑出來，一進來就鑽進史可為懷裡，她對史可為說：「我這是串檯呢。」

「什麼叫串檯？」史可為一時沒聽明白。

「我正在裡面坐檯，中間偷偷跑出來會情郎。這就叫串檯。」她捧著史可為的臉用力地揉了揉。

「你好像喝了不少酒。」

「是你的葡萄酒啊，能喝多少就喝多少。表姐還教我一招，客人喝得差不多的時候，可以偷偷把酒倒掉。」

「你表姐這招挺損。」史可為說。

「我酒量還可以，從來沒倒過。」

「這樣做不好，倒掉多可惜，再說，讓客人知道了，會出事情的。」

「我知道，我不倒。」說著，琳兒親了他一下，說，「不能再待了，裡面的客人會有意見的。」

「你進去吧。」

她又親了一下史可為，爬出車子，對史可為揮揮手，跑進觀月樓。

史可為看著她跑進去，又在車裡坐了一會兒。然後發動車子，趕緊朝唐人街大酒店開。

9

一個月過去，史可為結了一次帳，一共賣出一萬瓶葡萄酒，刨掉提成，他跟丁大力每人分了三十萬。

結帳第二天，丁大力給史可為打電話，沒頭沒腦地問他說：「我對你怎麼樣？」

「什麼怎麼樣？」史可為沒聽明白。

「就是你覺得我做人夠不夠朋友，對你夠不夠好？」

「當然好。」

「可我覺得你不夠朋友。」

「我怎麼了？」史可為心裡一驚，腦子快速轉動，是不是做出什麼對不起丁大力的事了，他沒想起來，只好說，「我是不是做出不妥的事了？」

「是的。」丁大力說。

「我真想不起來什麼事，你能提示一下嗎？」

「好吧，我提示你一下。」丁大力說，「作為朋友，是不是要有福同享有難同擔？」

「是的。」

「你覺得我做到了嗎？」丁大力又問。

「你做到了。」史可為說。

「那你呢？」

史可為突然明白過來了，丁大力說的肯定是約瑪利亞她們喝酒的事，他說了很多次，史可為一直沒動。一想明白後，他不禁在電話裡頭微笑起來，他知道丁大力的性格，反而不著急了，悠悠地說：「我覺得我也做到了。」

一聽他這麼說，丁大力就急了，說：「你說得出口？」

「那你說說看，我那裡做得不好了？」

丁大力更急了，粗著嗓子說：「你這個重色輕友的傢伙，還好意思問。」

「我怎麼重色輕友了？」史可為故意逗他。

「你一個人整天跟三個美女泡在一塊，不給我一點機會。」丁大力終於把想說的話說出來了。

史可為笑起來說：「這段時間不是忙嗎，現在慢慢走上軌道了，我馬上安排。」

「不是馬上，而是立即。」丁大力說。

其實，史可為早有這方面打算，瑪利亞她們辛苦了一個月，每天表演到凌晨兩點半，史可為除了給她們每人發了兩千元的獎金外，也想犒勞她們一下。她們晚上要演出，只能選擇白天，史可為知道她們來信河街這麼長時間，還沒出去玩過，決定帶她們去一趟江心嶼，中午在那裡燒烤野餐。史可為告訴她們，江心嶼是東海入口處的一個孤島，當年宋高宗趙構，被金兵追得從杭州一路坐船南逃，曾經到江心嶼住了十一天，也算一個有來歷的地方了。島上還留有歷代著名詩人的詩句，有謝靈運，有李白，有孟浩然，有文天祥，所以，當地也有人叫它詩之島。島上有東西兩座小山，山上各有一塔，一座建於唐朝，一座建於宋代。還有一大片的園林和灘林。最主要的是，江心嶼四面環水，孤懸在江海的交匯處，登島只能靠渡輪，相對安靜。

聽史可為介紹完，塔西娜緊張地說：「四周都是水，島會不會漂走或者沉下去？」

「漂走最好了，直接把你漂到新疆，連路費都省了。」瑪利亞笑著說。

「把你漂走才好呢，直接漂到大海裡餵鯊魚。」塔西娜張大嘴，做出鯊魚的樣子。

「你生得漂亮，鯊魚要吃也是先吃你。」瑪利亞說。

「先吃你，你肉比較多。」塔西娜不甘示弱。

「你個死蹄子，哪壺不開提哪壺，知道我聽不得別人說我胖，你成心跟我過不去，看我不捶死你！」

瑪利亞的拳頭還沒舉起來，塔西娜已經尖叫起來，好像被揍得很慘。弄得瑪利亞只好放下拳頭，威脅她說：「明天我們去江心嶼玩，你留在家裡。」

「我跟史可為去，又不是跟你去，你憑什麼管我？」她拉著史可為手臂說。

她們鬥嘴時，古蘭丹姆很少插話，看著她們笑。

當天晚上，史可為通知丁大力，明天去江心嶼，中午在那裡燒烤野餐。丁大力說：「這就對了嘛，明天燒烤的東西我來準備。」

「明天上午十點半江心碼頭見。」史可為說。

「為什麼要等十點半，我恨不得現在就去野餐。」

「她們要工作到淩晨，太早起不來。」

「還是你懂得疼人。」丁大力在電話那頭怪裡怪氣地笑起來。

第二天十點，史可為開車到得勝花園，她們都已準備妥當。史可為跟她們打招呼說：「你們挺早啊。」

「有人平時怎麼拖也拖不起來，今天倒是一大早就起床，還硬把別人拽起來。」瑪利亞說。

「我只拖古蘭丹姆起床，什麼時候拖你了？」塔西娜反問說。

「你雖然沒拖我，卻打著手鼓在客廳又跳又唱，分明是不想讓別人睡。」

「你冤枉人，我練習歌舞怎麼叫不讓你睡覺了呢？」塔西娜說。

「你這個死蹄子，那叫歌舞嗎？有你那樣歌舞的嗎？」瑪利亞說。

十點半，他們到達江心碼頭，丁大力已經到了，渡輪的票也買了，身邊堆著兩個大袋子。

丁大力一看見瑪利亞她們，眼睛亮起來，說：「三位女菩薩，我們又見面了。」

「你這猴猻，身邊兩個大袋子是什麼東西？」塔西娜笑著說。

「這袋是燒烤工具，這袋是中午吃的菜和酒。」丁大力拍著兩個袋子說。塔西娜叫他猴猻，他一點也沒著惱，眼睛不時地看著古蘭丹姆。

「這還像點話。」塔西娜點點頭說。

大家依次進了檢票口，到了渡輪上。塔西娜看了看丁大力，又問他說：「你還有一件事情沒兌現。」

「你冤枉好人了，我早就想請你們喝酒，是史可為推三阻四，不信你問他。」丁大力指著史可為說。

「我就知道你是一個說話不算的人。」塔西娜還是這麼說。

「我又哪裡做錯了？」丁大力問。

「你說過，再次見面要給我們每人一份見面禮，難道忘了？」塔西娜問。

「記得記得。」丁大力連忙說，「我準備好了，等到了島上再給你們。」

渡輪在江上行駛不到十分鐘便靠岸了。登島後，時間已近十一點，大家直奔灘林，選了一個靠江又有大片樹蔭的位置，丁大力把燒烤工具一一擺起來，用木炭生火，史可為和瑪利亞幫忙把另一袋子裡的菜拿出來。丁大力帶來了大量海鮮，有小黃魚、魷魚、蝦蛄、花菜，還帶來羊肉串和牛肉串，還有一爿羊肉。酒是一箱啤酒和兩瓶軒尼詩。史可為問他：「你怎麼帶洋酒來了？」

「給三位女菩薩嚐一嚐。」丁大力笑著說。

「你不會想把瑪利亞灌醉吧？她不能喝洋酒的，一喝就醉。」塔西娜說。

「哈哈，你把瑪利亞缺點暴露了。」丁大力笑著說。

瑪利亞瞪了塔西娜一眼，手裡依然在忙，她將一把羊肉串放在燒烤架上，動作熟練。塔西娜被她一瞪，縮了一下脖子，做了一個鬼臉，拉著古蘭丹姆去江邊。

灘林裡很快飄起了香味。史可為以前沒有弄過燒烤，他只是給丁大力和瑪利亞打下手，幫助整理東西。丁大力帶來一張大尼龍布，史可為把尼龍布鋪在草坪上。丁大力還帶來一張小桌子，他把小桌子架在尼龍布上。丁大力居然帶來五個玻璃杯。

第一批烤羊肉串很快出爐，史可為把羊肉串疊在一個鐵盤裡，端放在小桌子上。古蘭丹姆和塔西娜聞著香味跑回來。

大家圍在小桌子邊，丁大力也暫時放下手頭的活，開了軒尼詩，給每個杯子倒半杯，瑪利亞捂住酒杯說：「我喝啤酒。」

「大家都喝軒尼詩，你一個人喝啤酒多沒意思。」丁大力說。

「就是啊就是啊。」塔西娜笑著說。

「你這個死蹄子，總有一天我要你好看。」瑪利亞說。

「誰怕誰？有本事你就跟我喝洋酒。」

「喝就喝，我怕你不成。」

丁大力趕緊給瑪利亞倒上。

「一口乾了。」塔西娜說。

「乾就乾。」

兩個人一口就喝了。

「真是好酒量。」丁大力說著，又給他們滿上。

「還喝不喝？」塔西娜故意問。

「喝。」

兩人又一口乾了。

丁大力又要給她們滿上，史可為說：「先吃點東西，空腹喝酒容易醉。」

「沒事，再喝一杯，我今天要教訓一下這個不知死活的小蹄子。」瑪利亞說。

「再喝一杯就再喝一杯，醉了不要怪我。」塔西娜笑著說。

丁大力馬上把她們的酒杯倒得滿滿的，她們端起來，又一口乾了。

三杯酒下肚，塔西娜臉紅了，說話舌頭變大。瑪利亞的臉色倒沒什麼變化，她放下酒杯，搖了搖頭說：「這是最後一杯。」

瑪利亞畢竟是大姐，這時並沒跳起來反攻。

丁大力見戰爭已平息，轉身拿酒杯去敬古蘭丹姆，古蘭丹姆臉一下紅起來，看了一眼瑪利亞，見瑪利亞沒有反對，就舉起酒杯喝了一小口。丁大力說：「不要這麼捨不得，你喝大口一點嘛。」

她已經把酒杯放下了。丁大力見她這樣，就說：「不行，你這樣喝得太少，說不過去的。」

「我真的不會喝酒。」古蘭丹姆紅著臉，輕聲地說。

丁大力不肯放過，說：「少一點也行，不過你要告訴我你名字的意思。」

「古蘭丹姆在維語裡是雪中花的意思。」塔西娜接話說。

「那你的名字呢？」丁大力轉頭去問她。

「我的名字是盼望的意思。」塔西娜說。

「瑪利亞又是什麼意思？」丁大力接著問。

「是聖母的意思啊。」說完，塔西娜哈哈笑了起來，笑完之後，她看了丁大力一會兒，說，「我給你也起個維族的名字吧。」

「好啊好啊。」丁大力說。

塔西娜眼珠子轉了轉，看著丁大力說：「就叫卡巴科好了。」

塔西娜剛說完，瑪利亞和古蘭丹姆兩個人都笑了，瑪利亞把嘴裡的羊肉都噴了出來。古蘭丹姆捂著嘴，轉過身去。只有塔西娜沒笑，很認真地看著丁大力。

「卡巴科。」丁大力嘴裡默念了兩遍，一邊點頭說，「蠻好聽的，蠻好聽的，你能告訴我是什麼意思嗎？」

「就是很聰明的意思。」塔西娜說。

瑪利亞和古蘭丹姆又笑。

「你也給史可為取一個名字吧。」丁大力說。

「我早給他取好了，叫阿西根。」塔西娜說。

「也蠻好。」丁大力點點頭說，「什麼意思？」

「我的愛人。」塔西娜看了史可為一眼說。

「這樣啊。」丁大力看了看塔西娜，又看了看古蘭丹姆和瑪利亞，說，「我們兩個名字能不能交換一下？」

「不能交換，我們給人取名字都是根據各人的特點，一交換，特點就沒了。」塔西娜說。

「那麼說，我在你們眼裡的特點就是聰明咯。」丁大力說。

「是的。」塔西娜隆重而又嚴肅地點了點頭，「我們以後就叫你卡巴科了。」

「好的好的，就叫卡巴科。」丁大力點頭說。

瑪利亞和古蘭丹姆又笑成一片。

吃完燒烤後，丁大力自告奮勇要帶她們去島上遊玩。史可為經常上島來，他又有午睡習慣，想在這裡瞇一下。丁大力說：「沒問題，阿西根你只管休息。」

「我也想在這裡休息一下。」塔西娜說。

這下讓瑪利亞為難了，她看看塔西娜，又看看古蘭丹姆，似乎對誰都不放心。最後還是選擇跟古蘭丹姆去了，她臨走前，對塔西娜說：「不要再搗蛋哈。」

「你也不要搗蛋哈。」

瑪利亞又對史可為說：「你幫我看好這個搗蛋鬼。」

「你放心去吧。」史可為說。

史可為這時發現瑪利亞的腳步有點踉蹌，他轉頭看著塔西娜說：「瑪利亞真的不能喝洋酒？」

「她上次只喝一杯就醉倒，睡了一個下午。」塔西娜看著他說。

「不會出什麼意外吧？」史可為說。

「這點我也不清楚，我倒希望她出點意外。」塔西娜調皮地說。

見她們走遠了，史可為問塔西娜：「剛才瑪利亞和古蘭丹姆笑什麼？」

見他一問，塔西娜終於彎腰笑了起來，一邊笑，一邊指著他們走去的方向說：「卡巴科在我們維語是笨蛋的意思。」

史可為一聽也忍不住笑出聲來，指著她說：「你是不是也拿我消遣了？」

「沒有，阿西根就是『我的愛人』的意思。」她看著史可為，史可為馬上把眼睛移開。

10

史可為想感謝一下王賢良，以前王賢良幫過忙，他都會表示一下，有時是一些土特產，有時是一張消費卡，王賢良每次都批評他太客氣，但都笑納。這次幫了這麼大的忙，表示感謝更是應該。正因為這個忙幫得比較大，倒讓史可為犯了愁，幾箱葡萄酒顯然拿不出手，數額大的消費卡又有賄賂的嫌疑。

江心嶼燒烤回來後的這個月，葡萄酒的銷售量猛增，從上個月每天平均三百多瓶上升到每天四百多瓶。史可為給王賢良打電話，王賢良也很高興。

第二個月結完帳那天，史可為在唐人街大酒店碰到李使命，史可為對他表示了感謝，李使命拉著他的手說，自家兄弟，說客氣話幹什麼，他說想請王科長吃一頓飯，問史可為能不能幫忙牽個線，史可為覺得按照人情世故，也應該感謝一下李使命，既然這樣，何不由他做東來宴請王賢良，李使命作陪，一石雙鳥。李使命一聽，說，怎麼能讓你請客？史可為說沒關係的，地點就在唐人街大酒店，菜和人你來排，王科長我來請，如果你請，他說不定就不來了，李使命見史可為這麼說，很高興地答應了。

史可為給王賢良打電話，說了吃飯的事，他倒沒有推辭，不過，他說最近在查一個案，能不能把時間往後推一推，史可為說當然可以，你定個時間就是，王賢良說定下個星期五吧，史可為看了一下日期，是十天以後，對他來說早一天遲一天都一樣。他把這個消息告訴李使命，李使命當然說好，過了一會兒，就把日期、時間、地點、包廂號發到史可為手機。史可為馬上把這個短信轉發給王賢良。

十天很快就到，那晚，史可為提早半個鐘頭去接瑪利亞她們，他到三〇一室，剛要敲門，門卻開了，鑽出一個人頭，居然是丁大力，他說：「大力，你怎麼在這裡？」

丁大力笑了一下，反問他說：「你能在這裡，我為什麼不能？」

史可為一想也對，他了解丁大力喜歡往女人堆裡鑽的性格，也就釋然了。

「卡巴科在這裡待半天啦。」塔西娜笑著說。

「我在這裡吃中餐，剛要走，你就來了。」丁大力看了看他，接著說，「你今天比平時早半個鐘頭。」

「今天有點事，早點來。」史可為沒有把晚上跟王賢良喝酒的事跟他說。

「我先走了，有什麼事我們再聯繫。」說完，丁大力轉身對屋裡揮了揮手，說，「我下次再來吃午餐。」

丁大力走後，瑪利亞她們開始收拾演出行頭，誰也沒有再提丁大力。

到了車上，史可為把晚上喝酒的事跟她們說了，他說：「我擔心喝了酒後不能送你們去大排檔。」

「沒關係，你讓瑪利亞開就是。」塔西娜說。

「你能開嗎？」史可為問瑪利亞。

瑪利亞點了點頭。塔西娜接著說：「她可是個老駕駛員，連貨車都能開。」

「真的？」史可為轉頭看了一眼坐在後座的瑪利亞。

「剛進西域葡萄酒總公司時開過一段時間。」瑪利亞說。

「開貨車的女駕駛員很少的，辛苦不說，手臂沒有一定力氣，連方向盤都轉不動。」史可為說。

「為了生活嘛。」瑪利亞笑了笑說。

「瑪利亞是我們總公司的能人！最困難的事都派她去做。」塔西娜說。

「來信河街也算？」史可為說。

「也是公司的一種嘗試吧，」瑪利亞說，她停了一下，嘆了一口氣，「說到底，還是沒能力，沒把工作做好。」

「你已經做得很好了。」史可為說。

瑪利亞沒有回話。車裡一片沉默。

到了唐人街大酒店，史可為把車鑰匙交給瑪利亞，說：「你晚上把車直接開回得勝花園，我明天去開。」

「好的。」瑪利亞說。

史可為看了看瑪利亞，又看了看塔西娜和古蘭丹姆，說：「要不你們晚上就不要去大排檔了。」

「怎麼了？」瑪利亞問。

「那地方太亂了。」

瑪利亞一聽，笑了起來，說：「我們會小心的。」

史可為看著她們走進去，看見塔西娜轉身朝他揮揮手，他也舉手揮了揮，等她們消失在拐彎處，正要轉身去包廂，他的手機叫起來，一看，是琳兒打來的，他接了，琳兒問：「你在哪裡？」

「我在唐人街大酒店。」

「我想你了。」

「我晚上有個應酬，可能見不到。」

「你應酬到幾點？」

「我也不知道。」

「我就是想見見你，見一下就行。」

「好的，遲一點再聯繫。」

掛斷電話，史可為來到包廂，李使命已在裡面，他身邊有個長得很白的女人，史可為見過，是唐人街大酒店的財務總監。李使命見他進來，很客氣地站起來跟他握手。坐下來後，一起聊了一會葡萄酒的事。一看時間，已經六點四十分，過了約定時間。李使命說：「王科長不會臨時有事來不了吧？」

「不會的，我們下午還通了電話。」史可為說。

「你打個電話問問。」

史可為掏出手機，撥通了王賢良的手機，他說已到門口，說著包廂的門就開了。王賢良一進門，就被扶到主賓的位置上。王賢良坐下後，李使命讓史可為坐主人的位置，史可為覺得不太合適，兩個人相互推讓，最後還是王賢良發話：「晚上是你請客，你就坐嘛！」

「對對對，就應該你坐。」李使命說。

見他們這麼說，史可為只好坐在主位上。落座後，李使命問他說：「王科長，我們晚上喝什麼酒？」

「來這裡，當然喝西域葡萄酒咯。」王賢良看了一下史可為，笑了笑。

「對對對，喝西域葡萄酒。」李使命說。

葡萄酒上來後，熱菜還沒上來，李使命先滿滿地敬了王賢良一杯酒。接著是財務總監滿滿敬了王賢良一杯。

熱菜上來，李使命居然上了一條六斤重的黃魚。王賢良說：「太難得了，現在很難吃到這麼大的黃魚。」

「李總一個星期前就交代廚房，要一條最大的黃魚。」財務總監說。

「應該很貴吧？」史可為沒吃過這麼大的黃魚，聽說黃魚越大越價格越高。

「這條黃魚市場價大概兩萬多。」財務總監說。

「不說價錢，能請到王科長是我的福氣，我再敬王科長一個滿杯。」李使命把魚頭夾到王賢良面前的小碗裡。

王賢良站起來，說：「這杯酒應該我來敬，一來感謝李總多年來對我工作的支持；二來上了這麼大的黃魚。」

說完，他把酒杯加滿，跟李使命碰了一下，一口喝了。

李使命跟王賢良喝酒時，財務總監就跟史可為喝。跟財務總監喝完後，他又敬了李使命一杯，因為李使命把魚尾夾給他吃。

酒吃到一半，史可為接到琳兒的短信，問他好了沒？史可為不好意思在包廂裡回短信，找了個藉口，跑到走廊回，說還在喝，喝完就給她電話。回完短信，史可為看見有一個包廂門開了，塔西娜和古蘭丹姆從裡面出來，最後出來的是瑪利亞，她出來時，後面跟著一個人，史可為一眼認出來，是王志遠，他拉著瑪利亞的手不放。史可為趕緊走過去打招呼說：「王董晚上也在這裡吃飯啊。」

王志遠抬頭看見史可為，把手縮回去，笑著說：「小史啊，聽說你葡萄酒生意做得很好。」

「這得感謝王董。」史可為一邊說，一邊對瑪利亞她們使個眼色，她們對王志遠說了聲再見，進了下一個包廂。

「你調教得好，她們越來越招人喜愛。」王志遠意猶未盡地朝她們進去的包廂看了看。

「找機會我請王董喝酒。」史可為說。

「好的，讓三個美女作陪。」王志遠說。

回到包廂後，史可為發現王賢良已有醉意，他酒量比史可為差一些，酒風還可以，不像他平時做事那樣慢條斯理，見史可為進來，馬上說：「來，今天高興，大家一起喝一杯。」

李使命和財務總監齊聲說好，四個人站起來，財務總監負責把每個酒杯倒滿，然後碰一下，一口喝了。

不久，史可為又接到琳兒的短信，她晚上有點反常，平時只發一次短信或電話，一天內很少出現兩次，史可為覺得時間應該差不多了，就沒回。

王賢良不能再喝了，他老是一句話翻來覆去地說，他對史可為說，我們是不是老同學？你說我們是不是老同學？史可為說是，一轉身他又問史可為，我們是不是老同學？對李使命說，我們是不是老朋友？李使命說是，一轉身，他又問李使命，我們是不是老朋友？王賢良喝成這個樣子，史可為不是第一次看見，到了這個程度，他可以一直坐下去，話可以一直說下去，酒可以一直喝下去。史可為看了看李使命，輕聲對他說，晚上的酒就到這裡吧，王科長很盡興了。李使命想再問問王賢良，史可為說你不用問了，我知道的。

十點半，他們出了包廂，王賢良搖搖晃晃，史可為看見財務總監把一張銀行卡遞給王賢良，王賢良順手接了。到了門口，他叫了一輛出租車，要把王賢良送回家，王賢良是他叫來的，喝成這樣，應該把他送回家，可是，這個時候王賢良卻拉著財務總監的手，對史可為揮著手說：「你走吧，我還有事。」

史可為不知道說什麼好。

「交給我好了，我會安排好的。」李使命笑著說。

「你真的不跟我走？」史可為又問王賢良。

「你走，我還有事。」他又揮揮手。

史可為跟他們揮了揮手，鑽進了出租車，他知道，王賢良雖然喝了那麼多酒，意識還是清醒的，他在稅務裡做了這麼多年，什麼陣勢沒見過？什麼事情能不能做，他比誰都清楚。

史可為擔心的是瑪利亞她們，總覺得晚上會出事，應該趕過去陪她們，可他答應了琳兒，跟她見一面。他猶豫了一下，還是先給琳兒打一個電話，先跟她見一面，再趕到大排檔。他撥通了琳兒的手機，只「嘟」了一聲，琳兒就接了，問他說：「你在哪裡了？」

「我在出租車上，你在哪裡？」史可為說。

「我在觀月樓邊上一個叫得月小區的門口，你知道這個小區嗎？」琳兒問。

「我知道。」那是信河街一個老小區。

「我和表姐就租住在這個小區，我在門口等你。」

「我馬上到。」

到了得月小區門口，史可為看見琳兒穿著一套紫色的連衣裙站在路邊，史可為還是第一次見她穿裙子。他什麼話也沒說，下了車，跟她進了小區，拐了兩個彎，來到一幢樓，進了電梯，琳兒按了十三樓，到了之後，她用鑰匙打開一三〇一號門。進了門後，史可為才問她說：「你晚上沒去上班？」

琳兒一轉身，抱住他，嘴巴迎上來，堵住他的嘴巴。

一邊親吻，琳兒一邊把史可為往房間帶，進了房間，琳兒順手把房門關上，三下兩下把身上的衣服脱光，一動不動站在史可為面前。史可為聽見她一進一出的喘氣聲，看見她身體閃著潔白而光滑的光，像魚的鱗片一樣閃閃浮動。他站在那裡，看著琳兒，連氣也不敢出。琳兒靠過來，把嘴唇伸過來，伸手解開他的衣服。不知過了多久，琳兒長長地喘了一聲粗氣，對史可為說：「我不能去上班了。」

「為什麼？」

「無論坐哪個男人的檯，都會想到你，要麼就是拼命用葡萄酒把自己灌醉，要麼就是坐在那裡一言不發。」

「那怎麼行。」

「是呀，總被客人投訴。」

「那怎麼辦？」

「我想我再也不能在這裡待下去了。」琳兒從被窩裡伸出手，摸了摸史可為的臉，「對不起，史可為，我原來叫你給我三個月時間，看來等不及了。」

「離開這裡，你去哪裡？」

「先回四川老家住一段時間。」

「還會出來做事嗎？」

琳兒突然淒淒地笑了一下，臉上出現了她這個年齡段不應該有的滄桑，看著史可為的眼睛一會兒，移開，盯著天花板，說：「像我這樣的人，從事過這種職業後，恐怕很難再在老家安心生活了。」

「有什麼計畫？」

「我還有一個表姐，就是林檬檬的妹妹，在上海做領班，我可能會去她那裡。」停了一下，琳兒問史可為說，「如果你去上海，會去見我嗎？」

琳兒馬上搖頭說：「不會的，我不會再跟你見面了。」

史可為是淩晨兩點離開琳兒家的，出了得月小區，他給瑪利亞打了一個電話，知道她們剛剛回到家，心才放下來。

11

次日中午，史可為先去得勝花園開車，然後送琳兒去機場，在車上，他給了琳兒五萬元，琳兒說：「我不能拿你的錢。」

「這是我的一點心意。」史可為看著她的眼睛，把錢放進她隨身帶的皮包裡，按住她的手。

琳兒沒有再說話。

到了機場停車場，坐在車裡，琳兒看著他說：「史可為，你能抱抱我嗎？」

史可為伸出雙手抱住她的身體。抱了一會兒，她伸過頭來，把舌頭伸過來，史可為也把舌頭伸過去，突然，她在史可為的舌尖上咬了一口，疼得史可為叫出聲來。她笑了一下，說：「舌尖上出點血，一會兒就會好的。我要你一直記住這種疼的感覺。」

她摸了摸史可為的嘴唇，又親了一下，說：「你不要下車，看著我走就行。」

說完，她打開車門，站在車外朝他揮揮手。史可為看著她肩上挎著一個皮包，手裡拉著一個拉桿箱，一直看著她走進機場大樓。他把椅子放倒，身體躺在上面，看著車頂，腦子裡一片空白，似乎身體裡也被清空了。空空蕩蕩。

也不知過了多久，一陣手機鈴聲把史可為驚醒過來，是王賢良打來的，他問史可為說：

「昨晚是你請客的嗎？」

「單是我買的，大黃魚是李使命送的。」史可為問，「有什麼問題嗎？」

「沒問題。」王賢良說，他想了想又說，「你的西域葡萄酒不錯，口感很好。」

「如果喜歡，明天我送幾箱給你嚐嚐。」

「不用，想喝我會跟你說的。」又停了一下，他對史可為說，「酒好是好，就是酒精度有點高，很快就把我喝糊塗了，我昨晚有沒有說出什麼不應該說的話做出什麼不應該做的事？」

史可為知道他打這個電話的意思了，馬上說：「沒有，你挺正常。」

「那就好。」停了一下，又交代說，「昨晚我們喝酒的事，你不要跟別人說。」

「我知道的，你放心。」

放下電話後，史可為把車子發動起來，開回了家。陳珍妮中午很少回家，即使下午沒課，她也是在學校食堂吃了中飯回家，有時在學校備了課，到傍晚才回家。史可為沒吃中飯，到家後，直接躺在床上，幾乎一躺下就睡著了。

下午五點鐘醒來，陳珍妮已回家，燒好了飯和菜，在吃飯過程中，史可為一句話也沒說，眼睛也沒看陳珍妮，陳珍妮問他說：「你有心事？」

「沒。」

「看你心事重重的。」

「我只是越來越覺得這種生活沒意思。」

「你說的是我們這種生活？」陳珍妮看著他，輕輕地問。

「不是。」史可為趕緊說，「我指的是賣葡萄酒這件事。」

「你不是賣得挺歡的嗎？」陳珍妮看著他，笑了一下，又說，「我聽一個熟人說，你每天晚上帶著三個新疆姑娘在大排檔推銷葡萄酒。」

「你知道這事呀，我一直以為你不知道呢，是不是覺得你老公挺丟人，放著好好的大學老師不當，眼鏡廠也沒辦好，卻去大排檔推銷葡萄酒。」史可為苦笑著說。

「我沒覺得這有什麼自卑的，憑勞動賺錢，不偷不騙，能賺到錢是真本事。」陳珍妮看了他一眼，說，「聽說那三個新疆姑娘長得非常漂亮，我擔心你被她們迷住了。」

「既然這樣，你為什麼不阻止我。」

「我阻止有什麼用啊，你還不是辭職去辦眼鏡廠了。」

史可為看著她好一會兒，說：「我真的想儘快結束這種生活，我還是想做眼鏡，老老實實地做，能賺多少算多少。」

「還有多少葡萄酒沒推銷出去？」

「兩個月已賣了一半，我和丁大力各收回近一百萬資金，如果這個月做滿，差不多可以把成本拿回來。」

「已經很好了。」

「我想這個月做滿就收手。」

「只要你決定了，我就支持你。」陳珍妮看著他說。

「那我現在就要去賣葡萄酒了。」史可為吃飽了，他收拾好碗碟站起來，對陳珍妮笑了一下。

「記住回家的路哦！」陳珍妮笑著說。

從家裡出來後，史可為開車到得勝花園接瑪利亞她們。瑪利亞問他：「你昨天晚上沒喝多吧？」

「還好。」史可為說。

「我覺得也是，凌晨兩點多還能給我打電話，口齒也很清醒，肯定沒喝多。」瑪利亞笑了笑，轉頭說，「可我們這裡有個神仙說你一定喝多了，非要跟我們打賭。」

「賭注是什麼呀？」史可為看著塔西娜，笑著問。

「她說輸了就喝一瓶葡萄酒，一口乾。」瑪利亞笑著說。

「喝就喝，大不了一醉。」塔西娜笑著說。

「說得輕鬆，你還記得上次喝醉是什麼樣子嗎？讓古蘭丹姆說說看。」瑪利亞說。

「別說了，羞死人了。」塔西娜用手遮住臉，跺著腳說。

一屋人都笑了起來。

她們整理好演出行頭，坐史可為的車到唐人街大酒店，她們進餐廳表演，史可為回到車裡等。等一會兒，他也進了大廳。在大廳坐了一會兒，又回到車裡，他心裡有股衝動，想開車去得月花園看看，他不讓自己去，坐在車裡，空調開起來，關緊窗戶，把音樂開到最大。他突然想唱歌，卻又不知唱什麼，想起第一次去觀月樓KTV，丁大力和林檬檬唱〈知心愛人〉，他只記得開頭兩句：讓我的愛伴著你直到永遠，你有沒有感覺到我為你擔心。他也不知道調子準不準，只管翻來覆去地唱。

下半場到了大排檔，他拎著葡萄酒，跟在瑪利亞她們後邊，瑪利亞表演完了，照例要敬客人一杯葡萄酒，史可為總是儘量少倒一些，瑪利亞一直說沒事。史可為覺得瑪利亞是真能喝，一個晚上下來，喝了四瓶葡萄酒，也就是微醺，外人一點感覺不出來。

這樣的日子又過了十天。

那天晚上十二點左右，史可為拎著葡萄酒跟著瑪利亞她們進了一個大排檔的包廂，裡面坐著三個光頭男人，赤著上身。瑪利亞說明來意，喝不喝葡萄酒沒關係，只要他們願意，她們樂意為他們表演新疆的民族舞蹈。

瑪利亞的話剛說完，坐在最外邊的光頭看見了史可為，站起來問他說：「你是什麼人？」

「我是工作人員。」史可為說。

「這裡沒有你的工作，你出去。」光頭說。

「我為什麼要出去？」史可為說。

「叫你出去就出去，哪來那麼多廢話，滾。」光頭伸出食指指著他。

瑪利亞看了看史可為，接過他手中的酒瓶，說：「你在帳篷外等吧，我們很快就出來。」

史可為瞪了那個光頭一眼，那個光頭說：「你看什麼看，小心老子把你的眼珠子挖出來。」

「我們給大家跳一個刀朗舞。」瑪利亞用眼神示意史可為趕快出去。

史可為又狠狠瞪了那個光頭一眼，掉頭走出帳篷。排檔老闆大概聽到剛才的聲音，趕緊過來，遞一根中華香菸給史可為，對他眨眨眼，搖了搖頭。史可為平時不抽菸，這時順手把香菸接過來，點燃後，猛抽一大口，然後重重地吐出去。帳篷裡響起瑪利亞的手鼓和古蘭丹姆的聲音。

史可為的香菸才抽了一半，聽見帳篷裡傳來塔西娜的尖叫聲，他把香菸往地上一扔，一頭衝進帳篷，看見坐在中間的光頭正雙手抱著塔西娜。

「我操你媽的。」史可為罵了一聲，隨手操起一把塑料椅子朝那光頭砸去。

那光頭見史可為的椅子砸過來，順手把塔西娜朝史可為這邊一推，史可為一驚，如果砸下去，肯定砸在塔西娜頭上，他硬生生地把手抬起來，身體卻不由自主地朝前衝去。他見坐在中間的光頭已站起來，抬起腿，朝他踹來，他的小腿被撞了一下，整個人撲倒在地，馬上覺得有無數隻腳踹在他身上。他聽見瑪利亞和塔西娜的尖叫聲，瑪利亞一邊叫古蘭丹姆打一一〇，一邊操起一把椅子衝過來。這時，躺在地上的史可為抱住一隻腳，同時，他聽見瑪利亞手裡椅子砸在一個光頭身上的聲音。史可為忍著身上的痛，抓住那隻腿要站起來，就在他快站起來時，看見剛才叫他「滾」的光頭手裡舉著一個啤酒瓶，朝他砸來，他聽見啤酒瓶在他頭上開花的聲音，他的身體晃了晃，有一股熱熱的東西從臉頰上流下來。古蘭丹姆尖叫了一聲：「血。」

史可為身體晃了晃，一屁股跌坐在地上。那個光頭飛起一腿，朝史可為的眼睛踢來。史可為抬著頭，看著他，臉上浮現出微笑，身體一動不動。這時，塔西娜「哇」地叫了一聲，撲在他身上，把他抱住，他聽見光頭那一腳結結實實地踢在塔西娜身上。

遠處傳來隱隱約約的警笛聲，三個光頭衝出帳篷，遁入夜色。塔西娜和古蘭丹姆抱著史可為，坐在地上哭。史可為抬頭看看瑪利亞，眼皮有點沉，有紅紅的液體從眼皮上垂下來，把帳篷隔成好幾段。瑪利亞手裡還拿著一把破碎的塑料椅子，胸脯一起一伏。他對她微微地笑了起來。

警察來了，先把史可為送到信河街人民醫院急診室，他的腦袋被啤酒瓶砸了一個小洞，好在不是關鍵部位，醫生給傷口消了毒，把他像傷員一樣包紮起來，叫他隔一個星期後來換藥。

從醫院出來，他們又被帶回派出所做筆錄。做完筆錄，史可為堅持要送她們回家，瑪利亞說：

「算了，就讓我們送你一回吧。」

「我現在一點事也沒有。」被揍了一頓，史可為反覺得身上輕鬆很多，他轉頭問塔西娜，「剛才身上被踹了一腳，痛不痛？」

塔西娜的情緒大概還沒穩定下來，先是搖搖頭，接著又點點頭。

「真是謝謝你們！」史可為說。

12

丁大力第二天中午才知道打架的事，他給史可為打電話說：「操，你昨天晚上為什麼不給我打電話？」

「打電話給你幹什麼呢？」史可為說。

「這是什麼話，」丁大力生氣地說，「好朋友就要有難同擔有福同享嘛。」

「好吧，下次打架我一定叫你。」史可為說。

「這就對了。」丁大力說。停了一下，他又說，「這幾天你休息一下，大排檔那邊讓我去，如果讓我遇見那三個孫子，看我怎麼收拾他們。」

「不用了，你把自己那攤管理好就行，我沒事的。」史可為說。

「哎呀呀！你腦袋瓜是不是被砸傻了，都被打成這樣了，還去大排檔。」丁大力說。

「我沒被砸傻了。」史可為看了看身邊的陳珍妮，對丁大力說，「陳珍妮說還要感謝那三個人，我被砸了之後，腦袋瓜反而開竅了。」

陳珍妮早上沒課，在家裡陪史可為，見他這麼說，在他手臂上掐了一下，疼得史可為一隻眼睛瞇起來，歪著嘴巴，倒吸一口氣。

史可為沒問丁大力在哪裡，但他猜丁大力應該在得勝花園四組團五幢三〇一室，否則，丁大力不可能知道昨晚的事。

掛完電話後，陳珍妮問他：「你真的還要去大排檔？」

「當然是真的，這個月剩十天，堅持做完，我就收手。」史可為說。

「如果再碰到那三個人呢？」陳珍妮問。

「你以為他們跟你一樣傻呀，一看他們就是老手，不會現在出來讓警察抓捕。」史可為說。

「既然知道他們是老手，你為什麼還要跟他們打架？」陳珍妮問。

陳珍妮這一問就把史可為問住了，他不能告訴她自己的真實想法，想了想後，史可為摸了一下腦袋說：「我也沒想到，在那麼多人的情況下他們會出手。」

「想不到的事情還很多呢。」陳珍妮笑著說。

史可為覺得陳珍妮今天說的每一句話都包含著更深的意味，這使史可為不敢跟她對視，他故意乾笑了兩聲，說：「所以我才會被砸破腦袋呀。」

又停了停，史可為抬起頭，看了陳珍妮一下，一語雙關地說：「你放心，以後再也不會了。」

陳珍妮也看著他，點了點頭。

那天晚上，史可為還是去了大排檔，但他沒有再去給瑪利亞拎酒瓶，也沒有跟著她們進帳篷，而是坐在車裡，看著瑪利亞她們在各個帳篷裡進進出出。後來，他向大排檔老闆要一張椅子，坐在甌江邊，吹著從東海來的帶著鹹味的海風。

去大排檔的路上，瑪利亞也擔心那三個光頭會再來鬧事，史可為說：「你們放心，肯定不會。」

「就是來了我也不怕。」塔西娜說。

「呦，你不怕了？我看你昨晚嚇得差點尿褲子了。」瑪利亞說。

「今天我帶了這個。」說著，塔西娜從包裡摸出一把小刀，比劃了一下。

「你怎麼帶刀來了？」史可為說。

「是我離開新疆時爺爺送給我的，是我們家的傳家寶，爺爺說，如果遇到壞人，就用這把刀結果他。」塔西娜說。

「你昨晚為什麼不拿出來？」瑪利亞笑著問。

「人家沒帶嘛，誰知道昨晚會遇到壞人。」塔西娜看了史可為一眼，帶著哭腔說。

「我完全相信塔西娜的話，如果昨晚那三個壞人看見這把刀，早就逃了。」史可為笑著說。

「從今天起我會一直帶在身邊，只要那三個壞人再來，算他們倒楣！」塔西娜說。

瑪利亞笑著說：「呵，我們的塔西娜要開殺戒咯。」

古蘭丹姆捂著嘴在笑。

還好，那天晚上三個光頭沒有出現，有效地躲過了塔西娜的祖傳寶刀。

接下來的幾天裡，那三個光頭也沒出現，倒是丁大力來了幾趟，他對史可為說：「有情況打電話給我啊，我立馬趕到。」

史可為笑笑，他覺得丁大力來這裡的目的是古蘭丹姆，對於這件事，史可為從來沒問。也沒辦法問。

直到這個月結束，三個光頭沒再出現。

到了日期後，史可為把所有的帳結了，他和丁大力各分到一百四十萬，剩下的葡萄酒轉讓給丁大力。

史可為跟瑪利亞說這件事是在跟丁大力結完帳那天，說以後丁大力就是她們的老闆了，他想次日請瑪利亞她們在唐人街大酒店吃一頓飯，這三個月來，她們一直在唐人街大酒店表演，就是沒吃過飯。另外，史可為也想表示一下謝意，如果沒有她們，在這麼短的時間裡，不可能賣出這麼多葡萄酒。最主要的是，史可為有點捨不得她們，這段時間來，幾乎每天在一起，以後不可能有這樣的機會了。聽了他的話，瑪利亞很平靜，似乎早就知道他的打算了。她邀請史可為去她們那裡吃中飯，她能燒一桌正宗的新疆菜。史可為見她說得誠懇，就答應了。

史可為中午十一點半到她們那裡，丁大力正在對古蘭丹姆說：「我晚上帶你去唱卡拉OK好不好？」

古蘭丹姆搖搖頭。

「你這麼好的嗓子，不去唱歌真是太浪費了。」

看見史可為後，他站起來說：「前老闆來了。」

被丁大力這麼一說，史可為突然想到了王志遠，王志遠把葡萄酒和瑪利亞她們轉讓給了他，他現在又轉讓給了丁大力，這麼說來，他跟王志遠是一路貨色。這讓他突然難受起來。

瑪利亞見他來了，招呼說：「吃飯了，大家就座。」

入座後，史可為看見餐桌上擺了六個大盤，滿滿一大桌。史可為只認識三個，一個是大盤雞，一個是烤羊肉串，還有一個是麻醬黃瓜。瑪利亞給他介紹另外三個是肚子烤肉、烤饢和抓飯。喝的是西域葡萄酒。

瑪利亞特別推薦史可為嚐一嚐肚子烤肉，她做的肚子烤肉就是新疆人也沒吃過，她的做法是把羊肚洗乾淨，把切好加了佐料的羊肉塞進羊肚子裡，然後把口子紮好，放進烤箱裡烤熟。瑪利亞夾了兩塊給史可為說：「你嚐嚐。」

史可為聞一聞，有焦味，咬一口，卻是無比鮮嫩。

瑪利亞介紹時，丁大力的筷子不停地衝進肚子烤肉盤子裡，一邊吃一邊問瑪利亞說，「為什麼我以前沒吃過？」

「沒有史可為，你哪裡吃得到這樣的美食。」瑪利亞看了他一眼說。

丁大力哈哈一笑，繼續吃，吃了一會兒，他把碗筷一放，說：「我吃飽了，現在開始敬酒。」說著，他站起來，用紅酒敬大家一圈。敬到塔西娜時，塔西娜沒動，丁大力笑著對她說：「來來來，卡巴科敬你一杯。」

塔西娜眼睛看著桌面，還是沒動。史可為覺得塔西娜今天有點奇怪，平時滿屋子都是她的聲音，今天一句話也沒說。

「其實我知道，卡巴科是笨蛋的意思，但這是塔西娜給我取的名字，我會一直叫下去。」

丁大力依然端著酒杯，笑著對塔西娜說，「為了這個名字，我也要敬你一杯，但我知道你酒量差，我喝完，你隨意看一下酒杯就行。」

丁大力的話剛説完，塔西娜「霍」地站起來，端起酒杯，一仰脖子，喝進去了。

丁大力敬完後，史可為也站起來敬一圈，他先從左手邊的塔西娜開始敬，他知道塔西娜酒量不好，只給她的酒杯裡倒了一點點，把自己的酒杯倒滿，端起來對她說：「謝謝塔西娜，我會一直記得你替我挨的那一腳。」

「我也要加滿，」塔西娜抬起頭看著史可為，說，「我要跟你一樣多。」

史可為看了看瑪利亞，見她沒有表示，就把塔西娜的酒杯加滿，塔西娜端起來，跟史可為碰了一下，一口喝了下去。

史可為的第二杯敬瑪利亞，他對瑪利亞說：「這三個月來，最辛苦的是你，這一杯我敬你。」

瑪利亞早就端起酒杯，一口乾了，她對史可為說：「謝謝你這段時間對我們的照顧，應該我敬你才對。」

史可為的第三杯敬古蘭丹姆，他對古蘭丹姆說：「雖然我不再做葡萄酒生意了，但你的歌聲會一直留在我心裡。」

古蘭丹姆什麼話也沒說，站起來，就把酒喝了。

「古蘭丹姆，你這樣不公平，我剛才敬你，只喝半杯，史可為敬你，你喝滿杯。」丁大力叫起來。

「你也只是半杯的料。」瑪利亞半開玩笑半認真地說。

史可為敬完後，瑪利亞站起來敬了他一杯，接著她又敬了塔西娜和古蘭丹姆一杯，敬完之後，她對史可為說：「上星期接到總公司的電話，塔西娜和古蘭丹姆明天就要飛回新疆了，總公司給她們安排了新任務。」

瑪利亞的話出乎史可為的意料，他看了看塔西娜，又看看古蘭丹姆，正想說點什麼，塔西娜突然站起來，衝進臥室，順手把門反鎖起來。

「她一會兒就沒事的。」瑪利亞說。

史可為看看古蘭丹姆，她倒沒什麼反應，依然面帶微笑坐在那裡。

「她們都回去了，你怎麼辦?」史可為問。

「我還得堅守在這裡，總公司會再派兩個演員過來。」

史可為點了點頭，沉吟了一下說：「明天我開車送她們去機場。」

「那我就替她們謝謝你了。」

「應該的。」史可為說。

第二天上午，史可為開車送她們去機場，塔西娜坐在副駕駛座，瑪利亞和古蘭丹姆坐在後座，有一剎那，史可為覺得是送她們去推銷葡萄酒。一路上大家都沒說話。到了機場，辦了登機手續，史可為和瑪利亞送她們進安檢，塔西娜突然回過頭來，看了史可為一眼，轉身走過來，抱了他一下，在他耳邊輕輕地說：「阿西根，我會想念你的。」

史可為輕輕地拍了拍她的背。她轉身過了安檢。

往回開時，史可為感覺瑪利亞幾次想開口跟他說話，最終都沒有說出來，他也沒問，把她送到得勝花園後，他就開車去眼鏡廠了。

大約是一個月後，有一天晚上，史可為開車經過江濱路大排檔，看見瑪利亞帶著兩個他不認識的新疆姑娘在推銷葡萄酒。丁大力坐在不遠處的一張椅子上，史可為把車開過去，跟他打了一個招呼，丁大力高興地站起來，說：「喝兩杯？」

「我戒酒了。」

「操，酒跟你無冤無仇，戒它幹什麼？」

史可為不想說這個話題，問他說：「還好吧？」

「很好啊，一個月賺的錢，比做一年眼鏡配件還多。」丁大力笑著說，「你回來我們一起做吧。」

史可為笑了笑，搖了搖頭。

停了一下，丁大力「哦」了一聲，說：「哎呀呀！有件事忘了跟你說，我現在是跟瑪利亞合夥做葡萄酒生意。」

「噢，」這出乎史可為的意料，他看著丁大力說，「你們什麼時候開始的？」

丁大力笑了笑，說：「去江心嶼那一次我們就開始了。」

史可為知道丁大力誤會他的意思了，但丁大力的回答又出乎他的意料，他一直以為丁大力的目標是古蘭丹姆呢，他看著丁大力一會兒，對他揮揮手，朝家裡開去。

討債人

一、今天放她走，以後想抓住就難了

「林老闆，那個女人又來了。」金亮從門口進來，站在林乃界身邊說。

那天下午三點左右，林乃界坐在車間工作檯前，低著頭，左手拿著一支眼鏡框，右手拿著一把銼刀，「吱——吱——」。工人做的眼鏡框有毛邊，出廠前被檢驗出來，他要一一用銼刀磨光滑。他做得很投入，沒聽見。金亮說第二遍時，他聽見了，故意不回答。

「他媽的，這次恕老子不接待了。」

但他分明感覺到手在顫抖，用的力氣也大了。「吱——吱——」。金亮說第三遍時，他心裡嘆一口氣，把銼刀放下來，抬頭看了金亮一眼。

「那個女人又來了。」金亮哈著身子，又輕聲說一次。

「知道了，我耳朵還沒聾。」林乃界突然提高聲音，對金亮吼了一句。金亮還是哈著身子，一臉不安。林乃界馬上意識到不應該對金亮吼，金亮只是他聘請來的經理，對他吼有什麼用？他放輕聲音說，「她在哪裡？」

「在你辦公室。」金亮說。

林乃界站起來，看了看車間，又到倉庫看一下，慢慢朝辦公室走去。辦公室在另一座房子的二樓，中間有一個小道坦，林乃界看見道坦裡多了一輛銀灰色的奔馳車。他低頭快走幾步，金亮一聲不響地跟在後面，林乃界進了辦公室，他恭敬地站在門外。

「林老闆，又來麻煩你了。」林乃界剛進辦公室，沙發上一個四十歲模樣的女人站起來。她個頭不高，但很勻稱。穿一身黑色套裙，露出胸前一片白嫩的肉。挎一個褐色ＬＶ包，右手拿著手機和奔馳車的鑰匙。臉上開滿笑容。她就是趙來來，高明眼鏡廠的老闆娘。

「怎麼可以這樣說，你看得上我的工廠，是我們的光榮。」進了辦公室後，林乃界的身子也像金亮一樣哈起來，說出的話，完全違背他的意願。

「林老闆真是一個會講話的人，怪不得生意做得這麼好。」趙來來說。

「有什麼事只管吩咐。」

「我用了很多配件廠的鏡框，還是你工廠的質量最好。」

「趙總客氣了，這次要多少副？」

「一萬副。」

「好的。」林乃界不敢看她的眼睛，更不敢看她裸露的前胸，眼睛極快地朝她的方向瞥一下，扭頭朝門外走，剛跨出門，又回頭說，「我這就去辦。」

「辛苦林老闆了。」她笑著說。

「給趙總泡一杯茶。」林乃界對站在門外的金亮說。

「馬上。」金亮點頭說。

林乃界走進倉庫，找了兩個編織袋，開始給趙來來裝眼鏡框，認真檢查每一捆鏡框是否存在紕漏。裝到一半，他突然罵了一句：「他媽的，林乃界，你難道就這麼軟蛋？這樣太讓他們得寸進尺了。你不能對他們那麼好。」

林乃界站起身，從倉庫來到他的工作檯，抓幾捆不合格的眼鏡框放進編織袋，數了數，又放進幾捆。

停一下，他又猶豫了，聽見心裡另一個聲音：「林乃界，你怎麼可以把不合格的產品給別人？你平時就是這樣做人的？不行，別人可以不仁，你不能不義。」

林乃界把幾捆不合格的眼鏡框拿出來，又從工作檯走回倉庫。

出了倉庫，他也下了一個決心，無論如何，這次要向趙來來開口，他不能替他們白幹，他白幹沒關係，他六十來個工人不能白幹，他要發工資，他還要交貨款，要付廠房的租金，要付電費，要付水費。另外，更要交治安費、工商管理費、環境保護費、衛生管理費。等等等等。

林乃界把兩袋眼鏡框搬到趙來來奔馳車邊，喊一聲「金亮」，金亮從二樓冒出頭來，說：「林老闆，讓我來。」

林乃界對他擺擺手，他還是從樓上跑下來。趙來來聽見聲音，跟著金亮從二樓下來。到了道坦，她打開汽車後備箱，笑著對林乃界說：「辛苦林老闆了！」

「應該的。」林乃界彎腰去搬袋子。

「讓我來，讓我來。」金亮搶著抱起另一個袋子。

裝好車後，金亮蓋上後備箱，哈著身子，站在林乃界身後。趙來來打開車門，回頭看了看林乃界，笑著說：「謝謝林老闆了。」

說完，她低頭要鑽進車裡。

林乃界一陣尿急，忍不住拍了下手，咳嗽一聲，急急地說：「趙總，請你等一下。」

「怎麼了，林老闆是不是捨不得我走？」趙來來把頭從車裡拔出來，笑著問他。

「你能不能把我這裡的帳結一下。」

趙來來臉上的笑容僵硬了一下，接著就消失了。她一手緊緊抓住車門，另一手緊緊抓住車頂。

說出這句話後，林乃界好像做了對不起趙來來的事，搓著雙手，喃喃地說：「你也知道，自從去年發生美國次貸危機後，馬上演變成全球經濟危機，我的小工廠也受到影響，訂單少了，客戶跑了，工廠已連續虧損半年，再虧下去就要倒閉了。」說到這裡，林乃界停了一下，苦笑著說：「如果不到山窮水盡的地步，我也不會向你開口，不信你可以問一問他。」林乃界指指身後的金亮。

「確實是這樣的，林老闆說的都是實情。」金亮身體哈得愈發厲害，眼睛瞄著趙來來。

趙來來的眼睛沒看金亮，她好像已緩過神來，嘴角掛著輕蔑的微笑，把頭抬起來，眼睛傲慢地斜看著林乃界。

林乃界心裡「咯噔」一下，他突然想到胡可去副所長——那個身材矮矬、腰子臉上堆滿肉的男人，他來工廠檢查就是這副神態。那次他帶著兩個手下來查下腳料的稅。信河街的眼鏡配件廠都沒有報下腳料的稅，這是行業裡的公開祕密，為什麼突然來查呢？林乃界問他，他根本不搭理，兩個手下一個拍照片，一個拿帳本，很快撤離工廠。他們離開後，林乃界叫金亮去了解，胡可去有沒有去其他眼鏡配鏡廠查下腳料的稅，金亮很快就把情況反饋給林乃界，胡可去沒有去其他眼鏡配鏡廠，同時，金亮帶回一個更重要信息：昨天工廠來了一個進貨的客人，名字叫趙來來，是胡可去的老婆大人。林乃界第二天就讓金亮把貨款退還給趙來來。退還貨款後，胡可去那邊沒了動靜，林乃界的心卻依然吊著，因為帳本在胡可去手上，胡可去隨時可以宰他，沒辦法，林乃界通過朋友陳上水，找到胡可去，請他喝了一頓酒，胡可去才把帳本還給他。從那以後，趙來來到工廠拿貨再沒給過錢。

但這一次，林乃界把心橫下來了，抬頭逼視著趙來來，他覺得頭暈，喉嚨發乾，產生撒腿逃跑的念頭，他頓了頓，說：「實在是不好意思啊！」

「林老闆怎麼這樣說呢！欠債還錢是天經地義的事情啊！」趙來來反倒笑著安慰林乃界說。停了一下，她又開口，「這樣吧！今天我沒準備，先給你寫個欠條怎麼樣？」

金亮在背後打了一聲咳嗽，林乃界只當沒聽見，說：「當然可以，那就請趙總一起去一趟財務室，看一下帳單。」林乃界說。

「不用了，我相信林老闆。」趙來來說。

「你去財務室結一下帳。」林乃界轉身對金亮說，金亮對他眨了眨眼睛，林乃界還是沒理他，說，「快去。」

金亮跑著去財務室，很快又跑回來，手裡拿著一張紙條和一支筆，遞給趙來來說：「一共是五十一萬兩千元。」

趙來來接過紙條和筆，貼在車窗玻璃上，歪歪斜斜地寫了一行字：

今欠恆光眼鏡配件廠貨款共計五十一萬兩千元人民幣。欠款人：高明眼鏡廠趙來來

落款日期是二〇〇八年九月十日。

「林老闆，你看這樣可以嗎？」寫完後，她把筆和欠條遞給林乃界。

「麻煩趙總再按一個指印。」林乃界把金亮帶來的印泥遞給她。

趙來來笑了笑，聽話地在上面按了食指的指印。

林乃界小心地把欠條折好，放在錢包裡，停了一下，又對趙來來說，「如果可以的話，我想明天去你公司結帳。」

「當然歡迎啊。」趙來來笑著說。

趙來來離開後。林乃界轉身對一直哈著身子的金亮說：「你剛才咳嗽了？」

「是的。」

「還眨眼了？」

「是的。」

「是不是有什麼話要對我說？」

「我覺得應該讓趙來來把欠款結清才對，今天放她走，以後想抓住就難了。」

「你是說這張欠條沒用？」

「我覺得咱們錯過最好的機會。」

「不會吧，這可是真憑實據啊。」林乃界又從錢包裡拿出欠條，唸一遍，確認無誤。他又看了看金亮，說，「再說，這樣攔截住一個女人討債，跟流氓有什麼區別？」

「我知道林老闆是好人。」金亮說。

這時，林乃界的手機響了，是陳上水打來的，約林乃界晚上去東海漁村喝酒，林乃界問都叫了誰，陳上水說已叫了蘇海嘯和諸葛妮。

二、把錢放我擔保公司，包你比做企業賺錢

晚上六點半，林乃界趕到東海漁村五號包廂。東海漁村是信河街一家老牌酒店，特色是海鮮鮮活，酒店一個股東是漁民，會把東海海鮮以最快速度送到酒店，經常有活的黃魚、鮸魚、墨魚、子梅魚等，別的酒店很少見到。林乃界他們是這家酒店的常客。

「乳溝來了。」林乃界一跨進包箱，蘇海嘯就叫起來，一邊對服務員說，「上熱菜。」

「蘇海嘯，你能不能文明一點？」諸葛妮說。

「我是實事求是嘛，他的名字叫『奶界』，不就是乳溝嗎？」蘇海嘯笑哈哈地說。

「你真是為老不尊，到了這個年齡，還是沒成型。」諸葛妮拍拍身邊一個座位。林乃界在她身邊坐下來。

「哈哈，今天你終於遲到了。」陳上水笑著對林乃界說。

林乃界是個很守時的人，約好六點鐘，肯定會提前十分鐘到。幾個朋友中，陳上水最不守時，他總是對林乃界說，凡事不要太認真，也不能太認真，「差不多」就可以了，只要快樂就好。這就像他現在每天早上去健身館，做的套路跟林乃界一樣，數量卻比林乃界少一半，林乃界身上還保持著六塊腹肌，他只剩下突出的一塊。林乃界當然不能接受這個觀點，「差不多」是個什麼概念呢？是不是馬馬虎虎的意思？是不是睜一隻眼閉一隻眼的意思？是不是模模糊糊的意思？是不是放棄底線的意思？這個觀點在林乃界身上行不通，他是做眼鏡配件的，每一個配件都有標準，差一點點也不行，另，林乃界做了三十來年的眼鏡配件生意，從來沒拖欠過別人一分錢，他到客戶那裡進原材料，一般是三個月結一次款，他有時資金周轉不過來，會到陳上水的擔保公司借貸一個禮拜，陳上水對他說，你跟客戶都是幾十年的關係，拖延一個禮拜有什麼關係？林乃界知道跟客戶說一下對方也能理解，可他覺得虧欠對方，他還是願意向陳上水借貸給利息，這樣心裡沒負擔。陳上水每次說他這是認死理，自己跟自己過不去。林乃界也認為有點認死理，但這樣做心裡輕鬆，酒也能多喝幾杯。這有什麼不好？

林乃界就把下午的事情跟大家說了。

「你這下可真是徹底得罪胡可去了。」陳上水說。

「反正這個工廠我也開不下去了，晚上遲到，就是跟工廠的經理商量這個事。」林乃界還記得，上次就是陳上水找人幫他解的圍。

「得罪怎麼了，狗生的，難道一個副所長就一手遮天了？怕他個鳥？」蘇海嘯說。

「老蘇你開了三十來年的健身館，也算一個在生意場上打滾過的人，怎麼還說出這麼幼稚的話來？我們做生意的人，哪個部門得罪得起？」陳上水說。

「我的健身館從來不吃這一套，不也是開了三十來年？」蘇海嘯說。

「你健身館的客戶來來去去也就是我們幾個喜歡練健美的老朋友，你可以關起門來做生意。而林乃界的眼鏡配件廠不行，諸葛妮的按摩店也不行。我的擔保公司更不行。」陳上水恨鐵不成鋼地看著蘇海嘯，「你不能因為自己天真單純，就覺得全世界跟你一樣天真單純。」

「我就天真單純了，怎麼樣？如果讓我碰到這樣的事，我就用我的方式來處理，一分錢也不會讓他欠。他如果找我的茬，我就去找他的茬。他跟我來白的，我就用黑的來對付。」蘇海嘯的聲音高了起來。

「所以你老蘇開了三十來年的健身館，到現在還是健身館，一點也沒發展。」陳上水說。

「我不發展又怎樣？天天晚上有酒喝，天天早上可以在健身館健身。這樣的日子就是我想要的。」蘇海嘯說。

「這也是你老蘇讓我羨慕的地方啊，你是個徹底的樂觀主義者。」陳上水嘆了一口氣。

「我知道你的意思，你說我樂觀過頭，是個癲人。」蘇海嘯說。

「我可沒這麼說。」陳上水連忙擺手說，「我的意思是，我是一個悲觀主義者，對這個社會現狀很灰心。」

「對社會現狀不滿，你站出來鬥爭嘛，如果都像你這樣遇事就找人擺平，不是白白助長那些貪官汙吏的氣焰嗎？這個社會現狀還能得到改變嗎？」蘇海嘯說。

「我沒這個能力。」陳上水苦笑了一下，對蘇海嘯說，「這個任務只能交代給你。」

「你也不用挖苦我，我別的沒有，至少身上還有這把老骨頭。」蘇海嘯拍了拍胸脯。朋友裡，他身材最魁梧，脾氣最大。他在社會上有一套，一般的政府人員也不敢去惹他。

見他這麼說，陳上水沒有再開腔。

每次喝酒，陳上水跟蘇海嘯都會拌嘴，這已成習慣，拌嘴能喝更多酒，胃口也好很多。

菜陸續上來，他們還是老習慣，先喝葡萄酒。葡萄酒的品種經常變，早一段時間是國產的長城，後來一段時間喝各種進口葡萄酒，這段時間又開始喝國產葡萄酒，是新疆一個牌子，叫西域干紅。説起這個新疆的葡萄酒還有一個故事，林乃界一個辦眼鏡配件廠的朋友去討債，錢沒討回來，討回一倉庫葡萄酒。他知道林乃界喜歡喝酒，送了幾箱給他嚐嚐味道，林乃界覺得不錯，也為支持那個朋友，就買了五十箱，存起來慢慢喝。他們的習慣是每個人先喝一瓶葡萄酒，喝完後每人再喝兩瓶冰啤酒，不喝到暈暈乎乎的程度，誰也不願站起來。諸葛妮總結他們是醉生夢死，林乃界覺得比較準確。從他的角度看，確實有用酒精麻醉自己的意思，至少喝酒的過程可以讓他放鬆，讓他暫時不去想工廠裡的事情。

林乃界喝酒的習慣是從辦眼鏡配件廠開始的。他原來跟蘇海嘯和陳上水都是信河街業餘健美隊隊員，參加過省裡比賽，拿過團體第四名。那時大家都沒喝酒的愛好。從辦眼鏡配件廠的第一天起，林乃界就開始喝酒，剛開始喝白酒，後來喝啤酒，每天睡前都要灌得一躺下就昏睡過去才行，否則的話，他會失眠，沒安全感，老是擔心工廠被查封。這些年，他多少也算賺了點錢，可他的安全感卻越來越差，每天晚上都要靠酒精來麻醉。

一瓶葡萄酒快喝完時，陳上水問林乃界：「你真把工廠關了？」

「每月虧損越來越大，經濟危機的影響越來越深，看來形勢一時半會好不起來，趁早關門，還能留點養老的本錢。」林乃界說。

「以後有什麼打算？」陳上水問。

「五十多歲的人，過一天算不算，還要什麼打算。」林乃界說。

「可你關了工廠，等於斷了水源，即使手頭有一筆養老金，也是無源之水。坐吃山空啊。」陳上水說。

「我沒想那麼多。」林乃界說。

「要不這樣吧，」陳上水把瓶裡所有的葡萄酒倒進杯子裡，跟林乃界碰了一下，兩人各喝了一半，他接著說，「你把多出來的錢放我擔保公司，我包你比辦企業賺錢。」

「乳溝，你別聽陳上水的話，我聽說最近有人跑路了，你如果把錢放他公司，說不定哪天他也蒸發了，你找誰要錢去？」蘇海嘯插話說。

「蘇海嘯你還是人嗎？」陳上水突然生氣起來，看著蘇海嘯說，「你怎麼能說出這樣的話？我們還是三十年的朋友嗎？」

「你看你看，一句玩笑話就當真了。」見陳上水真生氣了，蘇海嘯的口氣馬上軟下來。

「你知道蘇海嘯那張破嘴是說不出好話來的。」諸葛妮也出來打圓場，她把酒杯舉起來，說，「喝酒喝酒，大家一起乾一杯。」

乾完後，陳上水放下酒杯，看了看大家，最後又看了看蘇海嘯說：「這樣的玩笑開不得，我們是三十年的朋友，連我們這樣的朋友都說我跑路了，還有誰敢跟我做生意？」

「這裡不是沒有外人嗎，兄弟間開個玩笑嘛，別那麼小心眼，我是沒錢，如果有閒錢，也會放你公司。」蘇海嘯說。

「這才像句人話。」見他這麼說，陳上水也笑了起來。

大家開始換喝啤酒。蘇海嘯叫服務員端來八瓶冰鎮喜力。

「工廠關門，那些機器怎麼處理？」喝了兩杯啤酒後，諸葛妮問林乃界。

「低價賣給我的經理金亮，下午就是跟他談這個事。」林乃界說。

「他接手工廠？」陳上水看了看林乃界，又說，「那接下來還不得給胡可去整死。」

「他找了一個隱蔽的地方，馬上會把機器搬過去，什麼手續也不辦，照樣把生意做起來。」林乃界說。

「那不是黑工廠嗎？」陳上水說。

「現在黑工廠比白工廠賺錢啊，什麼稅也不用繳，金亮很多老鄉都是這麼幹，都發了財了。」林乃界說。

「狗生的，這世道不是黑白顛倒了嗎？走正道的人破產，走歪道的人發財。」蘇海嘯突然厲聲罵道，罵完後，他看看林乃界和諸葛妮，口氣又緩和了下來，說，「你關了工廠也好，趕快跟諸葛妮去民政局領證，兩個人住在一起，我和陳壞水也去討一杯喜酒喝。」

「老蘇，我哪裡又得罪你了，你把我名字也改了？」陳上水說。

「『上水』就是『下水』，『下水』就是『壞水』，反正都不是什麼好東西。」蘇海嘯笑著說。

「他怎麼會跟我結婚呢。」諸葛妮哀怨地看了林乃界一眼。

「這就是你林乃界不是了，諸葛妮等了你這麼多年，從你結婚等到離婚，現在都等到退休了，你還想怎麼樣？」蘇海嘯說。

「你們別想多了，是我配不上她。」林乃界說。

「別假惺惺，你心裡從來就沒有我。」諸葛妮的聲音突然高起來，她喝一瓶葡萄酒後就進入狀態，這種狀態能維持很久，好幾次他們三個都醉了，她沒事。

「怎麼會沒有你呢？」林乃界有點委屈。

「既然心裡有我，為什麼一碰到我就不能做那事？」諸葛妮說。

諸葛妮這麼說，讓林乃界無地自容。諸葛妮是他第一個女朋友。他喜歡她，她也喜歡他。可是，他一跟她上床就陽痿，他以為自己這方面有問題，去信河街人民醫院檢查，沒查出什麼問題，後來他碰到別的女人，試了試，居然行了。他跟諸葛妮說了這事，諸葛妮摑了他一巴掌，什麼話也沒説。那個「居然行了」的女人後來成了他老婆。五年後，他老婆想擴大規模，辦眼鏡廠，林乃界不想辦，一個眼鏡配件廠已讓他喘不過氣來，再辦一個眼鏡廠等於自尋死路，再説，如果辦了眼鏡廠，其他眼鏡廠就不會再到他的眼鏡配件廠進貨。他老婆罵他死腦殼，眼鏡廠可以跟他一個男同學合辦，不讓別人知道就是了。林乃界最後沒同意。他老婆自作主張跟男同學合辦了眼鏡廠，不久後跟林乃界離了婚，跟那個男同學做了夫妻。

陳上水看看林乃界，又看看諸葛妮，分析説：「當年可能是他太愛你的原因吧！現在肯定行的。」

「現在他更看不上我，嫌棄我開按摩店骯髒，碰都不願碰。」諸葛妮越説越生氣，眼睛瞪著林乃界，問他説，「林乃界，你説一句真心話，是不是這樣？」

「怎麼會呢！」林乃界輕輕説完，低頭喝酒。

三、你拖了我們的後腿，我可以把你抓起來

林乃界原本想第二天去趙來來公司結帳，結果沒去成。

昨晚回家後，林乃界沖了個澡，一躺床上就睡到凌晨三點。這時醒來真不是時候，起床

太早，躺著又睡不著，他乾脆爬起來，就著蝦乾再灌半瓶葡萄酒，暈乎乎爬回床上繼續睡。嗯哼！這次睡踏實了。

早上七點鐘被金亮的電話聲叫醒，金亮在電話那頭喊：「林老闆你快來，我們工廠被偷了。」林乃界的腦袋本來昏昏沉沉，一聽這事就醒了，第一個反應是：「我馬上來工廠。」

他從床裡跳起來，去衛生間撒了一泡尿。刷牙。用冷水沖了臉。要出門時，肚子有點隱隱疼，上衛生間拉了一泡屎，才開著桑塔娜汽車去工廠。

半個鐘頭後，林乃界趕到工廠，金亮滿臉焦急地站在門口，看見林乃界，像看到救星一樣，很遠就把身子哈起來，嘴裡叫著：「林老闆，林老闆。」

金亮是安徽人，十八歲來信河街打工，待過皮鞋廠、打火機廠、眼鏡廠、服裝廠，做過保安、倉庫管理員、推銷員、酒店領班、眼鏡廠車間主任，短的兩個月，長的四五年。到林乃界眼鏡配件廠當經理四年多，別看他總是哈著腰，對人一副誠惶誠恐的樣子，心裡比林乃界明白得多。

林乃界把車停好，問金亮說：「怎麼會出這種事？你不是安排人值班了嗎？」

「是安排人值班了，值班的人被盜賊五花大綁起來，還戴上了黑頭套。」金亮說。

「什麼東西被偷？你查看過嗎？」林乃界問。

「查看過了，偷走一些銅材和半成品鏡框。」金亮看了他一眼，接著說，「我估算了一下損失，價值兩萬多元。」

「搬走那麼多東西，難道你們一點也沒覺察？」林乃界問。

「我確實一點動靜沒聽到。」金亮哈著身子，哭喪著臉，抬頭看著林乃界，說，「林老闆，這事你看怎麼辦？」

「我能怎麼辦？報警了沒有？讓警察來處理。」林乃界知道報警也沒用，以前工廠也被偷過，警察來了，立了案，把他叫到派出所做了一個多鐘頭談話筆錄，後來什麼音訊也沒有。

「還沒報警。」金亮輕聲地說。

「那還等什麼？」林乃界拿出手機，撥通一一〇，報上工廠地址，簡單說了失竊的事。掛斷電話後，林乃界故意不看身邊的金亮，而是轉頭去看工廠。

嚴格說起來，從今天起，這家工廠已不屬於林乃界。這一點林乃界是在來工廠的路上才猛然意識到的，他昨天跟金亮談妥，也簽了協議，半賣半送地把工廠所有機器轉讓給金亮，金亮分兩筆付給他三十萬，第一筆十五萬已於昨天下午簽完協議後轉到他的帳號。金亮提出第二筆十五萬在三個月內付清，林乃界本來不同意，他賣掉工廠，無非圖個清淨，欠著一筆帳，難免生出事端來，可金亮向他求情，請他看在這四年多鞍前馬後為他做事的份上，寬限他一段時間。金亮這麼説，觸動了林乃界的感情，三年前，有個工人喝醉酒砸壞一台機器，林乃界扣了他五百元。那個工人第二次喝醉酒後，拿著一把水果刀衝進辦公室，林乃界沒有思想準備，他扣工人五百元只是一個意思，工人毀壞一台機器可是好幾萬元，工人應該感激他才對，哪想到會拿刀來殺他，當時傻在那裡，一動不動，金亮恰好站在身邊，看見這個情形，飛撲到林乃界身上，那把水果刀插在他肩上。那次林乃界也報了警，警察來之前，那個工人跑了，派出所讓林乃界去談話，做了筆錄，立了案，最後不了了之。雖然金亮的傷口不是要害部位，但林乃界記住金亮的恩情，如果不是金亮那一撲，那把水果刀可能插到他胸前。從那以後，林乃界對他另眼相看，逢年過節，會另外塞個紅包給他。更難得的是，金亮從沒提過額外要求，依然盡心盡職地為林乃界辦事。這也正是他的聰明之處，他腰哈得越低，林乃界越是不能輕看他。還有一點，林乃界深知辦一個工廠不容易，要辦一個證件齊全的白工廠不容易，辦一個無牌無證的黑工廠更不容易。辦白工廠要應付各類政府機構的人員，要小心翼翼把他們伺候好，不能有一點差池，稍一疏忽，就可能傾家蕩產。辦黑工廠要躲避各類政府機構人員，跟他們打游擊，不能讓他們知道，更不能讓他們逮到，無論被哪個機構逮到，都會被罰款到破產。何況金亮是在這種經濟低谷的時刻接手工廠，除了政策危險，又增加一份經濟危險。林乃界更能理解金亮剛接手工廠，需要一筆啓動資金，如果他把所有積蓄都給了林乃界，等於關掉所有機器的電源。

所以，他最後同意金亮的請求，金亮也很感激，他一再對林乃界說，等他緩過氣來，一定儘快把另一半款項還上。但今天林乃界的生氣不在這裡，他一到工廠，就知道金亮叫他來的意思，金亮摸透了他的脾氣，知道他肯定不會報警，看到這種情況後，肯定會再從三十萬裡減去一筆錢。不過，金亮這次打錯算盤了，林乃界這次選擇了報警，他要給金亮一個態度，從今天起，工廠無論發生什麼事，跟他無關。

大概過了十五分鐘，一輛閃著警燈的警車駛進工廠，在道坦停定，下來一白一黑兩個警察，白的又矮又肥，臉上堆滿肉，把眼睛擠成一條縫，走路和說話都有沉重的喘氣聲，黑的又高又瘦，走動時，兩隻褲筒空空洞洞地飄蕩。白警察林乃界認識，是管轄這一塊的片警，林乃界前幾次報警都是他來處理，黑警察面生，可能剛調來。白警察臉色嚴峻地走到林乃界面前，用眼白看了他一眼，重重地喘了一口氣，說：「怎麼又是你的工廠？」

如果在以前，林乃界看見警察，臉上早早就會堆滿笑容，但他今天跟這家工廠已沒關係，不用換上虛假的笑容來討好警察。他見白警察這麼問，本想說，你問我我問誰？他的話還沒出口，金亮哈著腰，拿出四包早就準備好的中華菸，每人遞兩包，白警察眼睛沒看一下就收了，黑警察猶豫了一下，見白警察收了，他也伸手接了，放進長褲口袋裡。金亮陪著笑臉說：「給所長添麻煩了，先抽一根菸。」

對所有來工廠的檢查人員都稱所長，這招是金亮教林乃界的。林乃界以前沒那麼多講究，稱姓陳的警察叫陳警察，稱姓李的稅務官叫李稅務，稱姓王的工商管理員叫王工商，稱姓吳的環保所執法人員叫吳環保，被叫的人個個表情傲慢，從鼻孔裡冷冷地哼一聲。金亮對他說，他有一次去看守所探望一個關在裡面的朋友，發現朋友對所有的警察都叫所長，被叫的警察很受用。他做推銷員時，對所有客人都叫老總，被叫的人即使沒照顧生意也會笑臉相迎，在酒店當領班時，對所有客人都稱領導，沒有一個客人不是愉快地答應。林乃界聽了金亮的話，後來都以所長相稱，對方的態度固然有很大的好轉。當然，這跟他從不讓這些人走空趟也有關係，他原來沒想過給這些人送禮物，覺得每年繳納了那麼多稅收，他們理應為他工廠服務，金亮來了之後給他算了一筆帳，一年送出五百包的中華香菸就了不得了，不過兩萬多元，而只要把稅務專管員伺候高興了，稅收定額往下挪一挪，工廠一年就可以多出十來萬利潤。林乃界聽了他的話，每年的稅收果然少繳了十來萬。

接過菸後，白警察的臉色緩和下來，看了林乃界和金亮一眼，喘一口粗氣，說：「怎麼回事？」

金亮就把事情經過介紹了一遍。

「工廠裝監控了嗎？」白警察問。

「裝了，但攝像頭昨晚被那夥強盜給砸了。」金亮說。

「昨晚值班的人呢？」白警察又問。

「在的在的，昨晚被五花大綁起來，弄個半死，現在宿舍休息。」金亮說。

「你去把他喊來。」

「好的，我這就去。」金亮說完就往工人宿舍跑。

道坦裡剩下林乃界和兩個警察，工人們遠遠站在車間門口，小聲議論著什麼。白警察等了一會兒，見林乃界沒動靜，就從自己口袋裡摸出兩根香菸，遞一根給黑警察，黑警察馬上從上衣口袋裡掏出一次性打火機，先給白警察點上，再把自己點上。白警察猛吸一口菸，聲音突然停頓住，過了好一會，兩股白煙從他鼻孔裡直射而出，直撲林乃界身上。林乃界不吸菸，聞到菸味難受，他晃了晃身體，還是沒躲開白警察射來的菸味，菸味把昨晚還未完全消退的酒氣勾引上來，胸口一陣噁心，皺了皺眉頭，看見白警察對他嘲弄地笑了一下，忍不住開口問道：

「這次能破案嗎？」

「你說呢？」白警察看了他一眼，陰陽怪氣地說。

「我怎麼知道？」林乃界說。

「不知道你問什麼？」白警察的聲音高起來，喝斥道。

「你們警察不是專管破案的嗎？」林乃界的聲音也高起來，挑釁地瞪著他說，「出了事情不問警察問誰？」

「我還沒問你呢！你倒問起我們來了。」白警察把菸蒂往地上一扔，把臉一拉，冷冷地看著林乃界。

金亮帶著一個人匆匆趕來，推了推林乃界，對白警察說：「所長你別生氣，林老闆是個直性子的人，你多包涵。」金亮趕緊把那個人推到黑警察面前，說，「他就是昨晚值班的人。」

「什麼包涵不包涵，別給老子來這一套。」白警察眼睛瞥了瞥道坦，揮了揮手，轉頭對黑警察說，「把他們都帶回所裡。」

黑警察叫林乃界他們上車。金亮和那個工人看看林乃界，林乃界沒動，他們也沒動。黑警察轉頭看了看白警察，可能是猶豫要不要伸手拉林乃界。

「我為什麼要跟你們去派出所？」林乃界說。

「去做談話筆錄。」黑警察說。

「做談話筆錄可以，但你們得告訴我，這個案子能不能破，如果不能破我去做什麼談話筆錄。」林乃界說。

「這是程序。」黑警察說。

「我不要程序，我要結果。」林乃界說。

「你到底想要什麼樣的結果？」白警察厲聲問道。

「所長你先別生氣，有話慢慢說。」金亮趕忙說。

「別跟我所長長所長短的，我跟你慢慢說什麼？」白警察看也不看金亮。

「我要你們破一次案，我繳了那麼多稅收，你們一個案也沒破，你們覺得這樣合理嗎？」林乃界這次沒有提高聲調，他一字一頓地說。

「你這個死也不曉得躺下去的傢伙，我沒治你的罪，你反倒要求起我來了。」白警察氣極之後，反而冷冷地笑起來。

「工廠被盜，莫非你卻要把我抓起來不行？」林乃界也冷冷地笑了一聲，反問道。

「把你抓起來怎麼了？」白警察向前走了兩步，指著林乃界的臉說。

「我想問一問，你憑哪一條王法把我抓起來？」林乃界說。

「就憑你破壞了我們派出所良好的治安記錄。」白警察說。

白警察的話把林乃界搞糊塗了，他說：「你們的治安記錄關我什麼事？」

白警察腮幫一鼓，說：「如果不出你這個案子，我們派出所這個月的治安考評就是良好，你工廠一出事，我們所的治安考評就不良好，你說我該不該把你抓起來。」

林乃界一聽，氣得全身發抖，一時說不出話來。金亮見形勢不對，馬上對白警察說：「所長，我們不報案了，我們不報案了行不行？」

「你想報案就報案，說不報案就不報案，派出所是你們家開的？」白警察斜了金亮一眼說。

「不能因為我們工廠的小事影響派出所考評大事，這個道理我們是懂的。」金亮討好地笑起來，對白警察說，「我們真的不報案了。」

白警察又瞥了林乃界一眼，慢悠悠地說：「不報案也可以，你們寫一張證明，就說沒有發生過盜竊，工廠什麼也沒損失。」

「我寫，我寫。」金亮擔心林乃界又跟警察吵起來，拉他到辦公室，伏在桌子上，寫了一張證明，又拿了兩條中華菸，跑下樓去。

林乃界坐在辦公室裡一句話也沒說。

過了十分鐘，金亮上來，林乃界看了他一眼，緩緩地出了一口氣，說：「你就從那十五萬裡再減掉兩萬吧！」

「謝謝林老闆！」金亮哈著腰說。

四、林老闆，欠你的錢我一定會還

第三天上午十點，林乃界開車去找趙來來。他特意去理了個髮，從今天起，他跟眼鏡行業正式脫離關係，跟讓他擔驚受怕的工廠也沒了任何關聯。他現在是個自由人，開始新的人生，雖然還不知道以後的人生怎麼走，但有一點可以肯定，那就是跟以前的人生不一樣。出門前，他仔細檢查了錢包裡的欠條，可別小看這張紙條，它價值五十一萬兩千元人民幣啊。諸葛妮知道他今天要去討債，昨晚不放心，打來電話，問他一個人去能不能搞得定，他說他跟趙來來說好了的，手裡握有她親筆寫的欠條，難道她還能反悔不成？諸葛妮說她不是擔心趙來來反悔，而是擔心林乃界一個人單槍匹馬，勢單力薄，如果她一起去，遇到什麼事情，起碼有個商量。林乃界覺得不可能遇到什麼事，趙來來親口答應他的事，如果他帶諸葛妮一起去，反倒顯得過於興師動眾。諸葛妮見他這麼說，也就沒再說什麼。

高明眼鏡廠跟他原來的工廠在一個工業區。信河街的產業特點非常鮮明，跟眼鏡有關的企業都聚攏在一個工業區，分工很細，像林乃界原來的眼鏡配件廠只生產鏡框一個配件，其他配件都不生產。眼鏡廠不生產配件，需要什麼配件就到各個配件廠進貨，這就要求各個工廠之間距離不能太遠，否則運營成本太高。林乃界開車經過原來工廠時，發現工廠已搬空，像被人掏走了五臟六腑，留下一個破敗的空殼。這讓林乃界有點心酸，有種莫名其妙的失落感。昨天還煥發著一派生機的工廠，一夜之間變成了廢墟。

到了高明眼鏡廠，林乃界把車泊好，問門衛趙總在哪裡，門衛告訴他，趙總在三樓的總經理室。林乃界到了三樓辦公室門口，看見趙來來側坐在辦公桌後面，她前面站著一個穿西裝的中年男人，低著頭，聽她說話：「對方跑路不跑路我不管，是死是活我也不管，你用什麼辦法我也不管，我只管你把這筆貨款追回來。」

趙來來的口氣依然緩慢，但林乃界聽得出來，她口氣裡透出一股寒氣，像尖刀一樣刺過來。林乃界覺得來得不是時候，想退出來，等那個人走後再進去。但趙來來已看見他，她的臉色遲疑了一下，笑容隨即開在臉上，從椅子裡站起來，對林乃界說：「林老闆真是稀客，請進來坐。」

說過後，她又轉頭看了看那個穿西裝的中年男人，改用柔和的口氣說：「先這樣吧，這件事就拜託你了。」

那個人站著沒動，還想說什麼。趙來來沒有讓他開口，把臉一沉，揮了揮手，用一種嚴厲的聲調說：「出去。」

那個人低頭出去後，趙來來把臉轉過來，滿臉笑容地看著林乃界，請他在辦公桌對面的一張沙發上坐下來，她站起來給林乃界倒綠茶，在她倒綠茶的過程中，林乃界抬頭打量了一下辦公室，最裡面是一個書櫃，書櫃裡擺的不是書，而是各種各樣眼鏡。書櫃邊上有一棵發財樹。再前面就是她坐的黑皮靠椅。靠椅前面是一張黑色辦公桌，桌上一台電腦，一門電話和一盆君子蘭。辦公桌前面是兩張小椅子。小椅子過來是一張玻璃茶几。茶几再過來就是沙發。沙發邊上有兩盆萬年青。辦公室不大，但收拾得很乾淨，有一股女人香水的味道。

「讓林老闆見笑了。」趙來來用一次性紙杯泡了一杯綠茶放在林乃界前面的茶几上，在小椅子上坐下來，說，「林老闆喝茶。」

林乃界端著茶杯，正在思考怎麼把錢包裡那張欠條拿出來，趙來來又先開口了，說：「聽說林老闆把工廠關了？」

「是的。」林乃界覺得她的消息真靈通，點點頭說，「今年以來一直虧，一個月比一個月厲害，我撐了半年多，實在是撐不住了，只好當逃兵。」

「林老闆不做眼鏡配件實在太可惜了。」趙來來一臉惋惜地說，「我進過很多配件廠的貨，比較起來，林老闆生產的配件質量最好，我聽說每一個配件都經過林老闆驗收。」

「趙總過獎了。」林乃界嘴裡這麼說，心裡卻很受用，他不是一個很有自信的人，但有兩點很自負：一是身材，他身上有六塊明顯的腹肌，這是他多年練健美的成果。二是他生產的鏡框，他絕對不允許有一個不合格的鏡框流出工廠。

「這也不是我一個人的看法，我問了辦眼鏡廠的其他同行，大家一致公認你的產品好，他們說你本身就是這方面的專家，所有模具都是你設計的。」趙來來繼續說。

林乃界心裡越發地受用，頭有點暈乎乎。臉頰發燙。他覺得如果順著這個話題繼續聊下去，這將可能是他有史以來最享受的一次談話，會有意想不到的高潮出現。但他的腦子還沒有完全發昏，知道今天來這裡的目的。他看了一眼趙來來，儘量把話題拉回到他想要的軌道上來：

「可是，生活做得好有什麼用，經濟危機再加上各種稅收，一下就把我的工廠壓垮了。」

「是啊，」趙來來看了林乃界一眼，點頭說，「生意越來越難做，你剛才也聽到了，我這裡又有一個顧客拿了貨款跑路了。」

「趙總是大企業，又有後台支持，自然能夠應對。」林乃界奉承地說。他覺得在開口向對方討債前，最好先捧一捧對方，把對方捧得越高，就越不容易下台。這一點他也是從金亮那裡學來的。

「讓林老闆笑話了，我的工廠算什麼大企業，只不過是小打小鬧，賺一份工資錢而已。」說到這裡，她的身子朝林乃界這邊靠近一些，壓低聲音說，「不瞞林老闆說，我連這個月給工人發工資的錢還沒著落呢，你看看，這兩天急得上火，臉上都出痘痘了。」

林乃界心裡一驚，他明白自己在引導話題方面根本不是趙來來的對手，她始終掌握著話題的方向盤。他發現，跟趙來來說越多的話，他就越發不好意思把錢包裡的欠條拿出來，她都說工資發不出了，自己還好意思向她要債嗎？但林乃界知道趙來來說的是假象，經濟危機對她的工廠肯定有影響，但影響肯定不會很大，因為她有一個當稅務所副所長的老公，可以拿別人的貨不給錢，這樣的生意誰不會做？這樣的工廠怎麼會發不出工資？她只不過是故意哭窮，做樣子給他看。他當然不會上當。別看她長得這麼美麗，說話聲音這麼溫柔，可林乃界一想到他的老公，就覺得她所有外表都是假的，她跟老公一唱一和，到他工廠拿了那麼多貨，她也算是辦工廠的人，知道辦工廠的難處，為什麼不能替別人想想呢？這麼想後，林乃界覺得再也沒什麼好猶豫的了，也沒什麼不好意思的了，這時要果斷出手，不要優柔寡斷。想定後，他接口說：

「趙總真會開玩笑，整個工業區誰不知道你的工廠最賺錢。」

「那都是別人瞎傳的，林老闆怎麼也信？」趙來來說。

「我當然信。」林乃界笑了一下，繼續說，「我聽說趙總去所有的配件廠拿貨都不給錢。」

趙來來大概沒想到林乃界會說出這樣的話，愣了一下，一時答不上話來。林乃界覺得機會來了，掏出錢包，拿出那張欠條，看了看，遞給趙來來，說：「我的工廠也關閉了，以後就靠這筆錢養老，希望趙總能把這筆帳結了。」

「好的，欠林老闆的帳我一定會還。」趙來來已經回過神來，拿著欠條，對林乃界笑了一下說。

趙來來的態度出乎林乃界的意料，她答應得太爽快了，爽快得讓林乃界覺得不真實，讓他懷疑自己是不是太小人了，怎麼能把趙來來想得那麼壞。她不是一口就答應還錢了嘛，這讓林乃界愧疚了，他真心地對趙來來說：「如果我有做得不對的地方，請趙總多包涵。」

「林老闆怎麼這樣說呢，欠債還錢是天經地義的事。」趙來來臉上的笑容淡定地溢開來，看著林乃界，話鋒一轉，「可我目前真是周轉不過來，這樣吧，你再寬限我一段時間，等我緩過氣來，一定雙手捧上。」

林乃界的心一涼，知道高興得太早了。這時，他看見趙來來要將欠條收起來，便「霍」地一下從沙發裡站起來，從她手裡奪過欠條，說：「寬限一段時間可以，但你得給我一個確定日期。」

「這個真沒法確定，我唯一能確定的，就是資金一旦周轉過來，馬上還你的債。」趙來來並不在意林乃界從她手裡奪走欠條，依然笑著說。

林乃界現在知道自己把這事想得太簡單了，今天想把這筆債討回來不可能。他甚至感覺出來，趙來來壓根沒想還這筆錢，但不明說，她說要等她資金周轉過來，這是什麼概念？什麼時候算周轉過來？林乃界知道再說下去也不會有什麼結果，趕緊回去想別的對策。這麼想後，他就把那張欠條收回錢包裡，轉頭對趙來來說：「既然這樣，我過兩天再來。」

趙來來笑著站起來，說：「其實你不用辛苦地跑來跑去，有錢後我會第一時間通知你。」

「還是我來吧。」林乃界說。

「好吧，你願意來，我當然歡迎。」趙來來笑著說。

五、只要你肯來，我每天管飯

當天晚上，林乃界約陳上水、蘇海嘯和諸葛妮到東海漁村喝酒，也讓他們出主意。他們聽了之後，一致認為趙來來想賴帳，她不是沒錢，而是根本沒想還錢。確定這一點後，問題的焦點就集中在用什麼方法才能把那五十一萬兩千元要回來。

蘇海嘯最先出主意，他說叫幾個社會上的人去工廠鬧一鬧，砸掉幾塊玻璃，拿刀嚇唬嚇唬，她不得乖乖把錢還回來。陳上水對蘇海嘯的主意很不以為然，覺得層次太低，他出了兩個主意：一是讓林乃界背著床鋪，每天到趙來來辦公室打地鋪，直到她還貨款為止。二是擒賊先擒王，胡可去是趙來來的後台，他是國家工作人員，多少會有所顧忌，拿著欠條直接找他把事情解決了。諸葛妮也提供了一種方案，她說現在欠債的人是爺，被欠的人是孫子，想把錢討回來，得用點策略，她有一個女同學叫項美麗，是趙來來的閨密，她可以讓項美麗跟趙來來打個招呼，走人情路線。

四種方案裡，林乃界比較認可諸葛妮說的人情路線，這種方式最溫和，最符合他的性格。其次是陳上水提供的方案，如果朋友打過招呼後趙來來依然不給錢，拿著欠條去找胡可去也不失為一種辦法，他們畢竟是夫妻，胡可去又是公職人員，事情鬧大了對他影響不好。不過，不到迫不得已，林乃界不想去找胡可去，他不想再見他，更不想跟他有任何來往。蘇海嘯提供的方案林乃界不能接受，他痛恨胡可去及派出所的警察，認為他們的行為跟強盜無疑，如果接受了蘇海嘯的方案，他跟胡可去和警察又有什麼區別。最不能讓林乃界接受的，當然是去趙來來辦公室打地鋪，他是討債，又不是討飯，幹什麼弄得那麼沒尊嚴？

陳上水也認可諸葛妮的方案，他說先試試，如果行不通，再去找胡可去也不遲。蘇海嘯對陳上水和諸葛妮的軟弱很不屑，他說跟那些狗生的說什麼人情，如果他們還有人情的話，怎麼可能做出這種事來？既然他們是土匪，我們就要用更土匪的辦法對付，不能委曲求全。陳上水見蘇海嘯這麼說，冷笑了一下，問你是不是把自己想得太強大了，人家的後台是政府，你憑什麼跟政府鬥？蘇海嘯白了他一眼，說，有什麼了不得，大不了拼個魚死網破嘛。林乃界知道他們再說下去又會鬥起嘴來，趕緊轉移話題，讓諸葛妮先跟項美麗聯繫，有消息再通知他。

第三天下午，諸葛妮給林乃界打來電話，說：「項美麗回話了，讓你去一趟趙來來的工廠。」

林乃界問她說：「是現在去嗎？」

「是現在。」諸葛妮說。停了一下，又說，「我跟你一起去吧。」

林乃界想了一下，覺得也好，有了項美麗的關係，諸葛妮和趙來來之間就有了一種紐帶，說起話來會親近一些。掛完電話後，他開車去按摩店接諸葛妮。

諸葛妮開的叫魔境按摩店，裡面有幾十個專業技師，男女都有，有幾個是從中醫大學畢業的，擁有特級技師職稱。但林乃界也知道，按摩店裡有一批完全不會按摩的女技師，這些女技師經常換，每來一批，諸葛妮便安排特級技師對她們進行一個禮拜突擊培訓，然後掛牌上崗。林乃界知道這些女技師是做什麼工作的，他和蘇海嘯都是按摩店的小股東，為了這個事情，蘇海嘯還開他的玩笑，說，乳溝，你不是自稱從不做違法的事情嗎？林乃界也笑著對蘇海嘯說，跟你做了這麼多年的朋友，不知不覺中便同流合汙了。林乃界知道蘇海嘯是在嘲笑他平時的迂腐，他的內心其實也矛盾，知道這麼做是違法的，卻有一種隱祕的興奮，有一種在別人背後偷吃東西的快樂。但他幾乎不去按摩店，也很少去諸葛妮家。諸葛妮倒是常來他家，給他洗衣服，換被單，打掃房間，也在他家留宿，他做過各種努力和嘗試，很遺憾，就是不行。在這件事上，諸葛妮對他心裡有氣——為什麼跟別的女人行，跟她就不行呢？林乃界覺得愧疚，對不起諸葛妮，他也想努力表現，總是屢戰屢敗。

林乃界在離按摩店一百米遠的路口停下車，打電話叫諸葛妮出來。他每次都這樣。過了十五分鐘，他看見諸葛妮朝這邊走來。很顯然，她做了精心打扮，齊耳的短髮剛剛修剪過，畫了眉，塗了口紅，臉上撲了淡淡的粉，戴一對銀耳墜。穿一身紫色旗袍，黃色披肩。手挎黑色小皮包。腳穿黑色高跟鞋。諸葛妮從小皮膚就好，又白又細。雖然沒有生育過，身材卻像一朵開放了的花。看起來比實際年齡要少十歲。上車後，諸葛妮瞥了林乃界一眼，說：「聽說趙來來是美女？」

一聽這話，林乃界就知道她今天為什麼要打扮成這樣了，她個性要強，做什麼事都想贏，林乃界是唯一給她失敗感的人，也正是這樣，她更是把林乃界看成一件私人物品，如果林乃界跟別的女人多說一句話，她心裡會不高興。林乃界用淡淡的口氣說：「還可以吧！」

「我跟她比，誰美一些？」她緊接著問。

「當然是你。」林乃界說。

開出一段路後，諸葛妮又問林乃界：「我這身打扮不會給你丟人吧？」

「還行。」林乃界敷衍地說。

「你這個人怎麼回事，別人為你的事盡心盡力，你連一句好聽的話都不會說嗎？」諸葛妮生氣地說。

「是挺漂亮！」林乃界只好又看她一眼。

「有沒有一點心動？」諸葛妮問。

「有。」林乃界心裡嘆了一口氣。目光盯著前方，裝出專心開車的樣子。

「你不用擔心。」停了一會兒，諸葛妮又說，「我的同學項美麗說她跟趙來來的關係很鐵，她說趙來來接了她的電話後，答應一定想辦法解決。」

「通過上次的接觸，我感覺到趙來來不會輕易還貨款。」林乃界說。

「或許趙來來看在項美麗的面子上也說不定。」諸葛妮說。

「現在也只能死馬當做活馬醫。」林乃界說。

說話間，他們到了高明眼鏡廠，泊好車子後，林乃界問門衛，趙總在不在，門衛說在辦公室。林乃界領著諸葛妮來到三樓。趙來來沒在辦公室。林乃界到隔壁財務室問一個小姑娘，她說趙總剛才還在，可能去車間了，問他找趙總有什麼事，林乃界說跟趙總約好下午來談事。她說你等一等，掏出手機要打，還沒撥出去，就看見趙來來從走廊走過。她首先看見林乃界，主動笑著打招呼說：「林老闆好！」

「趙總好！」林乃界謝了那個小姑娘，轉身跟趙來來打了一聲招呼。

「你好！」趙來來也笑著跟諸葛妮點點頭，又轉頭問林乃界說，「這位是？」

「我是項美麗的同學，叫諸葛妮。」諸葛妮說。

「你好你好，」趙來來連忙伸出手，握住諸葛妮的手，說，「我早就聽項美麗說起你，今天終於見到了，快進我的辦公室。」趙來來拉著諸葛妮的手，進了辦公室。林乃界跟在她們身後。

進了辦公室後，趙來來請諸葛妮和林乃界坐在沙發裡，用搪瓷杯泡了兩杯綠茶。然後，她才在沙發前的椅子坐下。林乃界能感受到，趙來來的神態似乎比上一次更加從容，笑容裡帶著一絲淡淡的嘲諷，說話輕聲輕氣，聲音像從鼻腔裡發出來，卻有一種無形的氣度和力量，好像一切都在掌控之中。諸葛妮臉上也一直掛著笑容，說話時，把頭仰起來，眼睛一直盯著趙來來。一開始，她們試探地說著客氣話，話題都圍繞著項美麗，各自說與項美麗的關係，看誰的關係更鐵。通過她們的談話，林乃界才知道項美麗是信河街銀行一個處長，主要負責貸款發放。

趙來來給他們的茶杯續第三次水時，諸葛妮笑著對趙來來說：「不用再續水了，時間不早了，我們談談那筆貨款的事吧。」

「好啊，項美麗交代我一定要把這件事辦好。」趙來來也笑著說。

「那就謝謝了。」諸葛妮說。

「這事應該我謝你們才對，本來早就該給你們貨款的。」趙來來轉頭看了林乃界一眼，慢慢地說，「我上次就跟你說過，最近工廠的資金實在是周轉不過來，請你再等一段時間，我說的都是實情，工廠現在確實沒錢，可項美麗打電話來，我們是好朋友，這個面子我不能不給。放下電話後，我想了很久，終於想出一個兩全其美的辦法，你看這樣行不行：五十一萬兩千元的貨款先放我這裡，就當是入了我工廠的股份，你覺得怎麼樣？」

「我不要股份，只要貨款，我連工廠都關閉了，還要股份幹什麼呢？」林乃界想也沒想地說。

「問題是我現在真的沒錢。」趙來來攤了攤雙手。

「我不相信你沒錢。」林乃界說。

「如果林老闆不相信，我也沒辦法。」趙來來笑著說。

「那你說說看，入股後有什麼好處？」諸葛妮問趙來來。

「老實說，工廠目前這個情況，我也說不出有什麼好處。」趙來來笑著對諸葛妮說。

「既然沒有好處，憑什麼要別人入股？」諸葛妮的聲音高了起來。

「我只是給項美麗一個交代。」趙來來還是微笑著，嘴唇顫抖了兩下。

「我們要這樣的交代幹什麼？我們要的是貨款。」諸葛妮說。

「我現在確實沒錢。」趙來來看了諸葛妮一眼，眼睛低下去。

「現在沒錢也沒關係，你說個確切的還錢日期也行。」諸葛妮說。

「這個我也說不上來。」趙來來說。

「我聽出來了。」諸葛妮冷笑了兩聲，看著趙來來說，「你分明是想賴帳。」

「我沒有賴帳。」趙來來說。

「沒賴帳你就給錢。」諸葛妮說。

「我現在確實沒錢。」趙來來說。

「不給你就是賴帳。」諸葛妮說。

這時，財務室的小姑娘走進來，拿著一疊發票讓趙來來簽字，趙來來看了一眼，把筆一扔，突然尖聲說道：「你沒看見我現在有事嗎？出去出去。」

小姑娘嚇得臉色全白，轉身跑出去。

「我現在確實沒錢，你們逼我也沒用。」趙來來很快把情緒調整過來，看看諸葛妮，又看看林乃界，輕輕地說。

「我也沒逼你，只要你說一個確切的還款日期。」林乃界說。

「這個我真說不好，如果隨便說個日期，到時做不到，豈不成了一個不講信用的人。」趙來來的情緒完全正常了，笑著對林乃界說。

「那我以後只能每天來你工廠了。」林乃界說。

趙來來笑了笑，嫵媚地說：「只要林老闆肯來，我每天管飯。」

「真不要臉。」諸葛妮一聽趙來來這句話，「霍」地一下從沙發裡站起來，見林乃界還坐著，冷笑著說，「你是不是要留在這裡吃飯？」

林乃界也站起來。

「林老闆，歡迎你入股來我工廠上班。」趙來來慢慢地站起來，笑著對林乃界說。

「真是臭不要臉。」諸葛妮罵了一句，大步走出門去。林乃界趕緊跟出去。

六、你去告啊，有本事去告老子啊

諸葛妮認為林乃界再也不能去找趙來來討債了。趙來來的態度很明顯，她根本沒準備給林乃界貨款，入股只不過是一個幌子，一種托詞，如果入股後林乃界每天都去趙來來工廠上班，她可能會人財兩空。所以，她現在支持陳上水提供的方案，擒賊先擒王——去稅務所找胡可去要債。

那天晚上，他們四個人又在東海漁村商量這件事，大家意見一致，趙來來是一塊經過千錘百鍊的牛皮糖，刀砍不斷，水潑不進，想從她那裡討回貨款的可能性等於零，接下來應該把目標轉向胡可去。現在擺在面前的一個問題是誰陪林乃界去找胡可去？四個人裡，對付胡可去這樣的政府工作人員，陳上水經驗最為豐富，問題是陳上水跟胡可去打過交道，有共同的朋友，不太方便出面。蘇海嘯倒願意去，林乃界覺得他不合適，蘇海嘯性格暴躁，一句話不合，說不定就打起來，這次目的是討債，可以吵，可以鬧，但絕對不能打架，一打架就會驚動派出所，派出所的人不可能為林乃界說話，到時候錢沒討回來，人卻進去了。諸葛妮也表示願意陪林乃界去，但林乃界覺得她去的利弊對半分，她去的話，對吵鬧有好處，可以把聲勢造大，但她不會控制情緒，情緒來了，把握不住分寸，反而壞事。想來想去，林乃界決定一個人去。

第二天上午，林乃界開車到稅務所，沒有見到胡可去，他在二樓辦公室的門關著，去向牌上寫著「不在崗」。林乃界問稅務所裡的人，才知道他上午去企業檢查。沒有碰到胡可去，林乃界發現心裡反倒輕鬆了一下，他暗暗地罵了自己一句：「林乃界，你真是個賤貨，現在工廠不辦了，你還怕個鳥？」

老實說，林乃界心裡還真是有點怵胡可去，論年齡，胡可去比他小，論個子，他比胡可去高，論身材，他比胡可去好，為什麼怵胡可去呢？他覺得不外是兩個原因：一是胡可去的神態，每次胡可去到他的眼鏡配件廠（胡可去很少來，最多平均一年一次），踱著方步，一臉傲慢的表情，高仰著頭，瞇著眼睛，從來沒用正眼看過他。每一次來，都是在車間看看，到財務室看看，什麼話也沒說。胡可去沒說話，反倒讓他害怕，不知道胡可去心裡的想法。二是胡可去那一身制服，那身深藍色的制服代表著權力，這種權力可以決定他工廠的生死存亡，這讓他每次看見這身制服，就會手腳發軟，喘氣吃力，有一種大難臨頭的感覺。當然，也不僅僅是胡可去穿的制服，包括警察穿的制服，工商管理員穿的制服，環境監察人員穿的制服，消防員穿的制服，所有制服對他都有一種震懾力，讓他自卑，讓他恐慌，讓他沒有安全感。這種心理已深入骨髓，他辦工廠的時候怕他們，現在不辦工廠了，陰影還是不能除去。

不過，林乃界現在的心態畢竟跟辦工廠時不同，他在心裡說：「林乃界，你要記住一點，胡可去現在不能把你怎麼樣了，他就是當局長也管不著你了。他現在欠你貨款，應該他怕你才對。」

這麼想後，林乃界膽子也壯起來。既然來了，沒有退回去的道理。他走到一樓，一樓有個服務台，服務台裡坐著一個穿制服的女孩子，大概二十出頭的年紀，戴一副木框眼鏡，是今年最流行的款式。林乃界瞥了一眼，就斷定她這副鏡框不是信河街生產的，他原來的工廠做不出這麼好的鏡框，其他工廠更做不出。那個女孩子低頭入迷地看著電腦。林乃界在角落裡找個座位坐下來，坐了大概十五分鐘，那個女孩子一直對著電腦，不時發出幾聲壓抑住的笑聲。他對自己說：「林乃界，你不能這樣被動地等下去啊，你是來討債，又不是來討飯，胡可去不在，你可以打手機給他嘛。」

林乃界認為這個想法很對，也符合他討債人的身分，憑什麼在這裡傻等呀？要主動出擊才對嘛。他站起來，走到服務台前，連問那個女孩子三聲「你好」。第一聲她沒搭理林乃界，第二聲她說「等一下」，林乃界等了五分鐘左右，見她對著電腦笑了兩次，叫了第三聲，她才把頭抬起來，看了林乃界一眼，皺著眉頭問他，你有什麼事？林乃界說，你能不能告訴我胡可去副所長的手機號，我找他有急事。她警惕地看了林乃界一眼，說，我們領導的手機號是不能隨便給外人的。林乃界靈機一動，說，我是高明眼鏡廠的，找胡可去副所長真有急事。見林乃界說是高明眼鏡廠的，女孩子的神情馬上就放鬆了，說，胡所長上午去企業檢查了。林乃界說，我知道，只想問他什麼時候回來。那個女孩子不再多問，極快地把胡可去的手機號報給林乃界，又低頭去看電腦。

林乃界拿了手機號，走出一樓，來到稅務所外的馬路上，做了幾次深呼吸後，撥了胡可去的手機，第一個撥過去，沒接，第二個，也沒接，第三個，還是沒接。林乃界知道，像胡可去這樣的政府工作人員，一般是不接陌生電話號的。又過了十五分鐘，林乃界撥了第四個，鈴聲響了六下，話筒那頭傳來低緩的聲音：「嗯？」

儘管林乃界已做好心理準備，聽見這個聲音時，心裡還是顫抖了一下，不由自主地把腰哈下來，喉嚨發乾，聲音發顫：「是胡可去所長嗎？」

「你是哪位？」胡可去問。

從聲音裡，林乃界彷彿看見胡可去正高仰著頭，瞇著眼睛，一副高傲的表情，好像到他工廠檢查一樣。林乃界猛地明白過來，他跟胡可去的關係已發生了根本性的變化，他是債權人，胡可去是債務人，嚴格說起來，他現在的地位比胡可去高，應該胡可去對他哈著腰才對。想明白後，他把身子直起來，清了清喉嚨，說：「我是林乃界。」

「誰？」

「林乃界。」

「林乃界是誰？」

「我是恆光眼鏡配件廠的林乃界。」

「哪個恆光眼鏡配件廠的林乃界？」

對話到這裡，林乃界發現自己的腰又不知不覺哈下來。狗生的胡可去根本沒有把他放在眼裡，不但沒記住他的名字，連他工廠的名字也沒記住。胡可去根本就把他當做一堆臭狗屎，這大大出乎林乃界的意料，也大大地打擊了他的自尊心。他能夠感覺到胡可去的傲慢從手機那頭傳輸過來，壓得他膝蓋骨發軟，拿手機的手發抖，他幾乎是帶著懇求的聲調說：「我跟你一起吃過飯的。」

「喔？」胡可去猶豫地應了一聲，彷彿在想什麼時候一起吃過飯。過了一會才問，「你有什麼事？」

「我在你單位，你什麼時候能回來。」林乃界說。

「你電話裡說吧，我現在有事。」胡可去的聲音顯得不耐煩。

「我想跟你碰一下。」林乃界說。

「我現在沒空。」

林乃界聽見手機裡傳來一陣「嘟嘟嘟」的聲音，他先是覺得被人當胸擂了一拳，然後被孤零零地拋棄在一個空寂的地方，四周一點聲音也沒有。

也不知站了多久，林乃界才回過神來，雙腿沉重地走向汽車。坐進車裡，大口大口地喘氣，身體慢慢恢復力氣後，他才發動汽車開回家。

在家樓下的麵館裡吃了一碗不知味道的魚丸麵，林乃界快步走回家，躺在客廳的沙發裡，越想越不是滋味：「丟人，林乃界你太他媽丟人了，人家欠了你的錢，還不把你當人看。」

過了一會兒，他又喃喃自語：「不行，不能就這麼便宜胡可去這個孫子，老子一定要討回這筆債。」

相對於胡可去，林乃界認為趙來來的態度比較容易讓他接受，他當然也知道趙來來可能埋藏得更深，可是，無論怎麼說，趙來來還是笑臉相迎，泡茶、讓座，基本禮數都做到了。胡可去太目中無人了。他覺得這事情遠遠沒有結束。

當天下午三點鐘，林乃界又來到稅務所，看見胡可去辦公室的門關著，去向牌顯示「不在崗」。林乃界沒再打他手機，回到汽車裡，他下了決心，一定要等到胡可去。

可是，當天下午胡可去沒回單位。林乃界沒氣餒。他反倒認為今天下午沒碰到胡可去更好，因為他發現，等待胡可去的過程，就是在心裡一點點瓦解胡可去的過程，他原來對胡可去和他所供職的單位充滿神祕感和權威感，現在他就在胡可去的老巢，不過如此嘛，來來往往的人，也沒有三頭六臂。接下來，他進一步地想，胡可去沒回辦公室，說明他上午的電話是起作用的，胡可去的傲慢是偽裝的，其實是一隻紙老虎，一接到他的電話，連單位也不敢回來了。

這一點猜測，林乃界在第二天上午得到更進一步的鞏固。他又等了一個上午，胡可去的人影還是沒在單位出現。他回家吃了中飯，下午又回到稅務所守候。

第二天下午三點剛過，胡可去終於出現了，他開著一輛綠色路虎越野車，這車林乃界見過，他有時去眼鏡配件廠檢查就開這輛車。林乃界看著他把車開進車庫，然後從車裡滑下來，手裡拿著一包東西，他把那包東西夾在腋下，躬著身子，眼睛四下看，好像在找什麼人，又好像剛做了什麼壞事擔心被人看見，臉上掛著不自然的笑容，想笑卻又不知該對誰笑的樣子。林乃界一看，用手掌拍了一下大腿，快活得差一點笑出聲來，嘴裡罵道：「胡可去，老子今天終於看清你這孫子了。」

眼前這個胡可去完全是一個鬼鬼祟祟的傢伙，他以前傲慢的神態哪裡去了呢？林乃界的結論是：這才是胡可去的真面目，他只有到企業去，見了林乃界這樣的人，才換上另一副面孔。

林乃界坐在汽車裡沒有動，看著胡可去躬著身子走進一樓，看見他爬上樓梯，到了二樓的走廊，來到他辦公室門口，掏出鑰匙，開門進去。林乃界又盯著那扇開著的門看了十五分鐘，沒有看見胡可去再出來。他掏出懷裡的錢包看了看裡面的欠條，拔了車鑰匙，開了車門，雙腳穩穩地站在地上後，回身鎖好車門，然後才一步一步地朝胡可去的辦公室走去。

到了胡可去的辦公室，他直接走進去，看見胡可去正在看電腦，臉上有不同的顏色閃過。他故意咳嗽了一聲，指名道姓地叫一聲：「胡可去。」

胡可去聽到叫聲後，右手的食指在鼠標上按一下，臉色一白，抬頭看了林乃界一眼，臉上的神情一愣，問道：「你是？」

「我是恒光眼鏡配件廠的林乃界。」胡可去辦公桌前有一張椅子，林乃界暫時不想坐，他正好可以俯視胡可去。這種感覺很好。

「你找我有什麼事？」胡可去的聲音遲疑又輕微，他似乎想起昨天那個電話了，問完後，把兩手縮回胸前，極快地握了一下。

林乃界看見胡可去的右眼皮抽搐了一下，嚥了一下口水，又乾咳了一聲。哈哈，他緊張了，狗生的胡可去也會緊張，他平時不是一副盛氣淩人的樣子嗎？現在軟蛋了吧？被踩住尾巴了吧？林乃界知道自己開局良好，打了胡可去一個措手不及，亂了他的陣腳，他表面不動聲色，內心一陣狂喜。這時不能手軟。他眼睛盯著胡可去說：「我是來討債的。」

「討債？」胡可去看了看林乃界，搖了搖頭，說，「討什麼債？」

「你一共拿了我工廠五十一萬兩千元的貨款，我現在工廠不辦了，要把這筆債討回來。」林乃界說。

「我欠你貨款？你有沒有弄錯？」胡可去問。

「沒有弄錯，我這裡有你老婆趙來來寫的欠條。」林乃界掏出錢包裡的欠條給胡可去看。在心裡想，現在證據確鑿，看你怎麼說？

胡可去眼睛瞥了下那張欠條，又拿到眼前仔細辨看。

「不會錯的，上面按的是你老婆的手指印，不信你可以打電話問一下。」林乃界說。

讓他沒想到的是，胡可去並沒有給趙來來打電話，看過後，他臉上的神情反倒坦然了下來，繼而把臉拉長，冷冷地把那張欠條遞回給林乃界說：「這是趙來來的事，有事你去找她。」

「趙來來是你老婆，她的工廠就是你的工廠，我已經找過她，她不還錢，我當然來找你了。」林乃界故意提高聲音。他想讓稅務所的人都聽見，讓大家都知道胡可去欠他的貨款，讓胡可去無路可退。

「我跟她沒有關係，你不要來找我。」胡可去的聲音也高起來。

「怎麼會沒關係呢？」林乃界現在不怕胡可去聲音高，這恰恰是他希望的。他也跟著把聲音再提高一些，「趙來來是你老婆，我不找你找誰？」

「她不是我老婆。」胡可去突然笑起來。

「你騙老百姓呢？」林乃界被他笑得心虛，但事已至此，只能硬著頭皮說，「整個工業區的人都知道你們是夫妻，你卻說趙來來不是你老婆。」

「我說不是就不是。」胡可去雖然還坐在座位裡，但他的腦袋已高仰起來，眼睛瞇起來，斜看著林乃界，「你現在可以出去了，我還有事。」

「我不會出去的。」林乃界說，「你別想一句話就把我打發走。」說完，林乃界乾脆在他辦公桌前的椅子坐下來。

「你想幹什麼？」胡可去身體先往林乃界這邊靠了靠，又朝後仰去，突然站起來，臉上的笑容已收，厲聲喝道，「難道想在我這裡鬧事？我看你是找錯地方了。」

「除了討債，我沒想幹別的。」林乃界說。胡可去剛才的那一聲厲喝，他心裡還是顫抖了一下，有一股模模糊糊的東西衝上腦袋。他又有點尿急了。另外一點，他喊叫了這麼多聲，稅務所裡沒有一個人到胡可去辦公室來。

「我跟你說過，趙來來跟我沒關係，討債別找我。」胡可去一字一頓地說。

「我不信。」林乃界說。

「你愛信不信，給我滾出去。」胡可去說。

「你不還錢我就不走。」林乃界說。

「好吧！好吧！老子今天踩到狗屎了，被一隻癩皮狗纏上。」胡可去又冷冷地笑了兩聲，說，「既然這樣，老子索性讓你死個明白吧。」說完，他從抽屜翻出一個綠色的本子丟給林乃界。

林乃界看了看，是一本離婚證書，翻開來一看，上面是胡可去和趙來來的照片，他又看了一眼，嘴裡又乾又苦，嘴皮蠕動了一下：「這怎麼可能？」

「現在滾吧。」胡可去用鄙夷的眼神看著他。

林乃界覺得被人一拳打倒在地，他掙扎著從椅子裡站起來，不敢抬頭看胡可去，艱難走出辦公室。

七、林老闆，稅務所來抓我啦

這一次打擊，讓林乃界喪失了再見胡可去的勇氣，他在心裡說：「太丟人了，林乃界你這回丟人丟大了，錢討不回來也就算了，把人徹底丟盡，以後怎麼活呀？」

回家後，他把自己關了一個禮拜。諸葛妮要來他家，他不開門。陳上水請他喝酒，他不去。連蘇海嘯叫他去健身館也不去，蘇海嘯在電話裡問他：「乳溝，到底遇到什麼情況，能讓你停下堅持三十幾年的健身？」

「只是有點累了，休息幾天就好。」林乃界說。這是他的真心話，從胡可去辦公室出來後，他基本上放棄這筆貨款了。他覺得尊嚴掃地，這一次是完全被打倒在地，再也爬不起來了。這一禮拜，他在家「舔傷口」的同時，也想明白了一個道理——工廠都不辦了，還執著於那一筆貨款幹什麼？是那筆錢重要？還是做人的尊嚴重要？當然是尊嚴重要。這些天，他也逐漸想開了，反正手頭還有一筆餘錢，再加上金亮欠的十三萬，下半輩子的生活能過下去就行，何苦為了那筆錢弄得灰頭土臉？想是這麼想，但他不能想起胡可去那鄙夷的眼神，一想就會摑自己一耳光。

七天後，諸葛妮約大家去東海漁村喝酒，林乃界才肯出門。他知道這是諸葛妮專門為他安排的。

酒桌上，大家問林乃界貨款的事，他不開口，只是低頭喝酒。問得多了，他滿了一杯酒，舉起來敬大家說：「以後別再說那貨款的事，我多謝朋友們了。」

見他這麼說，諸葛妮倒是不問了，陳上水和蘇海嘯卻不肯放過，他只好回答說：「那筆貨款我不要了。」

「你有毛病呀？自己的錢為什麼不要？你不去，我替你去討。」蘇海嘯說完後，又半開玩笑半認真地補充一句，「討回來的錢你我對半分。」

「你也別去了。」林乃界說。

「為什麼？你不讓我去一定要說出道理來。」蘇海嘯說。

「總之，我不要就是了，你也別問。」林乃界有點生氣地說。

見林乃界真生氣了，諸葛妮出來打圓場，舉起酒杯說：「好了，不說這個話題，大家喝酒。」

又喝了一會兒，就在一瓶葡萄酒快喝完時，陳上水試探地問了他一句：「你是不是遇到什麼委屈了？」

林乃界一聽，心裡一酸，眼眶一紅，鼻翼扇了扇，差點掉下眼淚來。他控制一下情緒，停了停，喝一大口酒，看了他們一眼，說：「太丟人了。」

「怎麼了？有什麼事你說出來。」陳上水說。

林乃界又看了一眼他們，把找胡可去討債的經過說了。說完後，他舉起手想摑自己一巴掌，想想又忍住了。在朋友面前摑自己的耳光，也不是一件光彩的事。他想了想，又說了一句：「真是太丟人了。」

「不對呀。」喝了一杯酒後，陳上水看著林乃界說，「我前天晚上跟稅務局的朋友吃飯，他還說起早兩天跟胡可去夫婦吃飯的事。」

「你還等什麼呀？快打電話問問稅務局的朋友。」蘇海嘯催他說。

「我這不是正準備打嘛。」陳上水掏出手機，給稅務局的朋友打電話。

電話接通了，陳上水對電話那頭說，他剛聽一個消息，胡可去跟老婆離婚了？對方說沒有哇，他早幾天還到胡可去和趙來來家裡吃飯，他們一點沒有分開的跡象，陳上水說有人都看見他們的離婚證了，陳上水這麼一說，電話那頭就笑了起來，說，那是假的，是信河街一個獨特現象，信河街很多家庭結構是一方在政府機關上班另一方在辦工廠或者做生意，有些家庭就去辦了離婚證，一是從法律上脫離兩方的關係，萬一出事，可以保全一方，二是辦了離婚證，做生意那一方辦事方便，譬如去銀行貸款就不用夫妻雙方到場。大概胡可去他們也是這種情況。

放下電話後，陳上水看看大家，大家也都看著他。蘇海嘯突然感嘆說：「陳壞水啊，我對不起你。」

「怎麼了？」陳上水問。

「我一直以為你是天底下最壞的人，沒想到還有人比你更壞。」蘇海嘯說。

「你這是罵我還是誇我？」陳上水說。

「當然是誇你啦，同時祝賀你終於摘掉人品最差的桂冠。」蘇海嘯笑著說。

「彼此彼此。」陳上水笑著說，「如果我的人品不行，你跟我交了這麼多年的朋友，也不見得好到哪裡去。」

「你們不要打情罵俏了。」諸葛妮不得不打斷他們的話，對他們說，「一起幫林乃界想想辦法吧。」

「對對對，這事不能就這麼算了。」蘇海嘯說。

「你是什麼意見？」陳上水問林乃界。

「當然不能就這樣算了。」諸葛妮搶過話頭，斷然地說，「這兩個人都不是好東西，那個女的更壞，一看就是個狐狸精。」

「對，一定要跟他們幹到底。」蘇海嘯附和道。

「老蘇你別瞎起鬨，我們先聽聽林乃界怎麼說。」陳上水說。

「怎麼叫瞎起鬨？我這是表明態度，堅決跟這幫狗娘養的畜牲戰鬥到底。」蘇海嘯說。

陳上水不理蘇海嘯，轉頭去問林乃界說：「你覺得呢？」

林乃界也不知道說什麼好，他一直低著頭，剛才聽到假離婚證的事情後，他沒有憤怒，他以前也聽說過這種事，只是當時沒有跟胡可去聯繫起來而已。老實說，他心有不甘，可不是麼？腦子裡不時會浮現出胡可去那鄙夷的眼神，忍不住想摑自己的耳光，如果徹底心死，還會去想這些事嗎？可是，他心裡又想，即使知道他們是假離婚又能怎麼樣呢？還是放棄吧！少惹他們，就算從來沒有那筆貨款。所以，他們在談話時，林乃界只是低頭默默地喝酒，見陳上水這麼問，他也沒抬頭，只低低地說一聲：「還是算了吧！」

「不行，不能這麼算了，一想起那個狐狸精我就來氣。」林乃界話剛說完，諸葛妮馬上接口說，「大不了來個魚死網破。」

「就是，不能就這麼算了。」蘇海嘯說。

「能把他們怎麼樣呢？你想來個魚死網破，到時候我們倒成了他們餐桌上的魚。」林乃界停了停，看了諸葛妮一眼說，「我已經想明白，這事就算了。到此為止。」

林乃界把話說完，所有人都沒再說話。包廂好像空了。過了一段時間，諸葛妮剛想開口說話，林乃界的手機突然尖叫起來，他拿出來一看，是金亮打來的，一接通，金亮就在電話那頭帶著哭腔說：「林老闆，你快救救我，胡可去帶領稅務所的人把我工廠封了。」

林乃界看了一下時間，已是晚上九點十分，他說：「什麼時候的事？」

「就在剛才。」金亮說。

「剛才？」林乃界問。

「是的。我們白天怕檢查，都是在晚上偷偷開工，沒想到還是被他們瞄上了。林老闆，胡可去這次來是有針對性的，一般像我這樣的『三無工廠』，要查也是工商，他肯定是有意的。」換了一口氣，金亮又說，「求林老闆救救我，我還欠林老闆十三萬呢，工廠被封，叫我拿什麼還？」

林乃界聽得出來，金亮打電話向他求救，也有威脅的意思，如果他不出手相助，那十三萬元也可能泡湯。不過，林乃界沒有生氣，他只是對金亮說：「我也想幫你，可我沒這個能力啊。」

「我知道林老闆認識的人多，一定能幫我，我也只有林老闆一個人可以找了。」金亮說。

林乃界想一口把金亮回絕了，他真的沒辦法。可他又想起金亮替他挨的那一刀，心一軟，改口說：「既然這樣，你也別太焦急，我們一起想一想。」

「我就知道林老闆不會見死不救的，我知道林老闆有辦法的。」金亮在電話那頭拼命說。

林乃界彷彿看見金亮在電話那頭不停哈腰的模樣。放下電話後，林乃界看了看大家，搖了搖頭，嘆了一口氣。

「我倒想到了一個辦法。」陳上水這時突然開口。

「陳壞水你想到什麼壞點子了?」蘇海嘯說。

陳上水沒理蘇海嘯，他看了林乃界一眼。林乃界正低頭喝一口酒。他就轉過身子，在諸葛妮耳朵邊說了幾句，問她說：「你覺得行不行?」

「只要能出這口氣，你怎麼說我就怎麼做。」諸葛妮說。

「你們商量什麼?說出來讓我聽聽。」蘇海嘯急忙把頭和身子伸過來。

「這事暫時對你保密。」陳上水坐正身子說。

「你這個陳壞水，居然對我打埋伏?」蘇海嘯生氣地說。

「你話太多，擔心你洩漏出去。」陳上水說。

「切，我知道你這個陳壞水也想不出什麼好點子，我也不稀罕聽。」蘇海嘯不屑地說。

「這樣最好。」陳上水寬容地笑笑，轉頭對林乃界說，「你和金亮的事就交給我，你到時去拿錢就行。」

林乃界將信將疑地看著他，又轉頭看了看諸葛妮。他們一副很有把握的樣子。

陳上水見他這樣，笑了笑，說：「這樣吧!你如果過意不去，也給你一個補償機會，貨款拿回來後，就放在我公司裡拿利息。」

林乃界還是沒動。

「接下來的事情交給我和陳上水就行了。」諸葛妮見林乃界還是沒表示，堅持說，「你什麼也不用管。」

「還是算了吧。」林乃界說。

「這事你就不要管了，我一定要整一整那個狐狸精。」諸葛妮也不管林乃界的意見了，口氣堅決地對陳上水下命令，「這事就這麼定了。」

八、胡所長，這次讓你看一個東西

三天後的中午，陳上水跑到林乃界家，把一盤光碟交給他。他拿著外表光禿禿的光盤，問陳上水說：「這是什麼？」

陳上水神祕地說：「你看看就知道了。」

林乃界打開電腦，把光盤放進去，很快，電腦屏幕裡出現了一個特殊畫面：一個男人，赤條條地躺在一張床上，一個同樣赤條條的女孩給他做按摩。過了一會兒，那個男人猛虎一樣爬到那個女孩身上。

林乃界第一眼就認出來，那個男人是胡可去。他一言不發地把這段視頻看完。看完後，他才轉頭看陳上水。

「這個胡可去還是挺厲害的。」陳上水說。笑容微妙。

林乃界知道陳上水指的是什麼，這句話戳到他的痛處了，一時說不出話來。陳上水馬上就意識到說錯話了，改口說：「看他做那事的樣子，跟畜牲有什麼區別。」

林乃界搖了搖頭，想了想，對陳上水說：「這到底是怎麼回事？」

「這是我設的一個局。」陳上水笑了笑，身子朝林乃界靠了靠，說，「那天晚上喝酒分手後，我第二天早上就給稅務局的朋友通了一個電話，稅務局朋友也是我擔保公司的股東，我交代的事他基本都能辦好，我叫他約胡可去一起喝酒，朋友問我約胡可去有什麼事，我說沒事，就是喝個酒。我放下電話不久，朋友就回電了，說已經跟胡可去約好，我就把預訂好的酒店包廂發給他。那天晚上，胡可去和我的朋友準時來喝酒，我跟胡可去只喝過一次酒，他沒認出我，我什麼閒話也不說，放下身段，一口一個胡所長，不停地向他敬酒。當他喝到六七分醉意時，我把他們兩個帶到諸葛妮的魔境按摩店。諸葛妮早有準備，讓人帶胡可去去包廂，隨即派一個次日就要離開的按摩女進去服務。諸葛妮事先在包廂裝了攝像頭，把胡可去的所作所為全部拍攝下來。我把他們送走後，諸葛妮就把拍攝下來的視頻交給我，今早，我找人做成了光盤，喏，就是你剛才看到的。」

說到這裡，陳上水故意停下來，看著林乃界，說：「我的事做完了，接下該輪你登場。」

「你要我做什麼？」林乃界問。

「你找胡可去啊，他看了這段視頻後，你無論提什麼要求他都不敢不答應。」陳上水得意地說。

林乃界看了看陳上水，又回頭看了看電腦裡的視頻，有一瞬間，一股快意油然而生，他在心裡想：「這一次終於鐵證如山了，狗生的胡可去，看你能往哪裡逃？」

但是，他很快又懷疑起來，胡可去是什麼人？他是政府工作人員，是國家的人，不會簡單地就被一段視頻嚇住的，弄不好，看了這段視頻後，打電話把警察叫來，說他敲詐勒索，反而把他抓進去。這麼想後，他又看了看陳上水說：「我看這事就算了。」

「你這人怎麼回事？」陳上水說，「我和諸葛妮辛辛苦苦為了什麼？為了你這事，我這次算是徹底得罪了胡可去，而你卻隨隨便便說了一句『算了』，好吧，既然你這麼說，算我操錯了這份心，以後你的事情我也不管了，我把這個光盤交給諸葛妮，讓她去處理，反正所有的費用都是她出的。」

「我不是這個意思。」見陳上水這麼說，林乃界也覺得對不起，他看了看陳上水說，「你讓我再想想。」

「還有什麼好想的？我知道你怕傷了尊嚴，可這都什麼時候了，你還端著身段，酸不酸啊。」

林乃界承認陳上水說中要害了，但陳上水說要把光盤交給諸葛妮處理更讓他擔心，他知道諸葛妮的脾氣，她心裡對趙來來有氣，一定會拿著光盤去找趙來來，她一找趙來來，事情就鬧大了，必定把魔境按摩店不正當經營也抖出來，不但貨款沒討回來，可能還有牢獄之災。所以，他對陳上水說：「還是讓我來吧。」

「這就對了。」陳上水說。接著，他又補充一句，「還有一點你要記住，胡可去肯定會向你要原始視頻，你就告訴他，只要他把貨款給你，並且保證不再去查金亮的工廠，你馬上就會把原始視頻快遞給他。」

「我知道了。」林乃界說，「這件事真不知道該怎麼感謝你。」

「你說什麼話，我們是兄弟嘛。」

林乃界要留陳上水吃中飯，陳上水說他去年投資了一個樓盤，這兩天碰到一點小麻煩，要趕過去看看，中飯就不在這裡吃了，等討回貨款後，再請他去東海漁村喝酒，林乃界說那是必須的。

陳上水走後，林乃界又把光盤看了一遍，看了一半，覺得看不下去，拿出光盤，用一個紙袋包起來，放進口袋。然後，去廚房下了一碗麵，吃完後，已是下午一點多。他有午睡習慣，漱口後，上床瞇了一下，醒來時已兩點半。他起床後，洗了一把臉，出門前，再檢查一遍錢包裡的欠條和口袋裡的光盤。

到達稅務所，是三點十五分，林乃界把車泊好，抬頭看見二樓胡可去的辦公室開著門。他又在車裡坐了十五分鐘，腦子裡問題翻滾，考慮怎麼面對胡可去？考慮怎麼跟胡可去開口？怎麼把光盤給他看？如果他報警怎麼辦？他如果有其他意想不到的舉動怎麼辦？林乃界想像不出來。總之，他心裡沒底，從中午到現在一直在猶豫，一直在去和不去之間徘徊。但背後似乎又有一股力量在推著他，一個聲音不停地對他說：「林乃界，你難道真的不是一個男人了麼？你不是一直仇恨胡可去麼？難道就不能像個男人一樣跟他戰鬥一次？就當是最後一次也行。」

林乃界終於還是走下車，他又檢查一下錢包裡的欠條和口袋裡的光盤，緩慢地朝胡可去的辦公室走去。

到了胡可去的辦公室，胡可去正趴在電腦前，臉上有各種色彩閃過，電腦裡發出打鬥的聲音。胡可去沉浸在電腦裡，並沒注意到有人進他的辦公室。林乃界走到差不多是他上次站過的位置，猶豫了一下，叫了一聲：「胡所長。」

胡可去把頭抬起來，看了林乃界一眼，臉上的表情詫異了一下，隨即一變，滿臉怒氣，高聲喝道：「你又來幹什麼？」

「這次讓你看一個東西。」林乃界說。

「不要給我看欠條，你們的事跟我無關。」胡可去不耐煩地對林乃界揮揮手。

「這次不是欠條，是這個東西。」說著，林乃界從口袋裡摸出光盤，雙手遞給胡可去。

「警告你，不要在我這裡搞什麼花招，派出所就在隔壁，我一個電話，他們就飛過來。」胡可去看著林乃界，威脅說。

「我知道胡所長已經饒我一次，這次不敢。」林乃界說。他這時倒有點迫不及待了，很想看看胡可去看了光盤後的表現。

胡可去遲疑地看了林乃界一眼，伸手接過光盤，先關了原來的屏幕，把光盤放進電腦。

胡可去在弄電腦，林乃界就在他辦公桌前面的椅子坐下來。很快，他就發現，胡可去的臉色一變，巨大的汗珠從他的頭髮裡鑽出來，滑過他那又胖又黑的臉頰。電腦裡發出的聲音讓他顫抖了一下，他立即伸手把聲音調小。調小聲音後，他突然站起來，林乃界不知道他要幹什麼，坐著沒動，見他從座位站起來，快步走到門口，把門關上，反鎖起來，又快步回到座位，眼睛一眨不眨地瞪著電腦屏幕。林乃界不知道胡可去現在的心情，他能看見的只是胡可去的臉色，他的臉色越來越嚴峻。林乃界坐在他對面，中間隔著一張辦公桌，一直盯著他的眼睛，他瞳孔裡不斷閃過一些模糊的影像。他的臉色越來越嚇人，原本圓滾多肉的兩個腮幫，這時變成了方塊，嘴唇緊抿著，鼻孔張大，眉毛上升，目露凶光，大口大口地喘氣。林乃界知道，這是暴風雨的前奏，天上烏雲滾滾，地下萬物噤聲。他要發脾氣了，要爆發了，他的雙手原來交叉放在胸前，現在一手叉在腰上，一手放在桌面，緊握著拳，微微地顫抖。突然，他站了起來，一句話沒說，緊握拳頭，朝林乃界撲來。林乃界雖有心理準備，還是嚇了一跳，急忙從椅子裡跳起來，兩手伸直，十指岔開，身體往後連退兩步，嘴裡說：「你要幹什麼？」

讓林乃界萬萬沒有想到的是，胡可去衝到他面前，抓著林乃界雙手，「噗嗵」一聲，雙膝著地，看著林乃界說：「大哥，救救我。」

林乃界沒見過這陣勢，驚得連忙說：「胡所長，你這是幹什麼？」

「如果我以前有做得不對的地方，請大哥包涵。」胡可去說。

「別這樣，有什麼話起來說。」胡可去這麼一跪，大大出乎林乃界的意料，他心裡沒有一絲快感，也沒有一點大仇得報的快樂。相反，卻有一種失落，一個以前想起來就讓他心裡發怵的人突然跪在面前，讓他慌亂。

「有什麼條件你只管提，我一定滿足你，只求大哥救我一命。」胡可去說。

林乃界又拉了一次胡可去，他還是不起來，只好說：「我只有兩點要求：一、還我貨款，

二、放過金亮。」

「沒問題，我馬上就辦。」胡可去一口應了。

「你現在可以起來了吧？」林乃界問。

「還不行，大哥還要答應我一個請求。」胡可去說。

「你說。」林乃界說。

「我知道你一定還有原始視頻，請你把原始視頻也給我。」胡可去說。

林乃界覺得陳上水真是料事如神，他說：「放心，只要你相信我，把事情辦妥，我馬上把原始視頻快遞給你。」

「我當然相信大哥。」胡可去說，「我現在就讓趙來來把錢轉給你。」

「你現在總可以站起來了吧。」林乃界說完，用力把胡可去拉起來。

胡可去站起來後，用力推著林乃界，讓他坐在自己的座位裡，他坐在林乃界剛才坐的椅子裡。然後，讓林乃界把銀行帳號報給他，他給趙來來打電話，叫趙來來馬上去銀行，把那筆貨款匯給林乃界。趙來來在電話裡問他怎麼回事，他喝斥說，叫你匯你就匯，問那麼多幹什麼。

五分鐘後，林乃界的手機叫了一聲，他掏出來看了一下，是銀行發來信息，有一筆五十一萬兩千元的款已匯入他的帳號。林乃界對胡可去說：「錢收到了。」

「金亮的工廠我以後不會查，你叫他放心好了。」胡可去說。

「我替金亮謝謝你。」林乃界說。

「大哥怎麼對我說這種客氣話，以後無論什麼事，你只管跟我說，我一定辦妥。」

「謝謝，我這就回去，把原始視頻快遞給你。」林乃界邊說邊往辦公室外邊走。

「要不我跟大哥一起去拿。」胡可去說。

「說實話，原始視頻也不在我手裡，但我保證馬上快遞給你。」林乃界知道他不相信自己。這也正常。

「我相信，完全相信。」胡可去哈著腰說。

林乃界走到門口，胡可去快走一步，替他開了門。林乃界快步走到樓下，鑽進汽車，馬上發動起來，逃一樣離開稅務所。半路上，他給陳上水打了一個電話：「辦妥了，你把原始視頻快遞給胡可去。」

「好的。」陳上水在電話那頭笑了一下，說，「你這次找回尊嚴了吧。」

林乃界沒有回陳上水的話就掛了手機，他沒覺得找回了尊嚴，恰恰相反，他對胡可去下午的表現很失望，完全不是他心目中應該有的樣子。

九、林乃界，陳上水不見了

林乃界到家後，給諸葛妮打了一個電話，說了下午的事，諸葛妮聽到趙來來被胡可去訓斥一事，快活地笑起來說：「哼，這個狐狸精終於人財兩失，看她還敢不敢再勾引人？」

林乃界知道她話裡的意思，只當沒聽到，說：「過兩天請陳上水喝酒，這事多虧了他。」

「陳上水當然要感謝的。」她接著又說，「你難道就不該謝謝我嗎？」

「我知道你也出了很大的力。」林乃界說。

「知道就好，你想怎麼感謝我？」諸葛妮挑逗地說。

「你說怎麼感謝我就怎麼感謝咯。」林乃界說。

「這話可是你說的，要記住。」諸葛妮說。

「我記在心裡了。」林乃界知道諸葛妮對他好，但諸葛妮應該有更好的人生。林乃界老婆跟他離婚後，諸葛妮對他說，林乃界，你這下總可以跟我結婚了吧？但林乃界還是沒跟她結婚，怎麼結呀？一碰到諸葛妮他就性無能，讓他怎麼面對？以後怎麼跟她生活？他一直勸諸葛妮找一個好男人嫁了，諸葛妮偏偏不聽，她對林乃界說，除非你再找一個女人結婚，否則的話，我就跟你耗到死。林乃界也想過再找一個女人結婚，這樣一來，諸葛妮也就死了這條心了。可是，他又不忍心這麼做，他知道諸葛妮是真的喜歡他，真想跟他在一起，他如果再次跟別人結婚，諸葛妮一定會傷心。最主要的是，她未必就會結婚，她的性格，林乃界是知道的。

傍晚，林乃界接到金亮的電話：「林老闆，你太厲害了。」

「怎麼了？」林乃界知道金亮指的是什麼。

「剛才胡可去副所長親自來我的工廠，說不處罰我了。」金亮說。

「那真是太陽從西邊出來了。」林乃界笑著說。

「我知道是林老闆救了我一命，真不知該怎麼感謝你。」金亮說。

「你不用感謝我，我是幫我那十三萬元。」林乃界說。

「林老闆放心，我一定會儘快還你的。」金亮說。

「那就好。」說完後，林乃界本想掛電話，突然又說了一句，「金亮，你以後不用總是哈著腰。」

「嗯？」金亮似乎沒聽明白，說，「林老闆你說什麼？」

「哦，沒什麼，稅務這一關過了，更要注意工商那一邊！」說完，林乃界就把電話掛了。

放下電話後，林乃界愣了半天，他也想不明白，為什麼會叫金亮以後「不用總是哈著腰」，他的本性，當然是不會屈從於任何勢力，可是，他辦工廠這三十來年，不是一直在哈腰求人嗎？有時，他為了被陳上水他們嘲諷的「尊嚴」，犯了倔脾氣，可衝動的後果是什麼？最後還不是要向對方賠禮道歉，還要通過朋友的關係，請對方喝酒。陳上水總是說他「幼稚」，有時想想，他也承認。可是，他心裡總是不甘，自己一個老老實實的企業主，一心鑽研技術，該繳納的費用一筆沒缺，為什麼不能站直了做人和做事呢？弄到最後，還是關門了事。他一直哈著腰做人做事，有什麼資格叫金亮站直了呢？現在這樣的世道，金亮能站直嗎？

林乃界的晚飯在家裡吃，菜是早上從菜場帶回來的。他昨天晚上沒喝酒，今早六點鐘醒來，洗刷之後，喝一杯牛奶，吃三個雞蛋，七點出門，去蘇海嘯的健身館鍛煉。九點從健身館出來，經過菜場，看到子梅魚和赤蝦很新鮮，就買一些回來放在冰箱。晚餐燒了四個菜：一個油冬菜，一個芹菜炒牛肉，另外兩個就是子梅魚和赤蝦。他開了一瓶西域干紅葡萄酒，一個人自酌自飲。喝完後，他立即整理廚房。然後刷牙、洗澡。一切弄妥當後，差不多八點半。上床後，打開電視，沒看兩分鐘就睡著了。

諸葛妮夜裡十二點到他家。他配了一把鑰匙給諸葛妮，她想什麼時候來就什麼時候來。諸葛妮一般都是夜裡十二點鐘以後來，按摩店主要是夜裡營業，十二點正是高潮。

諸葛妮帶來四個下酒菜：一個鴨掌，一個海絲，一個牛肉，一個鹽水花生。都是林乃界喜歡的下酒小菜。她把林乃界從床裡拉起來，兩個人又喝了一瓶西域干紅葡萄酒。喝完之後，林乃界刷牙後重新上床，諸葛妮去衛生間沖澡。沖澡後，躺在林乃界身邊，過了一會兒，問林乃界說：「睡著了嗎？」

「沒。」林乃界說。

「你在想什麼？」諸葛妮問。

「什麼也沒想。」林乃界說。

「怎麼會什麼也沒想？」諸葛妮說。

「那你說我應該在想什麼？」林乃界問。

「你看過胡可去那個視頻吧？」諸葛妮的手爬到他的身上來，林乃界躺著沒動，但他能感覺到諸葛妮的身體。

「我看過。」林乃界說。

「你有什麼感覺？」諸葛妮問。

「我沒有感覺。」林乃界說。

但是，他這時發現身體有感覺了，諸葛妮已經把他的衣服脫光，在諸葛妮的撫摩下，他產生了一種慾望，熱熱的，硬硬的。他喘氣粗了起來，清晰地聽見心臟跳動的聲音，有種幸福就要來臨的感覺。但他沒有著急，在等待最佳時機。諸葛妮似乎也感覺到他的變化，手上的動作更加溫柔，輕聲地呼叫著林乃界的名字。慢慢地，林乃界覺得身體燃燒起來了，他猛地翻過身子，雄壯地騎在諸葛妮身上。就在這個關鍵時刻，他悲傷地發現，又不行了。他把頭一歪，栽倒在床上。諸葛妮不甘心，手又爬過來，他把被子一捲，轉過身去。聽見諸葛妮在他身後嘆了一口氣，他在心裡嘆了一口氣。

又過了兩天，下午，陳上水打電話給林乃界，問他在哪裡，林乃界說在家裡。陳上水說我現在就去你家。

半個鐘頭後，陳上水來到林乃界家，兩個人剛在沙發坐下來，林乃界說：「正想約你晚上一起去東海漁村喝酒呢。」

「喝酒的事再說，先辦我們上次說過的事。」陳上水說。

「什麼事？」林乃界一時沒想起來。

「就是你把錢存我擔保公司的事啊，」陳上水不滿地看了林乃界一眼，說，「你不是答應我幫你討回貨款後，把餘錢存我公司嗎？」

「我真的答應過？」林乃界說。

「你這人真是的，你不是一直標榜自己講信用嗎？」陳上水皺了皺眉頭，說，「不會對朋友說話不算數吧？」

「我確實沒想起來。」林乃界說。

陳上水聲音突然一轉，說：「你要知道，我這是在幫你，兩分的月息，去哪裡賺這麼高的利潤？」

「你讓我再想想。」林乃界說。

「還想什麼？」陳上水說。

「正因為利息太高，我覺得這事有風險。」林乃界實話實說。

「我們三十多年的朋友白做了？你難道還不相信我嗎？」陳上水說。

「不是不相信你。」林乃界看了陳上水一眼說，「我是不相信自己。」

「那你更應該相信我，這個世界上，除了我，你還能相信誰？你出了事情，哪一次不是我出面幫你？」陳上水說。

陳上水說得沒錯。林乃界出了事，確實都是他出面斡旋，每次請客喝酒，都是他衝鋒陷陣。他這麼一說，林乃界就不好再說什麼了：「我手頭沒多少錢。」

「有多少？」陳上水問。

「大概有兩百萬。」林乃界說。

「兩百萬就兩百萬，雖然少了點，但你每月可以拿到四萬利息，比你辦眼鏡配件廠好多了。」說完後，陳上水站起來，把公司的帳號寫給林乃界說，「我還有事，先走了，你等會去銀行把錢轉過去。」

陳上水走到門口時，林乃界才又想起說：「晚上喝酒怎麼樣？」

「喝酒的事過兩天再說。」他一邊往外走，一邊對林乃界說，「你馬上把錢轉過去，早一天就多一天利息。」

半個鐘頭後，林乃界接到陳上水的電話：「錢轉了嗎？」

「還沒。」林乃界說。

「快點啊。」陳上水催促說。

「好的，我馬上就去銀行。」

「轉過來後，給我打個電話，我叫財務開張證明給你。」陳上水說。

掛了電話，林乃界去樓下的銀行把錢轉給陳上水的公司。銀行出來，他給陳上水打了一個手機，陳上水說：「好的，我馬上叫財務查一下，有什麼問題，我再跟你聯繫。」

林乃界掛斷手機時，看了下時間，是下午四點。

那天下午，林乃界沒有接到陳上水的電話。第二天也沒有。到第三天下午，林乃界打他的手機，已經關機。再打，還是關機。再再打，依然關機。他給蘇海嘯打手機，對方正在通話。再打還是通話。這時，諸葛妮電話打來了，問他這兩天有沒有見到陳上水，林乃界就把前天的事跟她說了。諸葛妮說糟了，陳上水也到她那裡拿了一百萬，今天好多人向她打聽陳上水的去向，電話沒有人接，手機關機，有人懷疑他跑路了。林乃界說不會吧，這麼多年的朋友，即使要跑路，也要說一聲。諸葛妮說但願如此。跟諸葛妮通完電話後，林乃界再給蘇海嘯打手機，通了，沒接，他想，蘇海嘯難道也跑路了？正這麼想，蘇海嘯打過來了，他開口就說：「林乃界，狗生的陳壞水拿了我五十萬跑路了。」

林乃界問他說：「你怎麼知道？」

「有人查了航班，他從上海轉機去了荷蘭。」蘇海嘯說。

「會不會是去荷蘭辦事？他不是有親戚在那邊嗎？」林乃界說。

「你怎麼還這麼善良，我了解過，陳壞水經濟出了大問題，他用擔保公司的錢去投資一個樓盤，那個樓盤的手續被房管局卡住，他做不通工作，擔保公司的窟窿又填不起來，乾脆跑路了。」蘇海嘯說。

「他至少應該跟我們說一聲。」林乃界說。

「我早就看出他是個壞水，這狗生的如果再讓我碰見，我會將他的脖子扭斷。」蘇海嘯狠狠地說。

「我們是朋友啊。」林乃界說。

「沒有朋友了。」蘇海嘯停了一會兒說，「其實我早知道他的經濟問題，一直想把錢拿回來，可是，朋友一場，不能火上澆油，就當這五十萬送給他吧！」

林乃界沒有告訴蘇海嘯自己的事，掛斷電話後，諸葛妮又打來電話，說：「陳上水真的跑路了。」

「我知道了。」林乃界平靜地說。

可能是林乃界的聲音太平靜了，諸葛妮問他說：「你沒事吧？」

「我沒事。」林乃界說。

「想開一點，我一會兒就去你家。」諸葛妮說。

「你管自己忙，」林乃界說，「我真沒事。」

「我一會就到。」諸葛妮說。

放下電話後，林乃界看了下時間，已經下午六點。他進了廚房，先把電飯鍋開起來煮飯，然後把冰箱裡早上買來的菜一個個拿出來燒。當他把飯菜都燒好，諸葛妮剛好到他家。他們開了一瓶西域干紅葡萄酒。兩個人再沒提陳上水的事。

吃完後，兩個人一起洗碗。洗完後，一起坐在客廳的沙發上看電視。看到十點鐘，林乃界先進臥室，去衛生間沖了澡，躺在床上。接著，諸葛妮也進來，也去衛生間沖了澡。兩人躺在床上也沒說話。

大約過了十分鐘，林乃界說了一句：「我現在什麼也沒有了。」

諸葛妮把身體轉過來，對他說：「不是還有我嗎？」

林乃界對她笑了一下，諸葛妮順勢鑽進他懷裡。摸他。親他。剛開始，林乃界一動不動。不知不覺中，翻身騎到諸葛妮身上，諸葛妮突然要斷氣一樣尖叫起來：「哦天吶！哦天吶！林乃界，你行了，你行了。」

林乃界沒有回話，緊緊地抱著諸葛妮，身體一下接一下地犁向她。

後記——一意孤行的理由

我生活在著名的溫州，世人知道溫州大多因為經濟，那麼，從文化和文學的角度打量，溫州又是一個什麼樣的狀況呢？

溫州的史書說，在唐以前「未著名於世」。這是自我慰藉。如果我查的資料沒有錯，宋以前，溫州留存下來的大概是「一本集子兩個人」。「一本集子」是指永嘉大師釋玄覺的《證道歌》，是本兩千多言的佛學著作。「兩個人」是指唐代大中己卯科（八五九年）的吳畦和天佑丙寅科（九〇六年）的薛正明兩位進士。其中吳畦最多只能算半個溫州人，他是山陰人（今紹興），直到乾寧三年（八九六年）四月才舉家遷居溫州安固（今溫州瑞安市）。

我舉這個例子是想說明，從中國的歷史來看，溫州僻處東海之濱，遠離當時的政治和文化中心，不僅僅是「未著名於世」，幾乎可以忽略不計。

這種情況到宋代有了些變化，特別是南宋都城遷移杭州之後，溫州的經濟和文化有過短暫的燦爛。還是以進士為例，南宋一五二年（一一二七～一二七九），溫州共出了一千三百八十個進士，而溫州歷史上一共有一千五百八十三個進士，短短一百五十二年，進士人數約占整個溫州歷史的百分之八十七。

進士數量的多寡或許不能說明什麼問題，但在南宋那短暫的一百五十二年裡，溫州的文學確實出過幾個人物和一些作品，譬如永嘉四靈和他們的著作。

永嘉四靈指的是徐照（字靈輝）、徐璣（字靈淵）、翁卷（字靈舒）、趙師秀（字靈秀）。與他們同時代而詩歌理念相左的是江西詩派，江西詩派自稱師法杜甫，喜歡運用古典成語。永嘉四靈偏偏遠離杜甫，親近晚唐的姚合和賈島，儘量使用白描手法，抒發個人情懷，認為抒寫個體感受才是詩歌的生命和意義所在。他們這種詩歌理念開創並直接影響了後來的江湖詩派，從而在中國文學史上留下了痕跡。但是，錢鍾書在編《宋詩選注》時對永嘉四靈評價不高，他的原話是這麼說的：「杜甫有首〈白小〉詩，說：『白小群分命，天然二寸魚』，意思是這種細小微末的東西，要大夥兒合起來才湊得成一條性命……讀了『四靈』的作品，就覺得這種同一流派而彼此面貌極少差異的小家不過像白小。」錢鍾書稱「四靈」的詩歌主張「偏激」，格局小，那麼，作為當事人的「四靈」知道自己的侷限嗎？

我覺得他們心裡是明白的。

「四靈」能夠在當時南宋文壇冒出來，並造成一定影響，跟兩個人有關：一個是潘檉，另一個是葉適。

「四靈」的師傅是潘檉，字德久。葉適曾說：「永嘉言詩，皆本德久」。潘檉這個人非常有意思，他父親潘文虎是武科狀元，而他卻喜歡寫詩，喜歡跟詩人交朋友。但潘檉文運不好，老考不中進士，只能依靠父親的蔭恩當個小武官。潘檉的另一個愛好是到處漫遊，結交天下各路詩人朋友，在江湖上頗有詩名。因為四方遊走並與朋友交流，大大提升了他的詩歌視野和境界，也漸漸形成了自己的詩歌主張。在潘檉當時交往的朋友中，名頭響亮的有陸游和姜夔，他出使金國時，陸游還寫了一首〈送潘德久使薊門〉（《劍南詩稿》卷二十）相贈，他當然知道，在當時的國家環境裡，陸游的詩歌才是主流，而且，他跟陸游一樣懷有強烈的愛國熱忱，他的詩歌主張和表現形式完全可以走陸游那一路，可以氣勢磅礴，可以家國情懷，但是，潘檉選擇了晚唐，選擇了姚合和賈島，他帶著「四靈」毅然決然地走上了一條詩歌小道，尋找自己人生的「神廟」去了。我相信，潘檉一定跟「四靈」探討過詩歌的內容和風格，肯定也分析過當時的詩歌潮流，更是不斷地叩問自己的內心，然後，他們選擇了這條通幽小徑，一頭扎了進去。

葉適號稱當時大儒，他能夠在國家危機時刻，幫助趙汝愚扶持趙擴（寧宗）登上皇帝位，肯定是一個有大局觀的人。他因為「慶元黨禁」，一一九八年被罷官回溫州老家，一直到一二〇二年復出，這段時間，他與「四靈」接觸頻繁，寫了大量評論文章向當時文壇推介「四靈」。另一次是一二〇八年，葉適再次罷官回鄉，撰文大力揄揚「四靈」。葉適為什麼不遺餘力地助推和讚揚「四靈」？我想，同鄉的身分當然是個因素，師生的情誼也應該是個因素，但這些因素的前提是葉適必須欣賞和贊同「四靈」的詩歌主張和寫作，他如果不認同「四靈」的詩歌主張，不喜歡他們的詩歌作品，即使有心提攜，也是出手無力。

那麼，葉適為什麼會喜歡並認同「四靈」的詩歌主張和創作？他在文化中心的帝都歸來，對當時的主流文化應該有清醒的認識和判斷，為什麼偏偏向世人隆重推介這個「細小微末」的詩歌流派呢？

我突然想起朱熹當時對以葉適為代表的永嘉學派的批評：「譬如泰山之高，它不敢登，見個小土堆子，便上去，只是小。」朱熹理學的核心是道，形而上，永嘉學派事功之學在朱熹看來當然形而下，當然瞧不上這個「小土堆子」。然而，永嘉之學從北宋王開祖開始，經過一百多年傳承和積累，發生了從心性義理之學到經制事功之學的轉變，如果用朱熹的眼光看，就是從「泰山」轉向了「小土堆子」。我想問的是，葉適和永嘉學派為什麼要這麼變？用意何在？

自宋以降，溫州人一直用實際行動延續永嘉學派薪火，這把火一直沒燒旺過，但也沒滅過，它的影響範圍只是生活在溫州的土著和出去闖蕩的溫州人，它似乎成了溫州人的血脈，也成了溫州人一意孤行的精神支柱。

永嘉學派不僅深刻地影響了溫州人的日常生活，也決定了溫州人觀察和對待世界的方式和角度。作為一個生長在溫州的作家，註定跟這種文化捆綁在一起，思維和行動必然接受這種文化的支配。就我個人而言，這種文化成就我的同時，也深深地制約了我。我感受到它的深和大，也認識到它的淺和小。我發現，對這種文化認識越深，對它的愛也越濃烈，同時也越想爭脱它的束縛。我有理由為這種文化驕傲，也深切地為它的不足而自卑。它是我的根基和營養，也可能是我的枷鎖。我跟它水乳交融卻又相互抵觸，相親相愛而又仇恨刻骨。相互擁抱的同時也在相互排斥。我知道這是一個漫長的過程，更大的可能是，終其一生我也不能從這種文化的包裹中突圍。那是我的命。可我仍然懷揣微弱而強烈的希望，能夠和這種文化達成和解，把它化成一對翅膀用來翱翔。

每一個時代有每一個時代的特點，也有每一個時代的侷限。回望歷史，是希望從人與事中獲得反思，對當下有所裨益，能夠避短揚長，不斷拓展自己認識和行動的能力，但是，古往今來，真正能夠做到這一點的又有幾個人呢？

於溫州

哲貴近年創作年表

作品名稱	刊物（或出版社）
〈陳列室〉（短篇小說）	《人民文學》二〇〇六年第五期
〈刻字店〉（短篇小說）	《當代》二〇〇六年第六期
〈培訓班〉（短篇小說）	《江南》二〇〇六年第六期
〈冰庫〉（短篇小說）	《創作》二〇〇七年第二期
〈決不饒恕〉（中篇小說）	《人民文學》二〇〇七年第六期
〈雕塑〉（中篇小說）	《山花》二〇〇八年第三期
〈安慰〉（短篇小說）	《人民文學》二〇〇八年第五期
〈金屬心〉（中篇小說）	《人民文學》二〇〇八年第十一期
〈叛徒〉（短篇小說）	《山花》二〇〇九年第二期
〈走投無路〉（中篇小說）	《十月》二〇〇九年第二期
〈責任人〉（中篇小說）	《人民文學》二〇〇九年第四期
〈住酒店的人〉（短篇小說）	《收穫》二〇〇九年第六期
〈牛腩麵〉（中篇小說）	《滇池》二〇一〇年第三期
《金屬心》（中短篇小說集）	作家出版社二〇一一年一月出版
〈試驗品〉（中篇小說）	《大家》二〇一一年第三期

〈銅手套〉（短篇小説）	《文學界》二〇一一年第五期
〈迷路〉（長篇小説）	《當代長篇小説選刊》二〇一一年第四期
〈信河街〉（中篇小説）	《人民文學》二〇一一年第九期
〈寄養的女孩〉（短篇小説）	《十月》二〇一一年第六期
〈跑路〉（中篇小説）	《人民文學》二〇一二年第八期
《信河街傳奇》（中篇小説選）	浙江文藝出版社二〇一二年十二月出版
《迷路》（長篇小説）	上海文匯出版社二〇一三年二月出版
〈施耐德的一日三餐〉（短篇小説）	《收穫》二〇一三年第二期
〈空心人〉（中篇小説）	《人民文學》二〇一三年第七期
〈我們的愛情〉（短篇小説）	《十月》二〇一三年第五期
〈倒時差〉（短篇小説）	《大家》二〇一三年第五期
〈賣酒人〉（短篇小説）	《江南》二〇一四年第一期
〈討債人〉（中篇小説）	《十月》二〇一四年第二期
《施耐德的一日三餐》（中短篇小説集）	山東文藝出版社二〇一四年六月出版
〈酒桌上〉（短篇小説）	《人民文學》二〇一四年第七期
〈契約〉（短篇小説）	《上海文學》二〇一四年第十期
〈音樂課〉（短篇小説）	《青年文學》二〇一四年第十一期（少作自珍專欄）
《空心人》（中篇小説集）	北京十月文藝出版社二〇一五年一月出版
〈孤島〉（中篇小説）	《江南》二〇一五年第一期
〈送別〉（短篇小説）	《收穫》二〇一五年第二期
〈完美無瑕的生活〉（短篇小説）	《青年文學》二〇一五年第五期

人間 書訊

當代大陸新銳作家系列

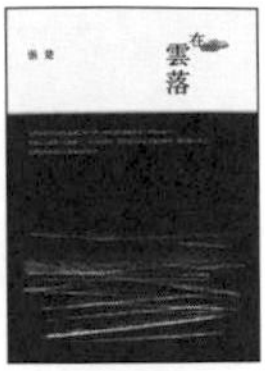

01 **在雲落** 張楚著 二〇一四年十二月出版

二〇一四年魯迅文學獎得主張楚第一本台灣版小說集

河北作家張楚的《在雲落》以現代主義筆緻，書寫北方小縣城裡面貌模糊、生存堪慮的人們面對生活中種種困阨與苦難時的現實選擇與精神狀態。無論是〈曲別針〉裡既是殘暴凶手也是慈愛父親的宗國，或是〈七根孔雀羽毛〉裡吃軟飯的宗建明，甚者是〈細嗓門〉裡因不堪長期家暴殺了丈夫後，被捕前到了閨蜜所在的城市，想幫閨蜜挽救婚姻的女屠夫林紅；張楚既逼近他們的生命創傷又滿含悲憫，寫出他們絕望的黑暗與卑微的精神追求，介乎黑暗與明亮間蒼茫的生存景觀。

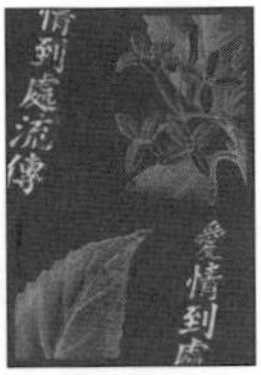

02 **愛情到處流傳** 付秀瑩著 二〇一四年十二月出版

被譽為具有沈從文之風的七〇後女作家

在《愛情到處流傳》中，北京作家付秀瑩以沉靜的目光靜看「芳村」，遙念「舊院」，不管是「芳村」系列中農村大家庭裡夫妻、母女、贅婿們之間的愛情與競爭，或者是〈小米開花〉裡，小米的性啟蒙與看待身體的方式，無一不精準的抓到鄉村人們特有的、微妙的人際關係、獨特的處世方式與世界觀。另一部分作品則是書寫都市人們精神與情感的隱密曖昧：〈出走〉裡男性小職員亟欲逃離瑣碎平庸日常生活的衝動；〈醉太平〉中學術圈裡浮沉男女的利益交換、欲望追逐；〈那雪〉則寫出了都市女性的情感缺憾。付秀瑩以傳統溫柔敦厚的溫暖剔透筆法，書寫了這人世間的岑寂荒涼。

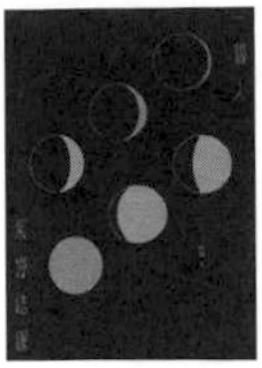

03 **一個人張燈結彩** 田耳著 二〇一四年十二月出版

當魯蛇（loser）同在一起！

《一個人張燈結彩》具有鮮明的通俗色彩，來自湘西鳳凰的田耳筆下的人物都是現實世界中的失敗者、邊緣人、被損害者，他們在陰鬱、沒有出口的情境中，群聚在一起，以欲望反抗現實困厄的生存法則，以動物感官吹響魯蛇之歌。他們欲以魯蛇之姿，奮力開出一朵花。

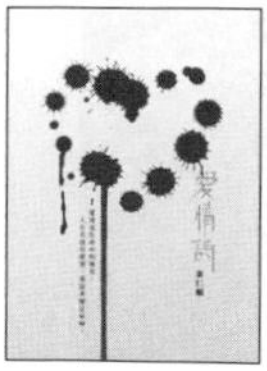

04 **愛情詩**　金仁順著　二〇一四年十二月出版

與衛慧、棉棉、陳染齊名的七〇後女作家

二〇〇二年的〈水邊的阿狄麗雅〉造就了二〇〇三年張元、姜文和趙薇的電影《綠茶》。二〇〇九年的〈春香〉又開啟了朝鮮民間傳說的故事新編。

不管是朝鮮族的金仁順、女作家的金仁順，或是編劇的金仁順，她總面對著愛情，描繪著孔雀開屏時的美好與幸福，以及華麗開屏背後的殘酷與幽微。

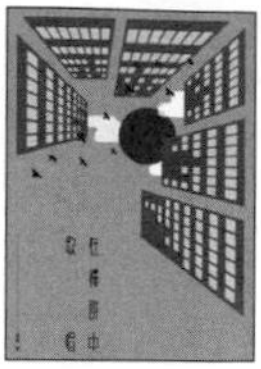

05 **在樓群中歌唱**　東紫著　二〇一四年十二月出版

山東作家東紫擅長日常生活化敘事，在《在樓群中歌唱》一書中，她敏銳細膩地觀察人情百態，寫出各階層人物在近乎無事日常生活中的情感空虛與心靈創傷。〈白貓〉藉由一隻白貓介入初老失婚男性與闊別十年的十八歲兒子重聚的生活，帶出父親對兒子期待又戒慎恐懼的情感、初老失婚男性枯寂冷漠的生活與對生命的回顧與甦醒。〈在樓群中歌唱〉中，透過喜歡唱著「我在馬路邊撿到一分錢，把它交到警察叔叔手裡邊」的清潔工李守志無意間撿到十萬元所引發的波瀾，寫出消失中的德性與安於本分的快樂。東紫的作品看似庸常，卻宛若「顯微鏡」般總能於瑣碎中見深刻。

06 **狐狸序曲**　甫躍輝著　二〇一四年十二月出版

剛滿三十歲的甫躍輝來自中國南方邊陲保山，大學考上了上海復旦大學，從此開始了一個鄉村青年的都市震撼教育，也開啟了他的創作之路。身為作家王安憶的學生，也為現在大陸最受注目的八〇後青年作家之一，他的小說主人公多數和他自身一樣，是外地移居上海的異鄉人，他們孤寂，他們飄零，他們邊緣，他們是大城市中的一點浮塵微粒，他們存在，但並不擁有這個世界。然而，這群浮塵微粒也有過去，因此，他也喜寫老家保山，這個孕育他想像力的故鄉。在這些鄉村書寫中，可以察覺出他對幼年時代農村生活的懷念。然而，懷念亦表示這群浮塵微粒再也回不去了，他們注定在這個世界中繼續飄零。

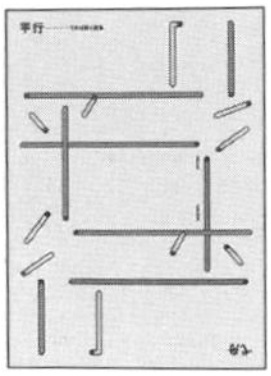

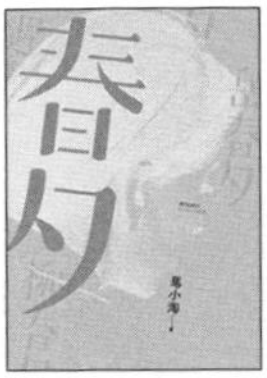

07 **平行**　弋舟著　二〇一五年十一月出版

蘭州作家弋舟寫作題材多元，他描寫愛情、親情、友情，他勇於直面社會的不公、時代的不義、人身肉體的老朽、愛情的逝去、親情的消融、友情的善變。弋舟用他充滿愛情的眼光，深情的注視著這些生活中的起承轉合、陰晴圓缺，然後執筆，將這一切化作一句句重情又深刻的文字。

08 **走甜**　黃咏梅著　二〇一五年十二月出版

杭州七〇後女作家黃咏梅擅長從日常出發，透過一點一滴、細水長流般的生活細節，描繪出單身大齡女性的複雜心理和細緻的情感流動。她筆下的女人們，多數生活在狹小的南方騎樓。她們煲湯，她們喝粥；她們有情有義，有哀有怨；她們不死去活來，不驚天動地；她們放下浪漫，立地成佛；她們在平凡的日常中，過得有苦有甜，有滋有味。

09 **北京一夜**　王威廉著　二〇一五年十二月出版

定居廣州的八〇後作家王威廉喜從哲學思辨出發，透過他筆下的一個一個人物、一篇一篇故事，討論人的存在意義，並對虛無和絕望進行巨大的反抗。如此，王威廉的作品成為在思想與藝術張力之中，又隱含著深奧迷思的詭祕綜合。

10 **春夕**　馬小淘著　二〇一五年十二月出版

北京女作家馬小淘小說中的角色幾乎都是伶牙俐齒的新世代少女，她們多數從事廣播工作，透過作者幽默犀利的對話和明快聰慧的筆調，表現出這批新世代年輕人的機靈、俏皮與刁鑽，字裡行間充盈著八〇後的生猛活力。然而，她們並非不解世事。在一些世故卻又淡然的細節和收束中，我們又可以看出這些新世代少女直面低工資、無情愛、蟻族困境等日常生活壓力時的韌性和勁道。

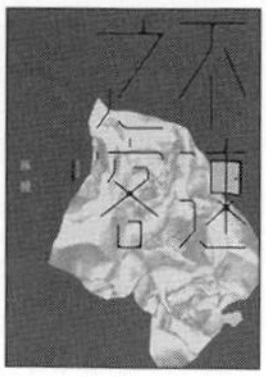

11 不速之客　孫頻著　二〇一五年十二月出版

太原八〇後女作家孫頻迥異於一般女作家溫柔婉約的陰柔寫作特質，以極具力道和痛覺的陽剛式寫作方式，創作出一篇篇討論底層人們生存與死亡、尊嚴與卑微、幸福與苦難的作品。透過這些懷有強烈敘述美學和文字魅力的作品，孫頻展現出在人間煉獄中，人們用殘破的肉身於黑暗與光明中穿梭、抗爭的力度、堅韌與尊嚴。

12 某某人　哲貴著　二〇一五年十二月出版

溫州作家哲貴運用他曾經擔任過經濟記者的經驗，創造出「住酒店的人」、「責任人」、「空心人」、「賣酒人」、「討債人」這五種類型的人物，並透過這些人物描繪出中國改革開放之後的巨大社會困境，以及由此帶來的人心的徬徨與荒涼。這群人在被他命名為「信河街」的經濟特區中，在各大高檔會所、高爾夫球場、高級餐廳中進行巨大的資金、商業交易和利益交換，然而經濟危機讓他們無法從中脫身，他們躁動不安、騷動無助，他們漸漸的迷失於商業數字中。最後，在大環境一步一步的侵逼之下，人心只能深陷於迷惘、浮動、空心和荒蕪中，無法自拔。

人間文學

01 山南水北　韓少功著　二〇一四年七月出版

韓少功散文集《山南水北》的最新繁體中文版

《山南水北——八溪峒筆記》是韓少功在多年以後從大城市重新回到文革時期下放的農村，重新拿起農具務農的農村生活筆記。書中充滿了他對生命、農村、勞動、農民、自然的重新思考。特別是在現今這個只講求ＧＤＰ成長的時代，韓少功對生命、農村、勞動和自然的重新探索，開啟了我們面對世界時的另外一種思索與想像。

02 中國在梁庄　梁鴻著　二〇一五年五月出版

梁鴻在離家二十多年之後，回故鄉「梁庄」以田野考察的方式，再現中國的轉型之痛、農村之傷。透過作者具有思

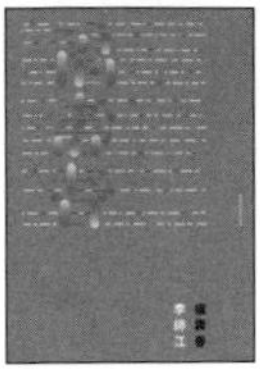

考力的觀察和誠懇、踏實的文筆，我們看到在當代中國經濟朝前飛越、並取得莫大的成功的同時，沒有討到便宜的「農村」在這過程中，逐漸崩壞、瓦解，漸成一個廢墟，產生了諸多的問題，比如留守老人、留守兒童產生的家庭倫理和教養問題，天主教進入農村產生的「新道德」之憂，離鄉青年們在中國當代大規模經濟資本下的生存苦鬥，成年「閏土」們欲走還留的困境，與農村改革與鄉村政治之間的衝突與折衝等等。透過梁鴻筆下的「梁庄」故事，除了道出「梁庄」這一農村的困境，更道出中國近二十年被消滅的四十個農村的美麗與哀愁。

03 福壽春　李師江著　二〇一五年六月出版

在現代和傳統兩造之間欲走還留的鄉村圖景

《福壽春》是一部世情小說，且是一部近期少見的用章回體創作的長篇小說，李師江從世道人心的角度書寫現代鄉村生活。書中，李師江刻畫了一個李福仁家庭兩代人——父母與四個兒子的倫常關係與命運，透過這一家兩代人描述了中國東南海邊鄉村近十幾年來的風土人情，可說是一幅充滿命運感、生命力的風俗畫。但李師江並不著急表達這種生活的意義所在，而是用如同工筆畫一般的細膩筆觸，著力對生活本身進行日常化的精細描摹，由此我們看到一個在現代和傳統兩造之間欲走還留的鄉村圖景——又耕田又種花又做海的農民生活，迷信色彩與傳統觀念交織的鄉村精神世界，老一代農民與下一輩觀念斷裂中的痛楚和傷感，一個從農耕社會城市化正在消失的農村。

04 出梁庄記　梁鴻著　二〇一五年七月出版

梁鴻於二〇一〇年推出《中國在梁庄》之後，深感必須把散落在中國各處打工的「梁庄人」都包括進去，才是真正的「梁庄」故事。因此，他歷時兩年，走訪十餘個省市，再度以田野調查的方式訪問了三百四十餘人，最後以二十二萬字和照片，描繪出這些出梁庄的人們——也就是我們熟知的「農民工」、當代中國的特色農民——的生活與精神樣貌。他們遠離土地已久，長期在城市打工，他們對故鄉已然陌生，但對城市卻也未曾熟悉。不管在哪裡，他們都是一群永恆的「異鄉人」。梁庄外出的打工者是當代中國近二．五億農民工大軍中的一小支，從梁庄與梁庄人的遷徙與命運、生存與苦鬥，可以看到當代中國的細節與經驗的美麗與哀愁、傲慢與偏見。看梁庄人出走的路徑，也就如同在看中國農民從農村——土地出走的過程，看得見的「梁庄」故事編織出一幅幅看得見的與看不見的當代中國。

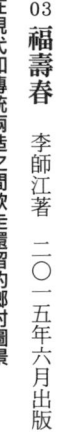

國家圖書館出版品預行編目 (CIP) 資料

某某人 / 哲貴著. -- 初版. -- 臺北市：人間,
2015. 12
360 面；14.8 x 21 公分
ISBN 978-986-92485-6-3（平裝）

857.63　　104026629

某某人

作者　哲貴
執行編輯　蔡鈺淩
校對　陳莉雯、李六、蔡鈺淩
封面設計　蔡佳豪
內文版型設計　黃瑪琍
排版　仲雅筠

發行人　呂正惠
社長　林怡君
出版　人間出版社
台北市長泰街五十九巷七號
電話　（02）23370566
傳真　（02）23377447
郵政劃撥　11746473・人間出版社
電郵　renjianpublic@gmail.com

定價　三八〇元
初版一刷　二〇一五年十二月
ISBN　978-986-92485-6-3

印刷　崎威彩藝有限公司
總經銷　聯合發行股份有限公司
新北市新店區寶橋路二三五巷六弄六號二樓
電話　（02）29178022
傳真　（02）29156275